LA SOCIEDAD LITERARIA Y DEL PASTEL DE CÁSCARA DE PAPA DE GUERNSEY

Mary Ann Shaffer y Annie Barrows

LA SOCIEDAD LITERARIA Y DEL PASTEL DE CÁSCARA DE PAPA DE GUERNSEY

Traducción de Sandra Campos

Título original: *The Guernsey Literary and Potato Peel Society*

Pérez Galdós, 36 - 08012 Barcelona
rba-libros@rba.es / www.rbalibros.com

Primera edición: enero 2009

Ref.: OAIS 392
ISBN: 978-84-9867-469-9
Depósito legal: B-268-2009
Composición: Víctor Igual, S.L.
Impreso por Liberdúplex

Dedicado con mucho amor a mi madre,
Edna Fiery Morgan, y a mi querida amiga Julia Poppy
M. A. S.

Y a mi madre, Cynthia Fiery Barrows
A. B.

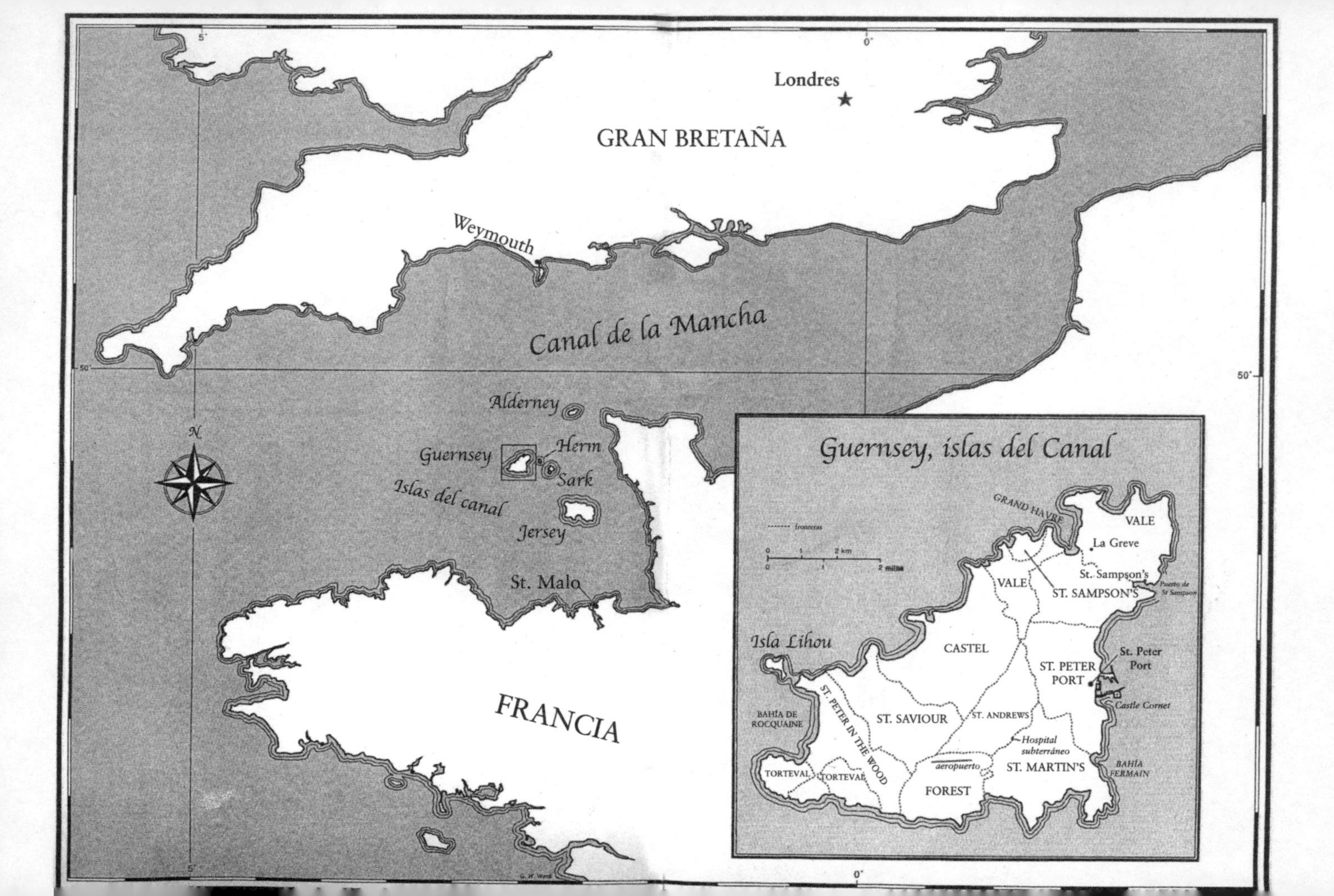
GRAN BRETAÑA
Londres
Weymouth
Canal de la Mancha
Alderney
Guernsey
Herm
Sark
Islas del canal
Jersey
St. Malo
FRANCIA
N
5'
0'
50'
Guernsey, islas del Canal
fronteras
0
1
2 km
2 millas
GRAND HAVRE
VALE
La Greve
St. Sampson's
Puerto de St Sampson
ST. SAMPSON'S
Isla Lihou
CASTEL
ST. PETER PORT
St. Peter Port
Castle Cornet
BAHÍA DE ROCQUAINE
ST. PETER IN THE WOOD
ST. SAVIOUR
ST. ANDREWS
Hospital subterráneo
aeropuerto
ST. MARTIN'S
BAHÍA FERMAIN
TORTEVAL
FOREST

PRIMERA PARTE

8 de enero de 1946

Señor Sidney Stark, editor
Stephens & Stark Ltd.
21 St. James's Place
Londres SW1
Inglaterra

Querido Sidney:
Susan Scott es asombrosa. Hemos vendido más de cuarenta ejemplares del libro, lo cual resultó muy grato, pero mucho más emocionante desde mi punto de vista ha sido la comida. Susan se las arregló para conseguir cupones de azúcar glas y huevos *de verdad* para el merengue. Si todos sus almuerzos literarios van a alcanzar estas cotas, no me importará recorrer todo el país. ¿Crees que una bonificación generosa la podría estimular para conseguir mantequilla? Probémoslo (puedes descontar el dinero de mis derechos de autor).

Y ahora mi desalentadora noticia. Me preguntaste cómo progresa mi nuevo libro. De ninguna forma, Sidney.

Debilidades inglesas parecía muy prometedor al principio. Después de todo, uno debería ser capaz de escribir páginas y páginas sobre La Asociación Contra la Glorificación del Conejito Inglés. He descubierto una fotografía del Gremio de Exterminadores de Bichos, desfilando por Oxford Street con pancartas que decían «¡Abajo Beatrix Potter!». Pero, ¿qué se puede escribir bajo ese título? Nada.

Ya no quiero escribir más este libro (no tengo ni la cabeza ni el corazón en ello). Y por mucho que me encantase —y me encante— escribir como Izzy Bickerstaff, ya no quiero escribir nada más con este nombre. No quiero que me sigan considerando una periodista poco seria. Reconozco que hacer reír (o al menos, hacer pasar un rato divertido) a los lectores durante la guerra, no ha sido moco de pavo, pero no quiero hacerlo más.

Últimamente no consigo crear nada con algún sentido de la proporción o del equilibrio, y Dios sabe que no se puede escribir humor sin ellos.

Mientras tanto, estoy muy contenta de que Stephens & Stark esté ganando dinero con *Izzy Bickerstaff va a la guerra*. Me deja la conciencia tranquila por lo de mi desastrosa biografía de Anne Brontë.

Gracias por todo. Un abrazo,

JULIET

P.D. Estoy leyendo la correspondencia completa de la señora Montagu. ¿Sabes qué le escribió esta triste mujer a Jane Carlyle? «Mi querida y pequeña Jane: todo el mundo nace con una vocación, y la tuya es escribir notitas preciosas.» Espero que Jane la escupiera.

De Sidney a Juliet

10 de enero de 1946

Señorita Juliet Ashton
23 Glebe Place
Chelsea
Londres SW3

Querida Juliet:
¡Enhorabuena! Susan Scott me ha dicho que te adaptaste muy bien al público en la presentación, como un borracho al ron (y ellos a ti), así que por favor, deja de preocuparte por la gira de la semana que viene. No tengo ninguna duda de que vas a triunfar. Habiendo presenciado tu interpretación del poema «El joven pastor canta en el valle de la humillación» hace dieciocho años, sé que en cuestión de segundos tendrás a todos los oyentes en la palma de la mano. Un consejo: quizás en esta ocasión deberías de abstenerte de tirar el libro a la audiencia cuando acabes.

Susan está deseando llevarte por todas las librerías, de Bath a Yorkshire. Y, por supuesto, Sophie está haciendo campaña a favor de que la gira se alargue hasta Escocia. Le he dicho con mi más exasperante actitud de hermano mayor que eso está por ver. Te echa muchísimo de menos, lo sé, pero Stephens & Stark debe ser inmune a tales factores.

Acabo de recibir las cifras de ventas de *Izzy* en Londres y alrededores, y son excelentes. De nuevo, ¡felicidades!

No te preocupes por el libro *Debilidades inglesas*, es mejor que pierdas el entusiasmo ahora que no después de haberte pasado seis meses escribiendo sobre conejitos. La posibilidad comercial de la idea era interesante, pero estoy de acuerdo en que el tema se habría vuelto tremendamente irreal. Ya verás cómo se te ocurrirá otro tema, uno que te guste.

¿Cenamos algún día antes de que te vayas? Dime cuándo.

Un abrazo,

SIDNEY

P.D. Escribes notitas preciosas.

De Juliet a Sidney

11 de enero de 1946

Querido Sidney:

Sí, genial, ¿puede ser en algún lugar cerca del río? Quiero ostras, champán y rosbif, si se pueden conseguir, si no, pollo también estará bien. Me alegro mucho de que las ventas de *Izzy* sean buenas. ¿Son lo bastante buenas para que no tenga que hacer la maleta e irme de Londres?

Ya que tú y S&S me habéis convertido en una autora de éxito moderado, la cena la pago yo.

Un abrazo,

JULIET

P.D. No le tiré el libreto de «El joven pastor canta en el valle de la humillación» al público. Se lo tiré a la profesora de dicción. Quería tirárselo a los pies, pero fallé.

De Juliet a Sophie Strachan

12 de enero de 1946

Señora Sophie Strachan
Feochan Farm
Oban
Argyll

Querida Sophie:
Claro que me encantaría verte, pero soy una autómata desalmada y sin voluntad propia. Sidney quiere que vaya a Bath, Colchester, Leeds y otros lugares preciosos que en este momento no recuerdo, y no puedo dejarlo todo e irme a Escocia. Sidney frunciría el ceño, entornaría los ojos y se enfadaría. Y ya sabes la que se arma cuando se enfada.

Ojalá pudiera escabullirme a tu granja. Me mimarías y me dejarías poner los pies en el sofá, ¿verdad? Y después, ¿me arroparías con mantas y me traerías té? ¿A Alexander le importaría tener un residente permanente en el sofá de su casa? Me dijiste que era un hombre paciente, pero quizá esto le molestaría.

¿Por qué estoy tan melancólica? Debería estar encantada con la perspectiva de leer *Izzy* a un público cautivado. Sabes cuánto me gusta hablar de libros, y que me encanta que me hagan cumplidos. Debería estar contentísima. Pero la verdad es que estoy mucho más pesimista de lo que nunca estuve durante la guerra. Todo está tan destrozado, Sophie: las calles, los edificios, la gente. Sobre todo, la gente.

Seguramente éste es el efecto secundario de una cena

horrible a la que fui ayer por la noche. La comida era malísima, pero eso era de esperar. Fueron los invitados los que me hicieron sentir incómoda; eran el grupo de individuos más desmoralizante con el que me he topado nunca. La conversación fue sobre bombas y hambre. ¿Te acuerdas de Sarah Morecroft? Estaba allí, delgadísima, con la carne de gallina y los labios muy pintados. ¿Verdad que antes era guapa? ¿No estaba loca por aquel jinete que estudiaba en Cambridge? A él no se le vio por ninguna parte. Ella se ha casado con un médico de piel grisácea que hace ruidos con la lengua antes de hablar. Y era la imagen del romance desenfrenado comparado con mi compañero de mesa, que dio la casualidad de que era soltero, me imagino que el último de la Tierra. Dios, ¡qué miserable soy!

Te lo juro, Sophie, creo que hay algo en mí que no va bien. Todos los hombres que conozco son insoportables. Quizá no debería apuntar tan alto, tampoco tan bajo como el doctor canoso que chasquea la lengua, pero bajar un poco el listón, sí. Ni siquiera puedo echarle la culpa a la guerra... nunca se me han dado bien los hombres, ¿verdad?

¿Crees que el hombre de la caldera de St. Swithin fue mi gran amor? Ya que nunca hablé con él, parece poco probable, pero al menos fue una pasión que no me decepcionó. Y tenía aquel pelo negro tan bonito. Después de eso, ¿te acuerdas?, vino el Año de los Poetas. Sidney se irritó bastante con aquellos poetas, aunque no veo por qué, ya que fue él quien me los presentó. Además, pobre Adrian. Vaya, no hace falta que te recite la lista de mis temores, pero Sophie, ¿qué es lo que me pasa? ¿Soy demasiado exigente? No quiero estar casada sólo por estar casada. No hay nada que te haga sentir más sola que pasar el resto de la vida con alguien con quien no se pueda hablar, o peor, con alguien con quien no se pueda estar en silencio.

Qué carta más espantosa, ¡sólo hago que quejarme! ¿Ves? He conseguido que te sientas aliviada de que no pase por Escocia. Pero, además, no puedo, mi destino es responsabilidad de Sidney.

Dale un beso a Dominic de mi parte, y dile que el otro día vi una rata del tamaño de un terrier.

Un abrazo a Alexander y otro más fuerte para ti.

JULIET

De Dawsey Adams, Guernsey, Islas del Canal, a Juliet

12 de enero de 1946

Señorita Juliet Ashton
81 Oakley Street
Chelsea
Londres SW3

Estimada señorita Ashton:
Me llamo Dawsey Adams y vivo en una granja en la parroquia de St. Martin's Parish en Guernsey. La conozco porque tengo un viejo libro que una vez le perteneció, *Ensayos escogidos de Elia,* de un autor que en la vida real se llamaba Charles Lamb. Encontré su nombre y dirección escritos en la cubierta interior del libro.

Seré claro: me encanta Charles Lamb. El libro dice *Ensayos escogidos,* así que supongo que debe de haber escrito otras cosas entre las que escoger. Me gustaría leerlo, pero a pesar de que los alemanes ya se han ido, no ha quedado ni una librería en Guernsey.

Querría pedirle un favor. ¿Puede mandarme el nombre y la dirección de alguna librería de Londres? Me gustaría pedir por correo más libros de Charles Lamb. También querría preguntar si alguien ha escrito alguna vez la historia de su vida, y si lo han hecho, si me pueden mandar un ejemplar. Debido a su brillante y aguda inteligencia, creo que el señor Lamb debe de haber tenido una vida muy triste.

Charles Lamb me hizo reír durante la Ocupación alemana, sobre todo cuando escribió eso del cerdo asado. La Sociedad Literaria y el Pastel de Piel de Patata de Guernsey nació por un cerdo asado que tuvimos que esconder de los soldados alemanes, así que me siento cercano al señor Lamb.

Siento molestarla, pero todavía lo sentiría más si no conociera nada de él, ya que su obra me ha hecho considerarle amigo mío.

Esperando no haberla molestado,

DAWSEY ADAMS

P.D. Mi amiga la señora Maugery compró un folleto que una vez también le perteneció a usted. Se titula *¿Existió la zarza ardiente? Una defensa de Moisés y los diez mandamientos*. Le gustó la nota que usted escribió en el margen, «¿Palabra de Dios o control de masas?». ¿Al final decidió?

De Juliet a Dawsey

15 de enero de 1946

Señor Dawsey Adams
Les Vauxlarens
La Bouvée
St. Martin's, Guernsey

Estimado señor Adams:
Ya no vivo en Oakley Street, pero me alegro mucho de que su carta me haya encontrado y de que mi libro le haya encontrado a usted. Fue muy triste tener que desprenderme de *Ensayos escogidos de Elia.* Tenía dos ejemplares y una seria necesidad de poner estantes en la habitación, pero me sentí como una traidora al venderlo. Usted me ha aliviado la conciencia.

Me pregunto cómo llegó el libro a Guernsey. Quizás hay en los libros algún tipo de instinto secreto que les lleva a sus lectores perfectos. ¡Sería maravilloso que fuera verdad!

Puesto que no hay nada que me guste más que rebuscar por las librerías, inmediatamente después de recibir su carta fui a la librería Hastings & Sons. Llevo años yendo allí, siempre buscando un libro en concreto, y salgo con tres más que no sabía que quería. Le dije al señor Hastings que lo que usted quería era un ejemplar en buenas condiciones (y no una edición especial) de *Más ensayos de Elia.* Se lo enviará con la factura incluida en el sobre. Le encantó saber que usted también es un amante de Charles Lamb. Me dijo que la mejor biografía de Lamb es la de E.V. Lucas, y que le buscará un ejemplar, aunque puede tardar un poco.

Mientras tanto, ¿acepta este pequeño regalo de mi parte? Son sus *Cartas escogidas*. Creo que le dirán más de él que ninguna biografía. E.V. Lucas es demasiado majestuoso para incluir mi fragmento favorito de Lamb: «Zzzz, zzzz, zzzz, pum, pum, pum, fiu, fiu, fiu, sss, sss, sss, tilín, tilín, tilín, ¡crac! Al fin seré condenado sin duda. Me he estado emborrachando durante dos días seguidos. Mi moralidad está en las últimas y mi religión se va desvaneciendo». Lo encontrará en las *Cartas* (en la página 244). Las cartas fueron lo primero que leí de Lamb, y me da vergüenza decirlo, pero sólo compré el libro porque en algún sitio había leído que un hombre llamado Lamb había visitado a su amigo Leigh Hunt, que estaba en la cárcel por injuriar al Príncipe de Gales.

Mientras estaba allí, Lamb ayudó a Hunt a pintar el techo de la celda de color azul cielo con nubes blancas. Luego pintaron un rosal que trepaba por una de las paredes. Después, además, descubrí que Lamb ofreció dinero para ayudar a la familia de Hunt, a pesar de que él mismo era pobre. Lamb también le enseñó a la hija pequeña de Hunt a decir el Padrenuestro al revés. Por supuesto uno quiere saber todo lo que pueda sobre un hombre como él.

Esto es lo que me encanta de la lectura; en un libro encuentras un detalle diminuto que te interesa, y este detalle diminuto te lleva a otro libro, y algo en ese te lleva a un tercer libro. Es matemáticamente progresivo; sin final a la vista, y sin ninguna otra razón que no sea por puro placer.

La mancha roja de la cubierta que parece sangre... es sangre. No tuve cuidado con el cortapapeles. La postal adjunta es una reproducción de una fotografía de Lamb al lado de su amigo William Hazlitt.

Si tiene tiempo de cartearse conmigo, ¿puede contestarme algunas preguntas? De hecho, son tres. ¿Por qué una cena con un cerdo asado tenía que mantenerse en secreto? ¿Cómo puede ser un cerdo la causa de que usted formara un círculo literario? Y, lo más importante, ¿cómo es un pastel de piel de patata, y por qué forma parte del nombre de su sociedad?

He subalquilado un piso en el número 23 de Glebe Place, Chelsea, Londres SW3. Bombardearon el piso de Oakley Street en 1945 y todavía lo echo de menos. Era un piso precioso; veía el Támesis desde tres ventanas. Sé que soy afortunada de tener un lugar donde vivir en Londres, pero prefiero quejarme que dar gracias por lo que tengo. Me alegro de que pensara en mí para que le ayudara a buscar a *Elia*.

Saludos cordiales,

JULIET ASHTON

P.D. Nunca me decidí sobre Moisés, todavía me preocupa.

De Juliet a Sidney

18 de enero de 1946

Querido Sidney:
Esta no es una carta normal, es una disculpa. Por favor, perdona mis quejas sobre los tés y almuerzos que organizaste para la promoción de *Izzy*. ¿Te llamé tirano? Retiro lo dicho; adoro Stephens & Stark por haberme sacado de Londres.

Bath es una ciudad maravillosa: tiene unas calles blancas preciosas en forma de media luna, casas erguidas en lugar de los edificios negros y sombríos de Londres, o peor aún, montones de escombros que una vez fueron edificios. Es un placer respirar aire fresco y limpio, sin humo de carbón y sin polvo. Hace frío, pero no es el mismo frío húmedo de Londres. Incluso la gente parece diferente, erguidos, como sus casas, no grises ni encorvados como los londinenses.

Susan dice que los invitados al té del libro de Abbot disfrutaron muchísimo, y yo también. A los dos minutos ya fui capaz de despegar la lengua del paladar y empezar a disfrutar.

Mañana ella y yo iremos a librerías de Colchester, Norwich, King's Lynn, Bradford y Leeds.

Un abrazo, y gracias.

JULIET

De Juliet a Sidney

21 de enero de 1946

Querido Sidney:
El viaje nocturno en tren ¡ha vuelto a ser maravilloso! No hemos tenido que pasar horas de pie en los pasillos, no hemos cambiado de vía para que pasara un tren militar, y lo mejor de todo, no había cortinas opacas. Todas las ventanas ante las que pasábamos estaban iluminadas, y pude fisgonear una vez más. Lo eché mucho de menos durante la guerra. Sentí como si todos nos hubiéramos vuelto es-

pías y nos escabulléramos en túneles separados. No me considero una mirona auténtica (los de verdad buscan los dormitorios), pero las familias en las salas de estar o en las cocinas... eso me emociona. Me imagino sus vidas con sólo echar un vistazo a sus estanterías, a los escritorios, a las velas encendidas o a los cojines brillantes de los sofás.

Hoy, en la librería Tillman, nos hemos topado con un tipo condescendiente muy desagradable. Después de mi conferencia sobre *Izzy*, he preguntado si alguien tenía alguna pregunta. Él literalmente ha saltado de la silla para quedar frente a frente conmigo. ¿Cómo —ha preguntado—, yo, una simple mujer, osaba deshonrar el nombre de Isaac Bickerstaff? «El verdadero Isaac Bickerstaff, periodista de renombre, mejor dicho, corazón sagrado y alma de la literatura del siglo XVIII; difunto, y usted profana su nombre.»

Antes de que pudiera decir nada, una mujer de la última fila se ha puesto de pie: «¡Ande, siéntese! ¡No se puede profanar una persona que nunca ha existido! No está muerto, porque nunca estuvo vivo! Isaac Bickerstaff era el seudónimo de Joseph Addison en las columnas que escribía en el *Spectator*. La señorita Ashton puede adoptar cualquier nombre falso que quiera, así que ¡cállese ya!». ¡Qué defensora más valiente! El hombre se fue corriendo.

Sidney, ¿conoces a un hombre llamado Markham V. Reynolds, hijo? Si no lo conoces, ¿puedes buscarlo por mí en el registro catastral o en Scotland Yard? Si no lo encuentras, debe de estar en la misma guía telefónica. Me envió un ramo precioso de flores primaverales al hotel de Bath, doce rosas blancas al tren y un montón de rosas rojas a Norwich; todas sin ningún mensaje, sólo una tarjeta con su nombre.

Por cierto, ¿cómo sabe dónde nos alojamos Susan y yo? ¿Qué trenes cogemos? He recibido todas las flores justo al llegar. No sé si sentirme halagada o acosada.

Un abrazo,

JULIET

De Juliet a Sidney

23 de enero de 1946

Querido Sidney:

Susan me acaba de pasar las cifras de ventas de *Izzy*, casi no me lo puedo creer. Francamente, creía que la gente estaría tan cansada de la guerra, que nadie querría recordarla, y por supuesto, menos en un libro. Por suerte, y una vez más, tú tenías razón y yo estaba equivocada (me corroe admitirlo).

Viajar, hablar delante de un público cautivo, firmar libros y conocer gente es estimulante. Las mujeres que conocí me han contado tantas historias de la guerra que casi desearía seguir escribiendo la columna. Ayer, tuve una agradable charla con una señora noruega. Tiene cuatro hijas adolescentes, y justo la semana pasada, invitaron a la mayor a una merienda en la escuela de cadetes de la ciudad. Ataviada con su mejor vestido y con unos guantes blancos impecables, la chica llegó a la escuela, cruzó el umbral, echó un vistazo al mar de caras relucientes de los cadetes frente a ella, ¡y se desmayó! La pobre niña nunca había visto tantos hombres juntos en toda su vida. Piensa en ello, hay una generación entera que creció sin bailes, meriendas ni flirteo.

Me encanta ir a las librerías y conocer a los libreros. Realmente los libreros son una raza especial. Nadie en su sano juicio aceptaría trabajar de dependiente en una librería por el sueldo, y ningún propietario en sus cabales querría ser dueño de una, porque el margen de ganancias es demasiado bajo. Así que tiene que ser un amor a la lectura lo que les empuja a hacerlo, junto con ser los primeros en hojear las novedades.

¿Recuerdas el primer trabajo que tu hermana y yo tuvimos en Londres? ¿En la librería de viejo del refunfuñón señor Hawke? ¡Cómo le adoraba! Simplemente abría una caja de libros, nos pasaba uno o dos a nosotras y decía: «Nada de ceniza de cigarrillos, las manos limpias, y por el amor de Dios, Juliet, ¡nada de notas en los márgenes! Sophie querida, no la dejes beber café mientras lee». Y así leíamos todas las novedades.

Me asombraba entonces, y todavía me pasa, que mucha gente que deambula por las librerías en realidad no sabe lo que busca... Lo único que quieren es mirar y esperar a encontrar un libro que les llame la atención. Y luego, al ser demasiado inteligentes para confiar en la contracubierta del editor, le harán al librero las tres preguntas: 1) ¿de qué va?, 2) ¿lo ha leído?, 3) ¿vale la pena?

Los libreros de verdad, incorregibles, como Sophie y yo, no saben mentir. La cara siempre nos delata. Una ceja levantada o una mueca revelan que el libro no merece la pena, y entonces los clientes inteligentes piden que les recomendemos otra cosa, con lo cual los llevamos a la fuerza hasta un volumen en concreto y les ordenamos que lo lean. Si lo leen y les desagrada, nunca volverán. Pero si les gusta, serán clientes para toda la vida.

¿Estás tomando nota? Deberías. Un editor tendría que enviar más de un ejemplar a las librerías, para que todos los trabajadores también pudieran leerlo.

El señor Seton me ha dicho hoy que *Izzy Bickerstaff* era el regalo perfecto tanto para aquellos que te caen bien como para aquellos que no y a los que tienes que regalar algo por compromiso. También asegura que el treinta por ciento de los libros que se venden, se compran para regalar. ¿El treinta por ciento? ¿Es verdad?

¿Te ha dicho Susan que además de dirigir nuestra gira, también me dirige a mí? No hacía ni media hora que nos habíamos conocido y ya me dijo que mi maquillaje, mi ropa, mi peinado y mis zapatos no tenían nada de gracia. La guerra se ha acabado, ¿es que no me he dado cuenta?

Me llevó a Madame Helena para cortarme el pelo; ahora lo llevo corto y rizado, en vez de largo y lacio. También me hizo reflejos de un color más claro; Susan y Madame dijeron que realzarían el color dorado de mis «preciosos rizos castaños». Pero a mí no me engañan; sé que es para cubrir las canas (cuatro, he contado yo) que han empezado a aparecer. También me compré crema facial, una maravillosa crema de manos perfumada, una nueva barra de labios y un rizador de pestañas, que hace que me ponga bizca cada vez que lo uso.

Luego Susan me sugirió que me comprara un vestido nuevo. Le recordé que la reina era muy feliz vistiendo su guardarropa de 1939, así que ¿por qué no podía serlo yo? Dijo que la reina no necesita impresionar a desconocidos, pero yo sí. Me sentí como una traidora a la Corona y al país; ninguna mujer decente tiene ropa nueva, pero me olvidé de eso en cuanto me vi en el espejo. ¡Mi primer vestido nuevo en cuatro años, y qué vestido! Es exactamente del color de un melocotón maduro y cuando me muevo, tiene una caída preciosa. La dependienta dijo que tenía «un aire chic francés» y que yo también lo tendría si lo

compraba. Así que lo compré. Los zapatos nuevos tendrán que esperar, ya que gasté en el vestido lo equivalente a un año en cupones de racionamiento para ropa.

Entre Susan, el pelo, la cara y el vestido ya no parezco una persona apática y desaliñada de treinta y dos años. Parezco una de treinta llena de vida, elegante, alta-costurada (si esto no es un verbo, debería serlo).

A propósito de mi vestido nuevo y de mis zapatos viejos: ¿no te parece vergonzoso que tengamos más racionamiento ahora que durante la guerra? Soy consciente de que hay que alimentar a miles de personas en toda Europa, buscarles casa y vestirlos, pero entre tú y yo, me molesta que muchos de ellos sean alemanes.

Sigo sin ideas para el libro que quiero escribir. Está empezando a deprimirme. ¿Alguna sugerencia?

Ya que estoy en lo que yo considero el norte, esta noche llamaré a Sophie a Escocia. ¿Algún mensaje para tu hermana?, ¿para tu cuñado?, ¿para tu sobrino?

Esta es la carta más larga que he escrito nunca. No hace falta que tú contestes igual.

Un abrazo,

JULIET

De Susan Scott a Sidney

25 de enero de 1946

Querido Sidney:
No te creas las noticias de los periódicos. Ni detuvieron a Juliet ni se la llevaron esposada. Sólo la recriminó un

agente de policía de Bradford, que apenas podía aguantarse la risa.

Le tiró una tetera a Gilly Gilbert a la cabeza, pero no le creas cuando dice que lo escaldó, el té estaba frío. Además, más bien le pasó rozando, no fue un golpe directo. Incluso el director del hotel no nos dejó indemnizarle por la tetera: sólo se abolló un poco. Sin embargo, se vio obligado a llamar a la policía por los gritos de Gilly.

Aquí va la historia, y me considero la única responsable. Debí haberme negado a la petición de Gilly de entrevistar a Juliet. Sabía que era una persona despreciable, uno de esos gusanos empalagosos que trabajan para el *London Hue and Cry.* También sabía que Gilly y el *LH&C* estaban terriblemente celosos del éxito del *Spectator* con las columnas de Izzy Bickerstaff, y de Juliet.

Acabábamos de llegar al hotel de la fiesta de Juliet en el Brady's Booksmith. Las dos estábamos cansadas, y nos sentíamos muy importantes, cuando Gilly se levantó de un salto de una silla del salón. Nos pidió por favor que tomáramos un té con él. Nos rogó que le dejáramos hacer una breve entrevista con «nuestra maravillosa señorita Ashton, ¿o debería decir la Izzy Bickerstaff de Inglaterra?». Sólo con su adulación ya tenía que haberme puesto alerta, pero no lo hice; quería sentarme, deleitarme con el éxito de Juliet y tomarme un té con pastas.

Y así lo hicimos. Como la charla estaba yendo bastante bien, desconecté hasta que oí a Gilly decir: «Usted misma fue una viuda de guerra, ¿verdad? O mejor dicho, prácticamente "casi" una viuda de guerra. Iba a casarse con el teniente Rob Dartry, ¿verdad? Hizo los preparativos para la ceremonia, ¿verdad?».

Juliet dijo: «Discúlpeme, señor Gilbert». Ya sabes lo educada que es.

«No me equivoco, ¿verdad? Usted y el teniente Dartry solicitaron un certificado de matrimonio. Concertaron cita para casarse en el juzgado de Chelsea el 13 de diciembre de 1942, a las 11 de la mañana. Reservaron mesa para el almuerzo en el Ritz, sólo que usted no se presentó en ninguno de los actos. Es totalmente obvio que usted dejó al teniente Dartry plantado en el altar —pobre hombre— y lo mandó solo y humillado de vuelta al barco, a llevarse su corazón roto a Birmania, donde le mataron tan sólo tres meses después.»

Me incorporé, con la boca abierta. Me quedé mirando impotente, mientras Juliet trataba de ser cortés: «No le planté en el altar, fue el día antes. Y él no se quedó humillado, sino aliviado. Simplemente le dije que después de todo, no quería casarme. Créame, señor Gilbert, se fue siendo un hombre feliz, contentísimo de haberse librado de mí. No se escabulló de vuelta al barco, solo y traicionado, se fue directo al club CCB y se pasó toda la noche bailando con Belinda Twining».

Bueno, Sidney, a pesar de estar sorprendido, Gilly no se acobardó. Las pequeñas ratas como Gilly nunca lo hacen, ¿no? Rápidamente supuso que tenía una historia mucho más jugosa para su periódico.

«¡Vaya!, ¿de veras? —sonrió con suficiencia—. ¿Qué fue entonces? ¿La bebida? ¿Otras mujeres? ¿Tenía algo del viejo Oscar Wilde?»

Entonces fue cuando Juliet le tiró la tetera. Puedes imaginarte el alboroto que siguió: el salón estaba lleno de gente tomando el té, por eso, estoy segura, los periódicos tomaron nota.

Me imaginé el titular: «*¡IZZY BICKERSTAFF VA A LA GUERRA DE NUEVO! Periodista herido en un combate con bollos en un hotel*», sonaba un poco escabroso, pero no era del todo malo. Pero «*EL ROMEO FALLIDO DE JULIET: UN HÉROE CAÍDO EN BIRMANIA*», fue mezquino, incluso para Gilly Gilbert y el *Hue and Cry.*

Juliet está preocupada porque esto haya podido avergonzar a Stephens & Stark, pero está harta de que usen el nombre de Rob Dartry de esta manera. Lo único que conseguí que me dijera fue que Rob Dartry era un buen hombre, un hombre muy bueno, que nada de eso fue culpa suya, y que ¡no se lo merecía!

¿Sabías lo de Rob Dartry? Está claro que lo de la bebida y lo de Oscar Wilde son tonterías, pero ¿por qué Juliet canceló la boda? ¿Sabes por qué lo hizo? ¿Me lo dirás si lo sabes? Claro que no; no sé ni por qué lo pregunto.

Por supuesto que el cotilleo irá amainando, pero ¿tiene que estar Juliet en Londres con este jaleo? ¿Deberíamos alargar la gira hasta Escocia? Reconozco que no sé qué hacer; las ventas allí han sido espectaculares, pero Juliet ha trabajado tan duro en estas recepciones... no es fácil ponerse de pie frente a una sala llena de desconocidos y elogiarse a uno mismo y a tu libro. No está acostumbrada a este ajetreo como yo, y es, según mi punto de vista, muy cansado.

El domingo estaremos en Leeds, así que dime entonces lo de Escocia.

Por supuesto que Gilly Gilbert es despreciable y vil y espero que acabe mal, pero ha empujado a *Izzy Bickerstaff va a la guerra* a la lista de los más vendidos. He pensado en mandarle una nota de agradecimiento.

Apresuradamente tuya,

SUSAN

P.D. ¿Ya has descubierto quién es Markham V. Reynolds? Hoy le ha mandado un montón de camelias a Juliet.

Telegrama de Juliet a Sidney

SIENTO MUCHÍSIMO HABEROS PUESTO EN UNA SITUACIÓN VIOLENTA A TI Y A STEPHENS & STARK. UN ABRAZO, JULIET

De Sidney a Juliet

26 de enero de 1946

Señorita Juliet Ashton
Hotel The Queens
City Square
Leeds

Querida Juliet:
No te preocupes por lo de Gilly, no nos has incomodado; sólo lamento que el té no estuviera más caliente y que tú no hubieras apuntado más abajo. La prensa me está persiguiendo para que haga una declaración respecto al último escándalo de Gilly, y la voy a hacer. No te preocupes; será sobre periodismo en estos tiempos degenerados, no sobre ti o Rob Dartry.

Acabo de hablar con Susan sobre lo de Escocia y, aunque sé que Sophie nunca me lo perdonará, he decidido que es mejor que no vayáis. No tenemos por qué preocuparnos con las ventas de *Izzy*, están subiendo, así que creo que deberías volver a casa.

El *Times* quiere que escribas un artículo largo para el suplemento, una primera parte de una serie de tres que están pensando publicar en próximos números. Dejaré que te sorprendan con el tema, pero ya te puedo asegurar tres cosas: quieren que lo escriba Juliet Ashton, no *Izzy Bickerstaff;* el tema es serio, y la suma de la que se ha hablado va a permitirte llenar el piso con flores frescas todos los días durante un año, comprarte un edredón de satén (Lord Woolton dice que ya no te costará encontrar colchas nuevas), y conseguir un par de zapatos de piel auténtica (si puedes encontrarlos). Puedes quedarte mis cupones.

No quieren el artículo hasta finales de primavera, así que tendremos más tiempo para pensar en un posible nuevo libro. Todas son buenas razones para que vuelvas enseguida, pero la más importante es que te echo de menos.

Ahora, sobre Markham V. Reynolds, hijo. Sé quién es, y el registro catastral no ayudaría, es norteamericano. Es el heredero de Markham V. Reynolds, padre, que tenía el monopolio de las fábricas de papel en Estados Unidos y ahora sólo posee la mayoría. Reynolds hijo tiene una veta artística y no se ensucia las manos haciendo papel, sino que imprime en él. Es editor. *The New York Journal, The Word, View,* son todas suyas, y también tiene algunas publicaciones pequeñas. Me he enterado de que está en Londres. Oficialmente, está aquí para abrir una oficina del *View* en Inglaterra, pero se rumorea que ha decidido empezar a editar libros, y que en realidad ha venido para seducir a los mejores autores de Inglaterra con sueños de abundancia y prosperidad en América. No sabía que sus técnicas incluían rosas y camelias, pero no me sorprende. Siempre le ha sobrado lo que nosotros llamamos descaro y los estadounidenses, confianza en uno mismo. Sólo espera a conocerle. Ha sido la perdición de mujeres más fuertes que tú, incluyendo mi secretaria. Siento comunicarte que fue ella quien le dio tu itinerario y tu dirección. A la boba le pareció muy romántico con «un traje tan mono y zapatos hechos a mano». ¡Dios mío! No logró captar el concepto de violación de la confidencialidad, así que he tenido que despedirla.

Anda tras de ti, Juliet, no lo dudes. ¿Debo retarle a un duelo? Sin duda me mataría, así que mejor que no lo haga. Cielo, yo no puedo prometerte ni abundancia ni prosperidad, ni tan sólo mantequilla, pero eres la autora más querida de Stephens & Stark, sobre todo de Stark, lo sabes, ¿verdad?

¿Cenamos juntos en cuanto vuelvas?

Un abrazo,

SIDNEY

De Juliet a Sidney

28 de enero de 1946

Querido Sidney:

Sí, será un placer cenar contigo. Me pondré el vestido nuevo y me daré un atracón.

Me alegra mucho no haber importunado a S&S con el tema de Gilly y la tetera; estaba preocupada. Susan me sugirió que también hiciera una «declaración elegante» en la prensa, sobre Rob Dartry y por qué no nos casamos. No podría hacerlo de ninguna manera. Francamente, no creo que me importara quedar como una idiota si eso no hiciera que él pareciera uno mayor. Pero «sonaría» como si lo fuera. La gente lo vería así. Prefiero no decir nada y parecer una arpía irresponsable, frívola e insensible.

Pero me gustaría que tú supieras la razón. Te lo habría contado antes, pero en 1942 estabas fuera con la Marina, y nunca conociste a Rob. Ni tan sólo Sophie lo conoció —ese otoño estaba estudiando en Bedford—, y después le hice jurar que no diría nada. Cuanto más tiempo pasaba sin decirte nada, menos importante era que lo supieras, sobre todo en vista de cómo me hacía quedar a mí, tonta y estúpida para empezar, por haberme prometido.

Pensaba que estaba enamorada (esto es lo más patético, mi idea de estar enamorada). Como parte de los preparativos para compartir mi casa con un marido, le hice un lugar en mi cama para que no se sintiera como una tía lejana de visita. Vacié la mitad de los cajones de la cómoda, la mitad del armario, la mitad del botiquín y la mitad de mi escritorio. Regalé las perchas acolchadas y traje unas de esas pesadas de madera. Quité mi muñeca de trapo de la cama y la metí en el desván. Mi piso ya era para dos, en lugar de para uno.

La tarde antes de nuestra boda, Rob trajo lo último que le quedaba, mientras yo entregaba el artículo de Izzy al *Spectator.* Cuando terminé, fui corriendo a casa, subí las escaleras volando y al abrir la puerta me encontré a Rob sentado en el taburete delante de la estantería, rodeado de cajas de cartón. Estaba precintando la última con cinta adhesiva y cordel. Había ocho cajas, ¡ocho cajas de mis libros cerradas y listas para bajar al sótano!

Levantó la vista y me dijo: «Hola, cariño. No te preocupes por el desorden, el portero ha dicho que me ayudará a bajar todo esto al sótano». Señaló los estantes con la cabeza y dijo: «¿No se ven bien?».

¡Me quedé sin palabras! Estaba demasiado consternada para poder hablar. Sidney, cada uno de los estantes donde antes estaban mis libros estaba lleno de trofeos deportivos: copas de plata, copas de oro, escarapelas azules, galones rojos... Había premios para cada uno de los deportes que se pueden practicar con objetos de madera: con bates de cricket, raquetas de squash, raquetas de tenis, remos, palos de golf, palas de tenis de mesa, arcos y flechas, tacos de snooker, palos de lacrosse, *sticks* de hockey y mazas de polo. Había trofeos para todo lo que el hombre puede llegar a saltar, por sí mismo o sobre un caballo. Luego venían los diplomas enmarcados: por haber disparado al mayor número de pájaros de tal a tal fecha, por ser el primero en una carrera, por ser el que aguantó más en uno de esos mugrientos juegos de tira y afloja con una cuerda contra Escocia.

Lo único que pude hacer fue gritar: «¿Cómo te atreves? ¡Qué has hecho! ¡Vuelve a colocar mis libros!».

Y así es como empezó todo. Al final, me dije que nunca podría casarme con un hombre cuya idea de felicidad era arremeter contra pelotitas y pajaritos. Rob me rebatió con comentarios sobre malditos sabelotodo y arpías. Y a partir de ahí, todo degeneró; el único pensamiento que probablemente teníamos en común era: ¿de qué demonios hemos estado hablando los últimos cuatro meses? En serio, ¿de qué? Gritó, resopló, bramó y, finalmente, se fue. Luego, saqué los libros de las cajas.

¿Te acuerdas de la noche del año pasado que viniste a buscarme al tren para decirme que habían bombardeado mi piso? ¿Creíste que reía por la histeria? No, era por la ironía. Si hubiera dejado que Rob metiera todos los libros en el sótano, todavía los tendría, absolutamente todos.

Sidney, como muestra de nuestra larga amistad, no hace falta que hagas comentarios sobre esta historia, nunca. De hecho, preferiría que no lo hicieras.

Gracias por seguirle la pista a Markham V. Reynolds, hijo. Por el momento, sus halagos no pasan de ser florales, y sigo siéndote fiel a ti y al Imperio. Sin embargo, me siento un poco mal por tu secretaria, espero que le haya mandado rosas por las molestias, ya que no estoy segura de que mis escrúpulos pudieran resistir la visión de unos zapatos hechos a mano. Si algún día le conozco, procuraré no mirarle a los pies, o primero me amarraré al mástil y luego miraré, como Odiseo.

Muchísimas gracias por pedirme que vuelva. Tengo muchas ganas de empezar con la propuesta de las series del *Times*. ¿Prometes por Sophie que no será un tema frívolo? No van a pedirme que escriba sobre los Duques de Windsor, ¿verdad?

Un abrazo,

JULIET

De Juliet a Sophie Strachan

31 de enero de 1946

Querida Sophie:
Gracias por visitarme en Leeds. No encuentro palabras para expresar lo mucho que necesitaba ver una cara ami-

ga justo en ese momento. Sinceramente, estaba a punto de escabullirme a las islas Shetland para hacer vida de ermitaña. Fue muy bonito de tu parte venir.

El dibujo que publicó el *London Hue and Cry* de mí en que me llevaban encadenada fue desmesurado; ni siquiera me arrestaron. Sé que a Dominic le haría gracia tener una madrina en la cárcel, pero esta vez tendrá que conformarse con algo menos dramático.

Le dije a Sidney que lo único que podía hacer respecto a las falsas y crueles acusaciones de Gilly era guardar un digno silencio. Me dijo que lo hiciera si era lo que quería, pero que Stephens & Stark ¡no podía callar!

Convocó una rueda de prensa para defender el honor de *Izzy Bickerstaff*, Juliet Ashton, y defender también al mismo periodismo de escoria como Gilly Gilbert. ¿Salió en los periódicos de Escocia? Si no, aquí va lo más destacado. Dijo que Gilly Gilbert era una rata retorcida (bueno, quizá no con estas palabras exactas, pero el significado era claro), que mentía porque era demasiado vago para enterarse de la realidad y demasiado estúpido para ver el daño que sus mentiras causaban a las nobles tradiciones del periodismo. Fue estupendo.

Sophie, ¿dos chicas (ahora mujeres) podrían haber tenido nunca un defensor mejor que tu hermano? Creo que no. Dio un discurso maravilloso, aunque debo admitir que tengo algunas dudas. Gilly Gilbert es una serpiente tan rastrera, que no puedo creer que simplemente desaparezca sin decir nada. Susan dice que, por otra parte, Gilly es también tan cobarde que no se atreverá a responder. Espero que tenga razón.

Mi cariño para todos.

JULIET

P.D. Ese hombre me ha enviado otro ramo de orquídeas. Estoy empezando a ponerme nerviosa, esperando a que deje de esconderse y se dé a conocer. ¿Crees que es una de sus estrategias?

De Dawsey a Juliet

31 de enero de 1946

Estimada señorita Ashton:
¡Su libro llegó ayer! Es usted una mujer encantadora, se lo agradezco de todo corazón.

Trabajo en St. Peter Port, descargando barcos, así que puedo leer durante los descansos para tomar té. Es una bendición tener auténtico té, pan con mantequilla y, ahora, también su libro. También me gusta porque es de tapa blanda y puedo metérmelo en el bolsillo y llevármelo a todas partes, aunque intento no acabarlo demasiado rápido. Y aprecio tener una foto de Charles Lamb; tenía una cabeza magnífica, ¿verdad?

Me gustaría mantener correspondencia con usted. Contestaré a sus preguntas lo mejor que pueda. Aunque hay gente que le contaría la historia mejor que yo, voy a explicarle lo de nuestra cena del cerdo asado.

Tengo una casita y una granja que me dejó mi padre. Antes de la guerra, criaba cerdos, cultivaba verduras para las paradas del mercado de St. Peter Port, y flores para Covent Garden. A menudo también trabajaba de carpintero y arreglaba tejados.

Ahora ya no hay cerdos. Los alemanes se los llevaron

para alimentar a sus soldados en el continente, y me mandaron cultivar patatas. Teníamos que plantar lo que ellos dijeran, y nada más. Al principio, antes de conocer a los alemanes como lo hice luego, creí que podía guardar algunos cerdos escondidos para mí. Pero el oficial agrícola los olió y se los llevó. Fue un duro golpe, pero pensé que me las arreglaría, ya que había patatas y nabos en abundancia, y entonces todavía quedaba harina. Sin embargo, es extraño cómo acaba afectándonos la comida. Después de seis meses de nabos y algún trozo de cartílago de vez en cuando, me era difícil pensar en algo que no fuera un buen banquete.

Una tarde, mi vecina, la señora Maugery, me envió una nota. «Ven rápido —decía—, y trae un cuchillo de carnicero.» Intenté no hacerme muchas ilusiones, pero salí hacia la casa solariega a grandes pasos. Y ¡era cierto! Tenía un cerdo, un cerdo escondido, y ¡me había invitado a unirme al festín con ella y sus amigos!

Yo no hablaba mucho de pequeño (tartamudeaba bastante) y no acostumbraba a asistir a cenas. A decir verdad, la de la señora Maugery era la primera a la que me invitaban. Dije que sí, porque pensaba en el cerdo asado, pero hubiera preferido llevarme mi trozo a casa y comérmelo allí.

Fue una suerte que mi deseo no se cumpliera, porque aquél fue el primer encuentro de la Sociedad Literaria y el Pastel de Piel de Patata de Guernsey, a pesar de que todavía no lo sabíamos. La cena fue singular, pero la compañía fue mejor. Hablando y comiendo, nos olvidamos de la hora y del toque de queda hasta que Amelia (la señora Maugery) oyó que las campanadas tocaban las nueve. Nos habíamos pasado una hora. En fin, la buena comida nos había fortalecido los corazones, y cuando Elizabeth

McKenna dijo que deberíamos ponernos en camino a nuestras respectivas casas en lugar de merodear por el salón de Amelia toda la noche, todos estuvimos de acuerdo. Pero saltarse el toque de queda era delito. Había oído que habían enviado a gente a campos de prisioneros por eso, y quedarse con un cerdo era una infracción aún más grave, así que fuimos por los campos, hablando en susurros y andando con mucho cuidado, lo más silenciosos que pudimos.

Habríamos salido bien parados si no llega a ser por John Booker. En la cena, había bebido más de lo que había comido, y cuando llegamos a la carretera, perdió el control y ¡empezó a cantar! Lo agarré, pero era demasiado tarde: de golpe, seis oficiales alemanes de guardia salieron de detrás de unos árboles con las pistolas Luger desenfundadas y empezaron a gritar que ¿por qué estábamos fuera después del toque de queda?, ¿de dónde veníamos?, ¿adónde íbamos?

No sabía qué hacer. Si corría, me dispararían. Eso sí lo sabía. Tenía la boca seca como tiza y la mente en blanco, así que simplemente seguí sujetando a Booker y esperé.

Entonces Elizabeth cogió aire y dio un paso adelante. Elizabeth no es alta, así que tenía las pistolas a la altura de los ojos, pero ni parpadeó. Hizo como si no viera ninguna. Se acercó al oficial que estaba al mando y empezó a hablar. Nunca había oído tantas mentiras. Que sentía mucho que nos hubiéramos saltado el toque de queda. Que veníamos de una reunión de la Sociedad Literaria de Guernsey, y que el debate de la noche sobre *Elizabeth y su jardín alemán* había sido tan agradable, que habíamos perdido la noción del tiempo. Qué libro tan maravilloso, y le preguntó si lo había leído.

Ninguno de nosotros tuvo el aplomo de respaldarla, pero el oficial no pudo reprimirse, y le sonrió. Elizabeth es así. El oficial se apuntó nuestros nombres y nos ordenó muy educadamente que a la mañana siguiente nos presentáramos ante el comandante. Luego nos hizo una reverencia y nos deseó buenas noches. Elizabeth asintió con la cabeza, tan cortés como pudo, mientras los demás nos alejábamos poco a poco, intentando no ponernos a correr como conejos. Incluso con Booker a cuestas, llegué a casa rápidamente.

Esta es la historia de la cena del cerdo asado.

Me gustaría hacerle una pregunta. Los barcos llegan a St. Peter Port todos los días para traernos cosas que Guernsey todavía necesita: comida, ropa, semillas, arados, pienso para animales, herramientas, medicamentos, y lo que es más importante, ahora que ya tenemos qué comer, zapatos. Creo que no había nadie que llevara unos zapatos de su talla en toda la isla hasta que la guerra terminó.

Algunas de las cosas que nos mandan están envueltas en papel de periódicos viejos y páginas de revistas. Mi amiga Clovis y yo los alisamos y nos los llevamos a casa para leerlos; luego se los pasamos a los vecinos que, como nosotros, están ansiosos por tener cualquier noticia del mundo exterior de los últimos cinco años. No sólo noticias o fotografías: la señora Saussey quiere ver recetas de cocina; madame LePell quiere revistas de moda (es modista); el señor Moraud lee las necrológicas (tiene sus esperanzas, pero no dirá quién); Claudia Rainey busca fotografías de Ronald Colman; el señor Turnot quiere ver reinas de belleza en traje de baño, y a mi amiga Isola le gusta leer sobre bodas.

Hay muchas cosas que quisimos saber durante la guerra, pero no se nos permitía recibir cartas ni periódicos de Inglaterra (ni de ningún sitio). En 1942 los alemanes confiscaron todas las radios; claro que quedaron algunas escondidas, que se escuchaban en secreto, pero si te pillaban, podían mandarte a los campos. Por eso no entendemos muchas cosas de las que leemos ahora.

A mí me gustan las historietas gráficas de la época de la guerra, pero hay una que me desconcierta. Es de un número de la revista *Punch* de 1944, y muestra unas diez personas bajando por una calle de Londres. Los líderes son dos hombres con bombín, con maletines y paraguas, y uno le dice al otro: «Es ridículo decir que estos Doodlebugs han afectado a la gente de alguna manera». Tardé unos segundos en darme cuenta de que cada persona del dibujo tenía una oreja de tamaño normal y otra muy grande. Quizá pueda explicármelo.

Suyo,

DAWSEY ADAMS

De Juliet a Dawsey

3 de febrero de 1946

Estimado señor Adams:
Me alegro mucho de que esté disfrutando las cartas de Lamb y de su retrato. Tenía la cara que yo me había imaginado, así que me alegro de que a usted le haya pasado lo mismo.

Muchísimas gracias por contarme lo del cerdo asado, pero no crea que no me di cuenta de que sólo contestó a una de mis preguntas. Estoy ansiosa de saber más sobre la

Sociedad Literaria y el Pastel de Piel de Patata de Guernsey, y no sólo para satisfacer mi curiosidad, ya que ahora tengo un deber profesional para entrometerme.

¿Le dije que soy escritora? Escribía una columna semanal en el *Spectator* durante la guerra. La editorial Stephens & Stark ha hecho una recopilación en un volumen y ha publicado todas esas columnas bajo el título *Izzy Bickerstaff va a la guerra*. Izzy era el pseudónimo que el *Spectator* escogió para mí, y ahora, gracias a Dios, la pobre se ha ido a descansar, y yo puedo volver a escribir con mi verdadero nombre. Me gustaría escribir un libro, pero tengo problemas en encontrar un tema con el que poder vivir a gusto durante varios años.

Mientras tanto, me han pedido del *Times* que escriba un artículo para el suplemento literario. Quieren tratar el valor práctico, moral y filosófico de la lectura, a lo largo de tres números y a cargo de distintos autores. A mí me toca la parte filosófica del debate, y hasta ahora la única idea que tengo es que la lectura te impide enloquecer. Como ve, necesito ayuda.

¿Le importaría si incluyo su sociedad literaria en el artículo? Estoy segura de que la historia de la fundación de la sociedad fascinaría a los lectores del *Times*, y me encantaría saber más sobre sus reuniones. Pero si prefiere que no lo haga, por favor, no se preocupe, lo entenderé, y de todos modos, me gustaría volver a tener noticias suyas.

Recuerdo la historieta del *Punch* que tan bien describió y creo que lo que le desorientó fue la palabra *Doodlebug*. Fue el nombre que acuñó el Ministerio de Información para que sonara menos espeluznante que «los misiles V-1 y V-2 de Hitler» o «propulsadas».

Todos estábamos acostumbrados a los bombardeos

nocturnos y al panorama que les seguía, pero esas bombas eran distintas de las que conocíamos.

Esos misiles llegaban a plena luz del día, e iban tan rápido que no había tiempo de activar la sirena antiaérea ni de refugiarse. Se podían ver; parecían lápices delgados, negros e inclinados, y hacían un ruido sordo, espástico, al pasar sobre nosotros, como el del motor de un coche que se está quedando sin gasolina. Mientras pudieras oírlos petardear, estabas a salvo. Podías pensar: «Gracias a Dios, va a pasar de largo».

Pero cuando el ruido paraba, significaba que sólo faltaban treinta segundos para que cayera en picado. Así que escuchabas. Escuchabas con fuerza para oír si cesaba el sonido de los motores. Una vez vi caer un Doodlebug. Estaba a alguna distancia cuando impactó, así que me tiré a la alcantarilla y me acurruqué contra el brocal. Un poco más allá, en el piso de arriba de un edificio alto de oficinas, algunas mujeres habían salido a una ventana abierta a mirar. El impacto de la explosión fue tan fuerte que las succionó.

Ahora parece imposible que alguien dibujara una historieta gráfica sobre Doodlebugs, y que todos, incluida yo, nos hubiéramos reído. Pero lo hicimos. Quizá el viejo dicho «el humor es la mejor manera de hacer soportable lo insoportable» sea cierto.

¿El señor Hastings ya le ha encontrado la biografía de Lucas?

Saludos cordiales,

JULIET ASHTON

De Juliet a Markham Reynolds

4 de febrero de 1946

Señor Markham Reynolds
63 Halkin Street
Londres SW1

Estimado señor Reynolds:
Sorprendí a su chico de los recados en el acto de depositar un ramo de claveles rosas en mi puerta. Le agarré y le intimidé hasta que me dio su dirección. Ya ve, señor Reynolds, usted no es el único que sabe persuadir a empleados inocentes. Espero que no lo despida; parece un buen chico, y realmente no tuvo alternativa; le amenacé con los volúmenes de *En busca del tiempo perdido*.

Ahora puedo agradecerle las docenas de flores que me ha enviado; hacía años que no veía rosas, camelias y orquídeas semejantes, y no se puede imaginar cómo me han levantado el ánimo en este invierno tan frío. ¿Por qué merezco yo vivir entre flores, cuando todos los demás tienen que contentarse con árboles de ramas peladas y nieve fangosa? No lo sé, pero no sabe cuánto me alegro de que así sea.

Atentamente,

JULIET ASHTON

De Markham Reynolds a Juliet

5 de febrero de 1946

Estimada señorita Ashton:
No he despedido al chico de los recados, lo he ascendido. Me consiguió lo que yo no logré por mí mismo: presentármela a usted. A mi modo de ver, su carta es un apretón de manos figurado y ya hemos terminado con los preámbulos. Espero que sea de la misma opinión, ya que me ahorrará el problema de tener que arreglármelas para invitarla a la próxima cena en casa de Lady Bascomb si por casualidad usted estuviera aquí. Sus amigos son muy desconfiados, sobre todo ese tipo, Stark, que dijo que no era su trabajo dar la dirección de nadie y se negó a llevarla a usted al cóctel que organicé en la oficina del *View*.

Dios sabe que mis intenciones son buenas o, al menos, desinteresadas. La pura verdad es que usted es la única escritora mujer que me hace reír. Sus columnas de Izzy Bickerstaff fueron lo más gracioso que se publicó durante la guerra, y quiero conocer a la mujer que las escribió.

Si prometo que no la secuestraré, ¿me concederá el honor de cenar conmigo la próxima semana? Usted escoge el día. Estoy a su entera disposición.

Saludos,

MARKHAM REYNOLDS

De Juliet a Markham Reynolds

6 de febrero de 1946

Estimado señor Reynolds:
No soy inmune a los halagos, sobre todo si son sobre mi trabajo. Con mucho gusto cenaré con usted. ¿El jueves que viene?

Atentamente,

JULIET ASHTON

De Markham Reynolds a Juliet

7 de febrero de 1946

Querida Juliet:
Falta mucho para el jueves. ¿El lunes? ¿En el Claridge's? ¿A las siete?

Suyo,

MARK

P.D. Por casualidad, ¿no tendrá teléfono?

De Juliet a Markham

7 de febrero de 1946

Estimado señor Reynolds:
De acuerdo, el lunes en el Claridge's, a las siete.

Sí tengo teléfono. Está en Oakley Street debajo de un montón de escombros que antes eran mi piso. Ahora estoy subarrendada, y mi casera, la señora Olive Burns, tiene el único teléfono que hay. Si usted quiere charlar con ella, puedo darle su número.

Atentamente,

JULIET ASHTON

De Dawsey a Juliet

7 de febrero de 1946

Estimada señorita Ashton:
Estoy seguro de que a la Sociedad Literaria de Guernsey le gustaría aparecer en su artículo del *Times*. Le he pedido a la señora Maugery que le escriba para contarle lo de nuestras reuniones, ya que ella es una mujer culta y sus palabras quedarán mejor que las mías en un artículo. No creo que nos parezcamos mucho a las sociedades literarias de Londres.

El señor Hastings todavía no me ha encontrado el ejemplar de la biografía de Lucas, pero tengo una postal suya que dice: «Estoy sobre la pista. No me rindo». Es un hombre amable, ¿verdad?

Estoy llevando tejas de pizarra para el nuevo tejado del hotel Crown. Los propietarios esperan que este verano los turistas quieran volver. Estoy contento con el trabajo, pero sería más feliz si pudiera trabajar pronto en mi propiedad.

Es agradable encontrarme una carta suya cuando vuelvo a casa.

Le deseo suerte en la búsqueda de un tema que le interese para escribir un libro.

Atentamente,

DAWSEY

De Amelia Maugery a Juliet

8 de febrero de 1946

Estimada señorita Ashton:

Dawsey Adams acaba de venir a verme. Nunca antes le había visto tan contento con nada como con su regalo y su carta. Estaba tan ocupado convenciéndome para que la escribiera antes de la siguiente salida del correo, que se ha olvidado de ser tímido. Creo que él no es consciente de ello, pero Dawsey tiene un excepcional don de persuasión; nunca pide nada para él mismo, así que todos están dispuestos a hacer lo que pide para los demás.

Me ha contado lo de la propuesta de su artículo y me ha pedido que le escriba sobre la sociedad literaria que formamos durante y debido a la Ocupación alemana. Estaré encantada de hacerlo, pero con una advertencia.

Un amigo de Inglaterra me ha enviado un ejemplar de *Izzy Bickerstaff va a la guerra*. No hemos tenido noticias del mundo exterior desde hace cinco años, así que puede imaginarse lo satisfactorio que fue saber cómo Inglaterra resistió durante aquellos años. Su libro fue tan informativo como ameno y divertido, pero es el tono divertido lo que debo cuestionar.

Reconozco que nuestro nombre, la Sociedad Literaria y

el Pastel de Piel de Patata de Guernsey, es un nombre poco corriente y fácilmente podría ser ridiculizado. ¿Me garantiza que no estará tentada a hacerlo? Quiero mucho a los miembros de la Sociedad, son todos muy amigos míos, y no deseo que se sientan objeto de diversión de sus lectores.

¿Estaría dispuesta a contarme sus intenciones con el artículo y también algo sobre usted misma? Si puede entender la importancia de mis peticiones, estaré encantada de hablarle de la Sociedad. Espero tener noticias suyas pronto.

Atentamente,

AMELIA MAUGERY

De Juliet a Amelia

10 de febrero de 1946

Señora Amelia Maugery
Windcross Manor
La Bouvée
St. Martin's, Guernsey

Estimada señora Maugery:
Gracias por su carta. Estoy encantada de contestar a sus preguntas.

Me reí de muchas situaciones en la época de la guerra; el *Spectator* creyó que una aproximación ligera a las malas noticias serviría de antídoto y que el humor ayudaría a levantar la baja moral de Londres. Estoy muy contenta de que *Izzy* sirviera para este propósito, pero la necesidad de ser graciosa a pesar de todo ya se ha acabado, gracias a Dios. Nunca me reiría de nadie a quien le guste leer. Ni del señor Adams. Estoy contentísima de que uno de mis libros haya ido a parar a manos de alguien como él.

Como usted necesita saber un poco sobre mí, le he pedido al reverendo Simon Simpless, de la iglesia de St. Hilda, cerca de Bury St. Edmunds, en Suffolk, que le escriba. Me conoce desde que era pequeña y me tiene mucho cariño. También le he pedido a lady Bella Taunton que me haga una recomendación. Fuimos compañeras de vigilancia de incendios durante el Blitz,* y no le gusto nada. Entre los dos, se podrá hacer una idea imparcial de mi carácter.

También le incluyo un ejemplar de una biografía que escribí sobre Anne Brontë, así verá que también soy capaz de hacer cosas diferentes. No se vendió muy bien. De hecho, nada bien, pero estoy mucho más orgullosa de ese libro que de *Izzy Bickerstaff va a la guerra.*

Si hay algo más que pueda hacer para convencerla de mi buena voluntad, estaré encantada de hacerlo.

Atentamente,

JULIET ASHTON

De Juliet a Sophie

12 de febrero de 1946

Queridísima Sophie:
Markham V. Reynolds, el de las camelias, finalmente se

* Bombardeo alemán de Londres en 1940-1941. (*N. del E.*)

materializó. Se presentó, me hizo unos cumplidos y me invitó a salir a cenar, al Claridge's, nada menos. Acepté, muy regia, «El Claridge's, ah sí, he oído hablar del Claridge's», y luego me pasé los tres días siguientes preocupada por mi pelo. Suerte que tenía mi maravilloso vestido nuevo, así no tuve que perder tiempo preocupándome por qué iba a ponerme.

Tal como decía madame Helena: «El pelo, está hecho un desastre». Intenté recogérmelo; no me aguantó. Un moño francés; se me deshizo. Estaba a punto de plantarme un lazo rojo enorme en la cabeza cuando mi vecina Evangeline Smythe vino a rescatarme, Dios la bendiga. Es un genio con mi pelo. En dos minutos era la imagen de la elegancia. Me recogió todos los rizos y los arremolinó atrás; incluso podía mover la cabeza. Salí, sintiéndome divina. Ni el vestíbulo de mármol del Claridge's pudo intimidarme.

Entonces Markham V. Reynolds se acercó y la burbuja reventó. Es deslumbrante. En serio, Sophie, nunca he visto a nadie así. Ni el de la caldera puede compararse con él. Bronceado, con unos ojos azules centelleantes. Unos zapatos de piel divinos y un traje elegante con un pañuelo blanco radiante en el bolsillo superior. Por supuesto, al ser norteamericano, es alto, y tiene una de esas inquietantes sonrisas tan típicas de ellos, dientes relucientes y buen humor, pero no es uno de aquellos norteamericanos simpáticos. Es bastante impresionante, y está acostumbrado a dar órdenes a la gente, aunque lo hace con tanta soltura que los demás no se dan cuenta. Tiene la costumbre de creer que su opinión es la correcta, pero no es desagradable. Está tan seguro de que tiene la razón que ni se molesta en serlo.

Una vez nos sentamos (en nuestro propio reservado de terciopelo) y todos los camareros y *maîtres d'hôtel* dejaron de revolotear alrededor nuestro, le pregunté por qué me había enviado aquellos montones de flores sin incluir ninguna nota.

Rió. «Para que te interesases. Si te hubiera escrito directamente, pidiéndote que nos viéramos, ¿cómo habrías respondido?» Admití que no habría aceptado. Él arqueó una ceja. ¿Era culpa suya haberme podido engatusar tan fácilmente?

Me ofendió que fuera tan transparente, pero él volvió a reírse de mí. Y luego empezó a hablar de la guerra y de literatura victoriana (sabe que he escrito una biografía de Anne Brontë), y de Nueva York y de racionamiento, y antes de darme cuenta, ya estaba disfrutando de su compañía, totalmente embelesada.

¿Te acuerdas de aquella tarde, en Leeds, cuando especulábamos sobre las posibles razones por las cuales Markham V. Reynolds, hijo, no se daba a conocer? Es muy decepcionante, pero estábamos equivocadas por completo. No está casado. No es en absoluto tímido. No tiene ninguna cicatriz que le desfigure y le obligue a evitar la luz del día. No parece ser un hombre lobo (o al menos no tiene pelo en los nudillos). Y no es un nazi que se haya dado a la fuga (tendría acento).

Ahora que lo pienso, quizá sí es un hombre lobo. Lo imagino adentrándose en los páramos tras su presa, y estoy segura de que no se lo pensaría dos veces si tuviera que comerse a una persona inocente. Lo vigilaré de cerca la próxima luna llena. Me ha pedido que vayamos a bailar este sábado... quizá debería ponerme cuello alto. Vaya, eso son los vampiros, ¿no?

Creo que estoy un poco atolondrada.
Un abrazo,

JULIET

De lady Bella Taunton a Amelia

11 de febrero de 1946

Estimada señora Maugery:
Vamos a lo que nos ocupa, la carta de Juliet Ashton. No me sorprende su contenido. ¿Debo entender que quiere que le proporcione referencias sobre ella? Bueno, ¡así se hará! No puedo poner en duda su carácter, pero sí su sentido común. No lo tiene.

Como usted sabe, la guerra hace extrañas parejas, y a Juliet y a mí nos tocó ir juntas desde que empezamos con los vigilantes de incendios durante el Blitz. Los vigilantes teníamos que pasar las noches en los tejados de Londres, atentos a los incendios que ocasionaban las bombas. Cuando caían, nos apresurábamos con bombas de mano y cubos de arena para sofocar cualquier pequeño fuego antes de que se propagara. A Juliet y a mí nos emparejaron para que trabajáramos juntas. No hablábamos, como harían vigilantes menos concienzudos. Yo insistí en hacer una vigilancia total, en todo momento. Aun así, me enteré de algunos detalles de su vida de antes de la guerra.

Su padre era un granjero respetable de Suffolk. Su madre, supongo, era la típica mujer de granjero, que ordeña vacas y despluma pollos, cuando no se dedicaba a llevar una librería en Bury St. Edmunds. Los padres de Juliet murieron en un accidente cuando ella tenía doce años, y se fue a vivir a St. John's Wood con su tío abuelo, un clasicista de renombre. Estando allí, perturbó el desarrollo de los estudios de él y la paz de la casa, al escaparse dos veces.

Desesperado, él la mandó interna a una escuela de elite. Después de su graduación, Juliet se negó a seguir con los estudios superiores, se fue a Londres y compartió un estudio con su amiga Sophie Stark. Durante el día trabajaba en una librería. Por la noche escribía un libro sobre una de esas desgraciadas chicas Brontë, no recuerdo cuál de ellas. Creo que el libro lo publicó Stephens & Stark, la empresa del hermano de Sophie. Sólo puedo suponer que alguna forma de favoritismo fue la causa de la publicación del libro.

En cualquier caso, empezó a publicar artículos para varias revistas y periódicos. Su frivolidad y desenfado le proporcionaron un gran número de seguidores entre los lectores menos intelectuales (de los que, me temo, hay muchos). Se gastó lo que le quedaba de herencia en un piso en Chelsea. Chelsea, barrio de artistas, modelos, libertinos y socialistas, todos unos irresponsables, igual que demostró serlo Juliet cuando era vigilante de incendios.

Ahora voy a lo específico de nuestra relación.

Juliet y yo fuimos dos de los varios vigilantes asignados al tejado del Inner Temple Hall del Inns of Court. Primero permítame decirle que, para un vigilante, la rapidez de acción y lucidez eran imprescindibles; una tenía que ser consciente de todo lo que pasaba a su alrededor. Absolutamente de todo.

Una noche de mayo de 1941, una bomba de alta potencia cayó en el tejado de la biblioteca del Inner Temple

Hall. La explosión fue cerca del puesto de Juliet, pero ella estaba tan horrorizada por la destrucción de los valiosos libros, que salió corriendo hacia las llamas, como si pudiera, sin la ayuda de nadie, ¡salvar la biblioteca de su destino! Por supuesto su error sólo ocasionó más problemas, ya que los bomberos tuvieron que perder unos minutos valiosos en rescatarla.

Creo que Juliet sufrió algunas quemaduras de poca importancia en la debacle, pero cincuenta mil libros saltaron en pedacitos. La borraron de la lista de los vigilantes de incendios, con toda la razón del mundo. Me enteré de que luego ofreció sus servicios a los auxiliares de bomberos. Al día siguiente de los bombardeos, los auxiliares de bomberos se ocupaban de ofrecer té y consuelo a los grupos de rescate. También ofrecían asistencia a los supervivientes: reunían a las familias, les buscaban alojamiento temporal, ropa, comida, dinero... Creo que Juliet es una persona idónea para realizar una tarea así, diurna, sin causar ninguna catástrofe con las tazas de té.

Así tuvo las noches libres para lo que quisiera. Sin duda, las aprovechó para escribir más artículos periodísticos ligeros, ya que el *Spectator* la contrató para que escribiera una columna semanal sobre el estado de la nación durante la guerra, con el nombre de Izzy Bickerstaff.

Yo leí una de sus columnas y cancelé mi suscripción. Atacó el buen gusto de nuestra querida (aunque muerta), Reina Victoria. Sin duda usted conocerá el gran monumento que Victoria hizo construir para su amado consorte, el príncipe Albert. Es la joya de la corona de Kensington Gardens, un monumento al gusto refinado de la reina y al del difunto. Juliet aplaudió la iniciativa del Ministerio de Alimentación de plantar guisantes en los jardines de alrededor del monumento, y escribió que, en toda Inglaterra, no había mejor espantapájaros que el príncipe Albert.

Aunque pongo en duda su gusto, su criterio, sus equivocaciones respecto a sus prioridades y su inapropiado sentido del humor, sí tiene una buena cualidad: la honestidad. Si dice que honrará el buen nombre de su círculo literario, lo hará. No puedo decir nada más.

Suya sinceramente,

BELLA TAUNTON

Del reverendo Simon Simpless a Amelia

13 de febrero de 1946

Estimada señora Maugery:
Sí, puede confiar en Juliet. Sin lugar a dudas. Sus padres eran buenos amigos míos, y también feligreses de mi parroquia, St. Hilda. De hecho, fui uno de los invitados en la cena que se celebró en su casa el día en que ella nació.

Juliet era testaruda, pero con todo, una niña feliz, dulce y buena, con una inclinación hacia la integridad poco común en alguien tan joven.

Voy a contarle un incidente que sucedió cuando tenía diez años. Mientras Juliet cantaba la cuarta estrofa de «Sus ojos están en el gorrión», cerró el cantoral de golpe y se negó a cantar ni una nota más. Le dijo a nuestro director del coro que la letra difamaba el nombre de Dios. Que no deberíamos cantarla. Él (el director del coro, no Dios), no supo qué hacer, así que la llevó a mi despacho para que razonara con ella.

No me fue muy bien. Juliet dijo: «No se puede escribir "sus ojos están en el gorrión". ¿Qué hay de bueno en eso?, ¿evitó que el pájaro cayera muerto?, ¿sólo dijo "¡Uy!"? Parece como si Dios estuviera vigilando al pájaro, cuando la gente de verdad le necesita».

Me vi obligado a darle la razón sobre este asunto. ¿Por qué no me había dado cuenta antes? Nadie lo había hecho. Y desde entonces, no hemos vuelto a cantar «Sus ojos están en el gorrión».

Los padres de Juliet murieron cuando ella tenía doce años y se fue a vivir con su tío abuelo, el doctor Roderick Ashton, a Londres. Aunque no era un mal hombre, estaba tan metido en sus estudios grecorromanos, que no tenía tiempo de prestarle ninguna atención a la niña. Tampoco tenía nada de imaginación, cosa fatal para alguien que tiene que dedicarse a criar a un niño.

Ella se escapó dos veces, la primera vez sólo llegó a la estación de King's Cross. La policía la encontró esperando el tren para Bury St. Edmunds, con una bolsa de viaje de lona y la caña de pescar de su padre. La llevaron de vuelta con el doctor Ashton, y volvió a escaparse otra vez. Esta vez, el doctor Ashton me llamó para que le ayudara a encontrarla.

Supe exactamente adónde ir: a la antigua granja de sus padres. La encontré frente a la entrada, sentada en un trozo de madera, sin importarle la lluvia; simplemente sentada allí, empapada, mirando su vieja casa, ahora vendida.

Le envié un telegrama a su tío y volvimos a Londres al día siguiente. Yo quería volver a mi parroquia en el próximo tren, pero cuando vi que el idiota de su tío había enviado al cocinero a recogerla, insistí en acompañarlos.

Cuando llegamos a su casa, entré a la fuerza en su estudio y tuvimos una enérgica charla. Estuvo de acuerdo en que internarla en una escuela sería lo mejor para ella; sus padres habían dejado abundantes fondos para cualquier eventualidad.

Afortunadamente, yo conocía una escuela muy buena, St. Swithin's. Una escuela excelente en el mundo académico, y con una directora que no estaba chapada a la antigua. Estoy contento de poder decirle que Juliet prosperó allí. Encontró estimulación en los estudios, pero creo que la auténtica razón de la recuperación de su estado de ánimo fue su amistad con Sophie Stark y su familia. A menudo iba a casa de Sophie durante las vacaciones de final de trimestre, y Juliet y Sophie vinieron un par de veces a la rectoría para pasar unos días conmigo y mi hermana. Lo pasamos muy bien juntos: picnics, salidas en bicicleta, la pesca... El hermano de Sophie, Sidney Stark, vino con nosotros una vez. Aunque era diez años mayor que las chicas, y a pesar de que le gustaba mandar, fue bien recibido en nuestra feliz fiesta.

Fue muy gratificante ver crecer a Juliet, como lo es ahora verla ya adulta. Estoy muy contento de que me haya pedido que le escriba a usted para que le cuente cómo es.

Le he hablado de nuestra pequeña historia juntos para que se dé cuenta de que sé de lo que hablo. Si Juliet dice que lo hará, lo hará. Si dice que no, no lo hará.

Muy sinceramente,

SIMON SIMPLESS

De Susan Scott a Juliet

17 de febrero de 1946

Querida Juliet:
¿Puede ser que fueras tú la que vi en el número del *Tatler* de esta semana, bailando la rumba con Mark Reynolds? Estabas guapísima, casi tan guapa como él, pero, ¿puedo sugerirte que te mudes a un refugio antiaéreo antes de que Sidney lo vea?

Ya sabes que puedes comprar mi silencio contándome los detalles.

Tuya,

SUSAN

De Juliet a Susan Scott

18 de febrero de 1946

Querida Susan:
Lo niego todo.
Un abrazo,

JULIET

De Amelia a Juliet

18 de febrero de 1946

Estimada señorita Ashton:
Gracias por tomarse mi advertencia tan en serio. Ayer por la noche, en la reunión de la Sociedad, les conté a los miembros lo de su artículo del *Times* y sugerí que aquellos que quisieran hacerlo le escribieran hablando de los libros que leyeron y del placer de la lectura.

Se originó tal revuelo que Isola Pribby, nuestra moderadora, tuvo que golpear con el mazo para mantener el orden (he de decir que Isola necesita que la animen para golpear con el mazo). Creo que recibirá muchas cartas nuestras, y espero que sean de ayuda para su artículo.

Dawsey le ha contado que la Sociedad nació como estratagema para evitar que los alemanes arrestaran a mis invitados a la cena: Dawsey, Isola, Eben Ramsey, John Booker, Will Thisbee, y nuestra querida Elizabeth McKenna, que se inventó la historia en ese mismo momento, gracias a su rápido ingenio y su elocuencia.

Yo, por supuesto, no sabía nada de lo que estaba pasando en ese momento. Tan pronto como se fueron, me apresuré a bajar al sótano a enterrar las pruebas de nuestra comida. La primera vez que oí hablar de nuestro círculo literario fue a las siete de la mañana del día siguiente, cuando Elizabeth se presentó en mi cocina y me preguntó: «¿Cuántos libros tienes?».

Tenía unos cuantos, pero Elizabeth miró mis estantes e hizo un gesto de desaprobación con la cabeza. «Necesitamos más. Hay demasiados libros de jardinería.» Tenía razón, claro, me gusta mucho un buen libro de jardinería.

«Te diré lo que haremos —dijo—. Cuando haya salido de la oficina del comandante, iremos a la librería Fox y compraremos unos cuantos. Si vamos a ser la Sociedad Literaria de Guernsey, tenemos que parecer literarios.»

Me pasé toda la mañana desesperada, preocupada por lo que podía estar pasando en la oficina del comandante. ¿Qué ocurriría si todos iban a parar a la cárcel de Guernsey? O, aún peor, ¿a un campo de prisioneros del continente? Los alemanes eran imprevisibles en cuanto a administrar justicia, así uno nunca podía saber qué sentencia le iban a imponer. Pero no sucedió nada parecido.

Por raro que parezca, los alemanes permitían, e incluso fomentaban, actividades artísticas y culturales entre los isleños. Su objetivo era demostrar a los británicos que la ocupación alemana era una ocupación modélica. Nunca se nos explicó cómo llegaba este mensaje al mundo exterior, ya que nos cortaron la línea telefónica y del telégrafo el día en que llegaron los alemanes, en junio de 1940. Fuera cual fuera su retorcido razonamiento, trataron a las islas del Canal con mucha más indulgencia que al resto de la Europa conquistada. Al principio.

En la oficina del comandante, a mis amigos les hicieron pagar una pequeña multa y presentar la lista con los nombres de los socios de la sociedad. El comandante dijo que él también era un enamorado de la literatura, y preguntó si podía asistir alguna vez a las reuniones junto con otros oficiales de ideas afines.

Elizabeth le dijo que serían muy bien recibidos. Luego, ella, Eben y yo corrimos hacia la librería Fox, escogimos montones de libros para nuestra nueva sociedad y nos apresuramos a volver a la casa solariega para colocarlos en mis estantes. Después fuimos tranquilamente casa por casa, mostrándonos tan despreocupados e indiferentes como pudimos, para avisar a los demás de que vinieran esa noche a escoger un libro para leer. Fue desesperante caminar despacio, parándonos a hablar aquí y allá, ¡cuando lo único que queríamos era salir corriendo! El tiempo era vital, ya que Elizabeth temía que el comandante se presentara en la próxima reunión, apenas en dos semanas. (No fue. Algunos oficiales alemanes vinieron a lo largo de los años, pero, gracias a Dios, salieron algo confundidos y no volvieron.)

Y así fue como empezamos. Yo conocía a todos los miembros, pero no a fondo. Dawsey había sido vecino mío durante treinta años, y aun así, no podía creer que sólo hubiera hablado con él del tiempo y de cultivos. Isola era amiga mía, y Eben también, pero Will Thisbee era sólo un conocido y John Booker era casi un desconocido, ya que había llegado cuando vinieron los alemanes. Elizabeth era lo que teníamos en común. Sin su estímulo, yo nunca habría pensado en invitarles para compartir el cerdo, y la Sociedad Literaria y el Pastel de Piel de Patata de Guernsey nunca habría existido.

Esa noche, cuando vinieron a mi casa a hacer su selección, aquellos que apenas habían leído nada aparte de las Sagradas Escrituras, catálogos de semillas y *La gaceta del criador de cerdos* descubrieron una nueva forma de leer. Fue aquí donde Dawsey descubrió a su Charles Lamb e Isola se abalanzó sobre *Cumbres borrascosas*. Por mi parte, escogí *Los papeles póstumos del club Pickwick*, pensando que me levantaría el ánimo. Y lo hizo.

Después cada uno se fue a su casa a leer. Empezamos a quedar, primero por el comandante, y luego por nuestro propio placer. Ninguno de nosotros tenía experiencia con clubs de lectura, así que pusimos nuestras propias normas. Nos turnábamos para hablar de los libros que habíamos leído. Al principio, intentamos estar tranquilos y ser objetivos, pero esto pronto se acabó, y el propósito de los que hablaban fue incitar a los demás a que leyeran el libro. Cuando dos miembros habían leído el mismo libro, podían debatir, cosa que nos encantaba. Leíamos libros, hablábamos de libros, discutíamos sobre libros, y nos fuimos cogiendo cariño unos a otros. Otros isleños nos pidieron unirse a nosotros, y nuestras veladas juntos se convirtieron en momentos alegres y animados; casi pudimos olvidar, de vez en cuando, la oscuridad exterior. Todavía hoy nos reunimos cada quince días.

Will Thisbee fue el responsable de añadir al nombre de nuestra sociedad el «Pastel de Piel de Patata». Hubiera alemanes o no, él no iba a asistir a ninguna reunión ¡donde no hubiera comida! Así que los refrigerios se convirtieron en parte de nuestro programa. Como la mantequilla escaseaba, había menos harina y el azúcar no sobraba por entonces en Guernsey, Will improvisó un pastel de piel de patata: puré de patatas para el relleno, remolachas escurridas para endulzar y piel de patata para hacer la tapa de masa. Las recetas de Will suelen ser discutibles, pero ésta se convirtió en una de nuestras preferidas.

Me gustaría tener noticias suyas de nuevo y saber cómo progresa su artículo.

Sinceramente suya,

AMELIA MAUGERY

De Isola Pribby a Juliet

19 de febrero de 1946

Estimada señorita Ashton:
Ay, ay. Usted ha escrito un libro sobre Anne Brontë, la hermana de Charlotte y Emily. Amelia Maugery dice que me lo dejará, ya que sabe que tengo debilidad por las hermanas Brontë (pobrecitas). Pensar que las cinco tuvieron problemas respiratorios y que ¡murieron tan jóvenes! Qué pena.

Su papá fue un egoísta, ¿verdad? No prestó nunca ninguna atención a las chicas. Siempre estaba sentado en su estudio, gritando para que le trajeran un chal. Nunca se levantaba para nada, ¿no? Sencillamente se sentaba solo en su habitación, mientras sus hijas morían como moscas.

Y su hermano, Branwell, tampoco valía mucho. Siempre estaba bebiendo y vomitando en las alfombras. Ellas tenían que ir siempre detrás de él limpiando. ¡Magnífico trabajo para unas señoras escritoras!

Creo que con dos hombres así en casa y sin ninguna oportunidad de conocer a otros, Emily tuvo que inventarse a Heathcliff ¡de la nada! E hizo un trabajo excelente. Los hombres son más interesantes en los libros que en la vida real.

Amelia nos comentó que a usted le gustaría saber cosas sobre nuestro círculo de lectura y sobre lo que decíamos en nuestras reuniones. Una vez, cuando me tocaba a mí hablar, lo hice sobre las hermanas Brontë. Siento no poder mandarle mis apuntes sobre Charlotte y Emily; los usé para encender el fuego de la cocina, no había más papeles en la casa. Ya he quemado las tablas de mareas, el Apocalipsis y la historia de Job.

Querrá saber por qué admiro a esas chicas. Me gustan las historias de encuentros apasionados. Yo no he tenido nunca ninguno, pero ahora puedo imaginarme cómo es. Al principio *Cumbres borrascosas* no me gustaba, pero en el momento en que el fantasma, Cathy, rasca el cristal de la ventana con sus dedos huesudos, se me hizo un nudo en la garganta. Con Emily podía oír los gritos de lástima de Heathcliff en los páramos. Creo que después de leer el magnífico trabajo de Emily Brontë, no disfrutaré volviendo a leer *Maltratada a la luz de las velas* de la señorita Amanda Gillyflower. Leer buenos libros te impide disfrutar de los malos.

Ahora le hablaré de mí. Tengo una casita y un pequeño terreno al lado de la casa solariega y la granja de Amelia Maugery. Las dos estamos junto al mar. Me encargo de mis pollos y mi cabra, Ariel, y cultivo cosas. También tengo un loro, es una hembra, se llama Zenobia y no le gustan los hombres.

Tengo una parada en el mercado donde todas las semanas vendo mis conservas, verduras y elixires que preparo para revitalizar el ardor varonil. Kit McKenna, la hija de mi querida amiga Elizabeth McKenna, me ayuda a hacer las pócimas. Sólo tiene cuatro años y tiene que subirse a un taburete para remover la olla, pero agita muy bien la espuma.

No tengo un aspecto muy agradable. Tengo la nariz grande y además me la rompí cuando caí del tejado del gallinero. Un ojo me mira hacia arriba, y tengo un cabello rebelde que no hay manera de dominar. Soy alta y tengo los huesos grandes.

Puedo volver a escribirle si usted quiere. Le hablaré más sobre la lectura y de cómo leer nos animó mientras los alemanes estuvieron aquí. La única vez que leer no ayudó fue cuando los alemanes arrestaron a Elizabeth. La descubrieron escondiendo a uno de esos pobres trabajadores esclavos de Polonia, y la enviaron a una cárcel de Francia. No hubo ningún libro que pudiera animarme entonces, ni durante mucho tiempo después. Era lo único que podía hacer para no abofetear a cada alemán que veía. Por el bien de Kit, me contuve. Era tan sólo un retoño por entonces, y nos necesitaba. Elizabeth todavía no ha vuelto. Tememos por ella, pero claro, aún es pronto y todavía puede volver. Rezo por ello, ya que la echo muchísimo de menos.

Su amiga,

ISOLA PRIBBY

De Juliet a Dawsey

20 de febrero de 1946

Querido señor Adams:
¿Cómo sabe que las lilas blancas son mis flores preferidas? Siempre tengo algunas, y ahora aquí están, en el escritorio. Son preciosas, y me encanta su belleza y el delicioso aroma. Al principio pensé, ¿cómo demonios las ha encontrado en febrero?, y luego recordé que el Canal de la Mancha tiene la suerte de gozar de la cálida corriente del Golfo.

El señor Dilwyn se presentó esta mañana a primera

hora en mi casa con las flores. Dijo que estaba en Londres por negocios del banco. Me aseguró que no había sido ningún problema traérmelas, que haría casi cualquier cosa por algo de un jabón que le diste a la señora Dilwyn durante la guerra. Ella todavía llora cada vez que se acuerda. Qué hombre tan agradable. Es una lástima que no tuviera tiempo para tomar un café.

Gracias a tu amable mediación, he recibido largas cartas encantadoras de la señora Maugery e Isola Pribby. No sabía que los alemanes prohibieron que nadie en Guernsey recibiera ninguna noticia del exterior, ni siquiera cartas. Me ha sorprendido mucho. Y no debería. Sabía que habían ocupado las islas del Canal, pero nunca pensé, ni una sola vez, en lo que eso suponía. No puedo llamarlo de otra manera que ignorancia obstinada. Así que he ido a la biblioteca de Londres a informarme. La biblioteca sufrió importantes daños por los bombardeos, pero el suelo vuelve a ser seguro para andar sobre él; todos los libros que se pudieron salvar vuelven a estar en los estantes y sé que han recopilado todos los *Times* desde 1900 hasta ayer. Tendré que estudiar la Ocupación.

También quiero buscar libros de viajes o de historia sobre las islas del Canal. ¿Es verdad que en días despejados se pueden ver los coches de la costa francesa? Eso es lo que pone en mi enciclopedia, pero la compré de segunda mano por cuatro chelines y no me fío mucho. También dice que Guernsey «tiene aproximadamente unos once kilómetros de largo y unos ocho de ancho, y tiene una población de cuarenta y dos mil habitantes». En un sentido estricto, es muy informativo, pero quiero saber más.

La señorita Pribby me contó que habían enviado a su

amiga Elizabeth McKenna a un campo de prisioneros en el continente y que todavía no ha vuelto. Me quedé chafada. Desde la carta sobre la cena del cerdo asado, me la he imaginado allí con todos. Incluso sin darme cuenta, confiaba en que algún día también recibiría una carta de ella. Lo siento. Espero que vuelva pronto.

Gracias de nuevo por las flores. Fue muy bonito por su parte.

Atentamente,

JULIET

P.D. Si quiere, considérela una pregunta retórica, pero ¿por qué la señora Dilwyn lloraba por una pastilla de jabón?

De Juliet a Sidney

21 de febrero de 1946

Queridísimo Sidney:
Hace siglos que no sé nada de ti. ¿Tu silencio glacial tiene algo que ver con Mark Reynolds?

Tengo una idea para el nuevo libro. Se trata de una novela sobre una escritora guapa y aun así sensible que es aplastada por su dominante editor. ¿Te gusta?

Con todo mi cariño,

JULIET

De Juliet a Sidney

23 de febrero de 1946

Querido Sidney:
Sólo estaba bromeando.
Un abrazo,

JULIET

De Juliet a Sidney

25 de febrero de 1946

¿Sidney?
Recuerdos,

JULIET

De Juliet a Sidney

26 de febrero de 1946

Querido Sidney:
¿Creías que no me daría cuenta de que te habías ido? Pues lo hice. Después de tres cartas sin respuesta, fui personalmente a St. James's Place, donde me encontré con la mujer de hierro, la señorita Tilley, que me dijo que estabas fuera de la ciudad. Muy esclarecedor. Al insistir, me enteré de que te has ido a ¡Australia! La señorita Tilley escuchó con frialdad mis

exclamaciones. No quería revelarme tu paradero exacto, sólo que estabas recorriendo el interior, la zona despoblada de Australia, buscando nuevos autores para el fondo de Stephens & Stark. Te reenviaría alguna carta, a su criterio.

A mí no me engaña tu señorita Tilley. Ni tú tampoco. Sé perfectamente dónde estás y lo que estás haciendo. Has ido a Australia a buscar a Piers Langley y no le sueltas la mano mientras está sobrio. Al menos, espero que sea eso lo que estés haciendo. Es un amigo muy querido y un escritor brillante. Espero que ya esté bien y que esté escribiendo poesía. Añadiría que olvidara lo de Birmania y los japoneses, pero sé que no es posible.

Podías habérmelo contado, ¿no crees? Sé ser discreta si me lo propongo. Nunca me has perdonado aquel desliz sobre la señora Atwater en la pérgola, ¿verdad? Ya me disculpé profusamente en su momento.

Me gustaba más tu otra secretaria. Y la despediste por nada, ¿sabes? Markham Reynolds y yo nos hemos conocido. De acuerdo, hemos hecho más que conocernos. Hemos bailado la rumba. Pero no te preocupes. No ha mencionado *View*, excepto de pasada, y no ha intentado tentarme con ir a Nueva York. Hablamos de asuntos serios, como por ejemplo de literatura victoriana. No es un mero aficionado superficial como querías hacerme creer, Sidney. Es un experto en Wilkie Collins, ¡a quién se le ocurre! ¿Sabías que Wilkie Collins mantenía dos casas distintas con dos señoras diferentes, cada una con hijos? Debió de ser horrible hacer cuadrar los horarios. No me extraña que tomara extracto de opio.

Estoy convencida de que Mark te gustaría si lo conocieras mejor, y tendrías que hacerlo. Pero mi corazón y la mano con la que escribo pertenece a Stephens & Stark.

El artículo del *Times* se ha convertido en algo estupendo; ya está en marcha. He hecho un nuevo grupo de amigos en las islas del Canal, la Sociedad Literaria y el Pastel de Piel de Patata de Guernsey. ¿No te encanta el nombre? Si Piers necesita distraerse, te mandaré una carta encantadora sobre cómo llegaron a ponerse este nombre. Si no, ya te lo contaré cuando estés de vuelta (¿cuándo vuelves?).

Mi vecina Evangeline Smythe espera gemelos para junio. No está muy contenta al respecto, así que le voy a pedir que me dé uno.

Un abrazo a ti y a Piers,

JULIET

De Juliet a Sophie

28 de febrero de 1946

Queridísima Sophie:
Estoy tan sorprendida como tú. No me ha dicho ni una palabra. El martes pasado me di cuenta de que hacía días que no sabía nada de Sidney, así que fui a Stephens & Stark para interesarme, y me encontré con que se había largado. Su nueva secretaria es una desalmada. A cada una de mis preguntas, contestaba: «De verdad que no puedo divulgar información de carácter personal, señorita Ashton». Qué ganas tenía de darle un guantazo.

Justo cuando estaba a punto de llegar a la conclusión de que el servicio de inteligencia británico se había llevado a Sidney a una misión en Siberia, la mala de la señorita Tilley me confesó que se había ido a Australia. Bueno, entonces todo estaba claro, ¿no? Ha ido a buscar a Piers. Teddy Lucas parecía convencido de que a Piers lo iba a matar la bebida de manera gradual, en aquella residencia, si nadie lo paraba. Apenas puedo culparle, después de lo que ha tenido que pasar, pero Sidney no lo permitirá, gracias a Dios.

Sabes que quiero a Sidney con todo mi corazón, pero de alguna manera resulta tremendamente liberador que Sidney «esté en Australia». Mark Reynolds ha sido lo que tu tía Lydia habría llamado persistente con sus atenciones durante las últimas tres semanas, pero, a pesar de que he estado engullendo langosta y champán, también he vigilado sigilosamente a Sidney. Está convencido de que Mark intenta robarme de Londres en general y de Stephens & Stark en particular, y nada de lo que le digo parece convencerlo. Sé que no le gusta Mark (creo que «agresivo» y «sin escrúpulos» fueron las palabras que usó la última vez que le vi), pero en serio, fue un poco demasiado Rey Lear con todo el asunto. Soy una mujer adulta (o casi), y puedo tragar champán con quien quiera.

Mientras no inspeccionaba bajo los manteles para ver si veía a Sidney, me lo he pasado maravillosamente bien. Me siento como si acabara de salir de un túnel oscuro y me hubiera encontrado de repente en medio de un carnaval. En realidad no es que me apasionen los carnavales, pero después del túnel, es delicioso. Mark sale todas las noches; si no estamos en una fiesta (y normalmente lo estamos), vamos al cine, al teatro, a clubs, o a bares de copas de mala reputación (dice que está intentando introducirme en los ideales democráticos). Es muy emocionante.

¿Te has dado cuenta de que hay gente, sobre todo los

norteamericanos, que parece que no hayan sufrido la guerra, o al menos, que les haya destrozado poco? No quiero insinuar que Mark sea un vago, estuvo en el ejército del aire, pero sencillamente no se desplomó. Y cuando estoy con él, yo también me siento intacta. Es una ilusión, ya lo sé. Y sinceramente, me daría vergüenza si la guerra no me hubiera afectado. Pero es perdonable que me divierta un poco, ¿no?

¿Dominic es demasiado mayor para que le gusten esas cajas de sorpresas que tienen un muñeco dentro? Ayer vi una fantástica en una tienda. Saltó de golpe hacia fuera, tambaleándose, con una mirada maliciosa y con un bigote negro curvado sobre unos dientes blancos; es la viva imagen de un villano. A Dominic le encantaría, después de haberse recuperado del shock inicial.

Un abrazo,

JULIET

De Juliet a Isola

28 de febrero de 1946

Señorita Isola Pribby
Pribby Homestead
La Bouveé
St. Martin's, Guernsey

Querida señorita Pribby:
Muchísimas gracias por su carta sobre usted y Emily Brontë. Me hizo gracia leer que el libro la atrapó cuando

el espíritu de la pobre Cathy llama a la ventana. Yo me enganché igual, exactamente en el mismo momento.

Nuestro profesor nos mandó leer *Cumbres borrascosas* durante las vacaciones de Pascua. Me fui a casa con mi amiga Sophie Stark, y nos quejamos durante dos días de tal injusticia. Finalmente, su hermano Sidney nos hizo callar y nos dijo que empezáramos a leer. Lo hice, todavía enfadada, hasta que llegué a la parte del espíritu de Cathy en la ventana. Nunca había sentido tanto miedo como entonces. Los monstruos y los vampiros nunca me han asustado en los libros, pero los espíritus son otra cosa.

En lo que quedaba de vacaciones, Sophie y yo no hicimos nada más que ir de la cama a la hamaca y al sillón, leyendo *Jane Eyre, Agnes Grey, Shirley* y *La inquilina de Wildfell Hall.*

¡Menuda familia fueron!, pero escogí escribir sobre Anne Brontë porque era la menos conocida de las hermanas y, creo, una escritora tan buena como Charlotte. Dios sabe cómo Anne consiguió escribir cualquiera de los libros, influenciada como estaba por semejante religiosidad como la que tenía su tía Branwell. Emily y Charlotte hicieron bien en ignorar a su deprimente tía, pero no así la pobre Anne. Figúrese que predicaba que Dios quería que la mujer fuera sumisa, afable, delicada y melancólica. Así habría muchos menos problemas en casa. ¡Vieja perniciosa!

Espero que me escriba de nuevo.

Atentamente,

JULIET ASHTON

De Eben Ramsey a Juliet

28 de febrero de 1946

Estimada señorita Ashton:
Soy un hombre de Guernsey y me llamo Eben Ramsey. Mis padres fueron cortadores de lápidas y sobre todo talladores. Estas son las cosas que me gusta hacer en mi tiempo libre, pero vivo de la pesca.

La señora Maugery nos dijo que a usted le gustaría recibir cartas sobre nuestras lecturas durante la Ocupación. Yo no quería hablar más (ni pensar) sobre esos días, pero la señora Maugery dijo que podíamos confiar en su criterio literario sobre la Sociedad durante la guerra. Si la señora Maugery dice que se puede confiar en usted, lo creo. Además, tuvo aquel bonito detalle de mandarle un libro a mi amigo Dawsey, y usted casi no lo conoce. Así que le escribo y espero que pueda serle de ayuda para su historia.

Diría que al principio no éramos un verdadero círculo literario. Aparte de Elizabeth, la señora Maugery, y quizá Booker, la mayoría no habíamos tenido mucha relación con los libros desde que dejamos la escuela. Los cogimos de los estantes de la señora Maugery con miedo a estropear las delicadas hojas. Yo no tenía muchas ganas de nada en aquella época. Fue sólo para no pensar en el comandante y en la cárcel por lo que abrí la cubierta del libro y empecé.

Era una selección de la obra de Shakespeare. Más adelante, vi que el señor Dickens y el señor Wordsworth estaban pensando en hombres como yo cuando escribieron sus palabras. Pero sobre todo, creo que era William Shakespeare quien lo hizo. Claro que no siempre entiendo lo que dice, pero ya llegará.

Me parecía que cuanto menos decía, más bonito era. ¿Sabe cuál es el verso que admiro más de él? Éste: «El luminoso día ha terminado y estamos destinados a la oscuridad».

¡Ojalá hubiera sabido estas palabras el día en que vi llegar las tropas alemanas, avión tras avión, llenos de soldados, y los barcos desplegándose abajo en el puerto! Lo único que pude pensar fue «malditos sean, malditos sean», una y otra vez. Si hubiera podido pensar en el verso: «El luminoso día ha terminado y estamos destinados a la oscuridad», habría encontrado consuelo de alguna manera y habría estado preparado para ir y enfrentarme a las circunstancias, en lugar de caérseme el alma a los pies.

Llegaron aquí el domingo 30 de junio de 1940, después de habernos bombardeado durante dos días seguidos. Dijeron que no habían querido bombardearnos; que confundieron nuestros camiones de tomates del muelle con camiones del ejército. Cómo llegaron a esa conclusión, te hace pensar. Nos bombardearon, y mataron a unos treinta hombres, mujeres y niños, entre ellos, el hijo de mi primo. En cuanto vio que los aviones lanzaban bombas, se refugió debajo del camión, que explotó y se incendió. En el mar mataron a hombres que iban en botes salvavidas. Bombardearon las ambulancias de la Cruz Roja llenas de heridos. Cuando ya nadie les disparó a ellos, comprobaron que los británicos nos habían abandonado, indefensos. Siguieron sobrevolándonos pacíficamente durante dos días, y nos ocuparon durante cinco años.

Al principio, fueron tan amables como pudieron. Se tenían tan creído esto de haber conquistado un trozo de Inglaterra, que fueron lo bastante bobos para pensar que a partir de entonces estaban a un paso de desembarcar en Londres. Cuando se dieron cuenta de que eso no iba a ocurrir, volvieron a su maldad natural.

Tenían normas para todo; haced esto, no hagáis lo otro, pero siempre siguiendo con su política, intentando parecer simpáticos, como si estuvieran poniendo una zanahoria delante de la nariz de un burro. Pero nosotros no éramos burros. Así que se pusieron duros otra vez.

Para poner un ejemplo, siempre estaban cambiando el toque de queda: las ocho de la noche, las nueve, o las cinco de la tarde si estaban de mal humor. No podías visitar a tus amigos ni ocuparte de tu familia.

Al principio fuimos optimistas, estábamos convencidos de que no iban a quedarse más de seis meses. Pero su presencia se prolongó interminablemente. La comida empezó a escasear, y pronto nos quedamos sin leña. Los días nos parecían grises de tanto trabajo, y las noches, oscuras por el aburrimiento. Todos estábamos delicados de salud debido a lo poco que comíamos, y deprimidos por no saber si aquello acabaría algún día. Nos aferramos a los libros y a nuestros amigos; nos recordaban que podíamos desempeñar otro papel. Elizabeth solía recitar un poema. No lo recuerdo todo, pero empezaba: «¿Es tan poca cosa haber disfrutado el sol, haber vivido con alegría en la primavera, haber amado, haber pensado, haber actuado, haber forjado amistades verdaderas?». No lo es. Espero que, esté donde esté, lo recuerde.

Más tarde, en 1944, no importa en qué momento, los alemanes establecieron el toque de queda. La mayoría de la gente se iba a la cama alrededor de las cinco, al menos, para mantener el calor. Nos daban sólo dos velas a la semana, y luego, sólo una. Fue un enorme fastidio, estar en la cama sin ninguna luz con la que poder leer.

Después del día del desembarco aliado en Normandía, los alemanes no pudieron traer más barcos con provisiones desde Francia debido a los bombarderos aliados. Así que al final estaban tan hambrientos como nosotros; mataban perros y gatos para tener algo que comer. Arrasaron nuestros huertos, arrancando las patatas de raíz; incluso se comían las que estaban negras y podridas. Murieron cuatro soldados por comer hojas de cicuta, creyendo que era perejil.

Los oficiales alemanes dijeron que dispararían a cualquier soldado que fuera pillado robando comida de nuestros huertos. A un pobre soldado lo cogieron robando una patata. Los suyos lo persiguieron, y trepó a un árbol para esconderse. Pero lo encontraron y le dispararon para hacerle caer del árbol. Aun así, eso no les hizo renunciar a seguir robando comida. No es que esté criticando esas prácticas, porque algunos de nosotros hacíamos lo mismo. Me figuro que te desesperas cuando todas las mañanas te despiertas hambriento.

A mi nieto Eli, lo evacuaron a Inglaterra cuando tenía siete años. Ahora está aquí, tiene doce años y es alto, pero nunca perdonaré a los alemanes por haberme hecho perder esos años.

Ahora debo ir a ordeñar la vaca, pero le volveré a escribir, si usted quiere.

Le deseo que se encuentre bien de salud,

EBEN RAMSEY

De la señorita Adelaide Addison a Juliet

1 de marzo de 1946

Estimada señorita Ashton:
Perdone el atrevimiento de escribirle una carta sin que nos conozcamos, pero un indiscutible deber me lo pide. He sabido por Dawsey Adams que va a escribir un largo artículo para el suplemento literario del *Times* sobre el valor de la lectura, y que está tratando de que la Sociedad Literaria y el Pastel de Piel de Patata de Guernsey aparezca citada.

Qué risa.

Quizá lo reconsidere cuando sepa que su fundadora, Elizabeth McKenna, ni siquiera es una isleña. A pesar de sus aires refinados, no es más que una sirvienta de la casa de Londres de Sir Ambrose Ivers, miembro de la Real Academia de Arte británica. Probablemente lo conoce. Es un retratista de bastante renombre, aunque nunca he entendido por qué. Su retrato de la condesa de Lambeth como Boudica, fustigando los caballos, fue imperdonable. En cualquier caso, Elizabeth McKenna era la hija de su ama de llaves, ya ve.

Mientras su madre quitaba el polvo, Sir Ambrose permitía que la niña se entretuviera en su estudio, y la dejó en la escuela mucho más tiempo de lo normal para alguien de su condición. Su madre murió cuando Elizabeth tenía catorce años. ¿La mandó sir Ambrose a una institución para que fuera correctamente formada para una profesión apropiada? No. La mantuvo en su casa de Chelsea. La presentó a una beca para la Slade School of Art.

Que quede claro que yo no digo que sir Ambrose fuera el padre de la niña, todos conocemos sus inclinaciones demasiado bien, pero la adoró de una manera que intensificó el principal defecto de ella: la falta de humildad. La decadencia moral es la cruz de nuestra época, y en ningún sitio esta decadencia lamentable es más evidente que en Elizabeth McKenna.

Sir Ambrose tenía una casa en Guernsey, en lo alto de los acantilados, cerca de La Bouveé. Cuando ella era pequeña, venían él, el ama de llaves y la niña a pasar el verano. Elizabeth era una salvaje; se paseaba desaliñada por la isla, incluso los domingos. Desatendía los quehaceres domésticos, iba sin guantes, sin zapatos, sin medias. Subía a los barcos pesqueros con hombres bastos. Espiaba gente decente por su telescopio. Una vergüenza.

Cuando fue evidente que la guerra iba a estallar de verdad, sir Ambrose envió a Elizabeth a Guernsey a cerrarle la casa. Elizabeth tuvo la peor suerte del mundo en este caso, ya que, justo cuando estaba cerrando las persianas, el ejército alemán apareció en la puerta. De todos modos, la decisión de quedarse aquí fue suya y, como prueban ciertos acontecimientos posteriores (que no me rebajaré a mencionar), no es la heroína desinteresada que algunas personas creen.

Además, la supuesta Sociedad Literaria es un escándalo. Aquí en Guernsey hay gente verdaderamente culta y cultivada, y no formarían nunca parte de esta farsa (aunque los invitaran). Sólo hay dos personas respetables en la Sociedad: Eben Ramsey y Amelia Maugery. Los otros miembros: un trapero, un alienista en decadencia que le da a la bebida, un criador de cerdos tartamudo, un lacayo que se las da de lord e Isola Pribby, una bruja practicante, que, según ella misma admitió, destila y vende brebajes. Se reunieron con otros de su clase por el camino, y una ya se puede imaginar qué tipo de «veladas literarias» tienen.

No debe escribir sobre esta gente y sus libros, ¡sabe Dios qué cosas deben de leer!

Atentamente, una cristiana preocupada,

ADELAIDE ADDISON (SRTA.)

De Mark a Juliet

2 de marzo de 1946

Querida Juliet:
Acabo de apropiarme de las entradas de mi crítico musical para la ópera. En Covent Garden a las 8:00. ¿Vienes?

Tuyo,

MARK

De Juliet a Mark

Querido Mark:
¿Esta noche?

JULIET

De Mark a Juliet

¡Sí!

M.

De Juliet a Mark

¡Estupendo! Aunque lo siento por tu crítico. Estas entradas escasean como los dientes de las gallinas.

JULIET

De Mark a Juliet

Él ya lo verá de pie. Puede escribir sobre la capacidad de la ópera de levantar el ánimo de los pobres, etc., etc.

Te recojo a las 7.

M.

De Juliet a Eben

3 de marzo de 1946

Señor Eben Ramsey
Les Pommiers
Calais Lane
St. Martin's, Guernsey

Estimado señor Ramsey:
Fue muy amable de su parte que me escribiera sobre sus experiencias durante la Ocupación. Al final de la guerra,

yo también me prometí a mí misma que no volvería a hablar de ello. Hablé de la guerra y la viví durante seis años, y estaba deseando poder prestar atención a cualquier otra cosa, la que fuera. Pero eso es como desear ser otra persona. La guerra ahora forma parte de nuestras vidas, y no podemos sustraernos a eso.

Me alegró oír que su nieto Eli ha vuelto a casa. ¿Vive con sus padres o con usted? ¿No tuvo ninguna noticia de él durante la Ocupación? ¿Todos los niños de Guernsey volvieron al mismo tiempo? ¡Vaya celebración si lo hicieron!

No quiero inundarle de preguntas, pero tengo algunas más, si se siente con ánimos de contestarlas. Sé que estaba en la cena del cerdo asado que condujo a la creación de la Sociedad Literaria y el Pastel de Piel de Patata de Guernsey, pero para empezar, ¿cómo consiguió el cerdo la señora Maugery? ¿Cómo se esconde un cerdo?

¡Elizabeth McKenna fue muy valiente aquella noche! Realmente es hábil bajo presión, una cualidad que me llena de gran admiración. Sé que usted y los demás miembros de la Sociedad deben de estar preocupados al pasar los meses y no tener noticias suyas, pero no deben perder la esperanza. Algunos amigos me han dicho que Alemania es como una colmena abierta, repleta de miles y miles de desplazados, todos tratando de volver a casa. Un querido amigo mío, a quien abatieron en Birmania en 1943, reapareció en Australia el mes pasado, no en las mejores condiciones, pero vivo y con la intención de seguir así.

Gracias por su carta.

Atentamente,

JULIET ASHTON

De Clovis Fossey a Juliet

4 de marzo de 1946

Estimada señorita:
Al principio, yo no quería ir a ninguna reunión literaria. Tengo mucho trabajo en la granja, y no quería perder el tiempo leyendo sobre gente que nunca existió, haciendo cosas que nunca hicieron.

Luego, en 1942 empecé a cortejar a la viuda de Hubert. Cuando salíamos a pasear, ella caminaba con paso firme unos palmos por delante de mí y nunca me dejaba que la cogiera del brazo. A Ralph Murchey sí le dejaba cogerla del brazo, por eso supe que algo fallaba en mi manera de declararme.

Ralph fanfarronea mucho cuando bebe. Le dijo a todos los de la taberna: «A las mujeres les gusta la poesía. Una palabra dulce al oído y se derriten». Esa no es manera de hablar de una dama, y entonces supe que él no quería a la viuda de Hubert por ella misma, como hacía yo. Él sólo quería su tierra de pastura para sus vacas. Así que pensé: «Si son poemas lo que quiere la viuda de Hubert, ya le encontraré unos».

Fui a ver al señor Fox a su librería y le pedí poemas de amor. Por esa época no tenía muchos libros (la gente los compraba para quemarlos, y cuando finalmente se dio cuenta, cerró la tienda para siempre), así que me dio algunos de un tal Catulo. Era romano. ¿Usted sabe el tipo de cosas que decía en los versos? Yo no podría decirle aquellas palabras a una buena dama.

Él iba detrás de una mujer, Lesbia, que lo rechazó después de haberse acostado con él. No me sorprende que lo hiciera, a él no le gustaba que ella acariciara el pequeño gorrión aterciopelado que tenía. Estaba celoso de un gorrión de nada. Se fue a casa y se puso a escribir sobre su angustia al verla a ella estrechar al pajarillo contra su pecho. Se lo tomó muy mal, y después de eso nunca más le gustaron las mujeres y se dedicó a escribir poemas mezquinos sobre ellas.

También fue un auténtico sinvergüenza. ¿Quiere ver un poema que escribió cuando una mujer perdida le cobró por sus favores? Pobre chica. Se lo copio para usted.

Ameana, joven bien follada,
me ha pedido diez de los grandes,
esa joven de nariz repulsiva,
la querida del manirroto de Formias.
¡Parientes que estáis a su cuidado,
convocad a médicos y amigos!
La muchacha no está bien de la cabeza
ni pregunta a su espejo qué cara tiene.

¿Eso son muestras de amor? Le dije a mi amigo Eben que nunca había visto algo tan rencoroso. Él me dijo que lo que pasaba era que no había elegido bien los poemas. Me llevó a su casa y me dejó un pequeño libro suyo. Era la poesía de Wilfred Owen. Fue capitán durante la Primera Guerra Mundial, sabía cómo eran las cosas y las llamó por su nombre. Yo también estuve allí, en Paschendale, y conocí lo mismo que él conoció, pero nunca supe ponerlo por escrito.

Bueno, pensé que después de todo debía de haber algo en la poesía. Empecé a ir a las reuniones, y estoy contento de haberlo hecho, si no, ¿cómo habría llegado a leer las obras de William Wordsworth? Habría seguido siendo un desconocido para mí. Me aprendía muchos poemas suyos de memoria.

Al final me gané el corazón de la viuda de Hubert, mi Nancy. Una tarde la llevé a pasear por los acantilados y le dije: «Mira eso, Nancy. La dulzura del cielo está en el mar. ¡Escucha! El ser poderoso está despierto». Me dejó que la besara. Ahora es mi mujer.

Sinceramente,

CLOVIS FOSSEY

P.D. La señora Maugery me dejó un libro la semana pasada. Es una antología de poesía que se titula *The Oxford Book of Modern Verse, 1892–1935*. Dejaron que un hombre llamado Yeats hiciera la selección. No debieron hacerlo. ¿Quién es, y qué sabe él de poesía?

Busqué por todo el libro algún poema de Wilfred Owen o de Siegfried Sassoon. No encontré ni uno, ni uno. ¿Y sabe por qué? Porque este tal señor Yeats dijo: «Deliberadamente he decidido no incluir ningún poema de la Primera Guerra Mundial. Les tengo aversión. El sufrimiento pasivo no es tema para la poesía».

¿Sufrimiento pasivo? ¡Sufrimiento pasivo! Quise fundirme. ¿Qué es lo que le pasa al hombre? El capitán Owen escribió un verso: «¿Qué fúnebres tañidos se ofrendan para estos que mueren como reses? Sólo la ira monstruosa de los cañones». ¿Qué hay de pasivo en esto?, me gustaría saber. Así es exactamente como murieron. Lo vi con mis propios ojos, y al diablo con el señor Yeats.

Suyo sinceramente,

CLOVIS FOSSEY

De Eben a Juliet

10 de marzo de 1946

Estimada señorita Ashton:

Gracias por su carta y por sus amables preguntas sobre mi nieto Eli. Es hijo de mi hija Jane. Jane y su bebé recién nacido murieron en el hospital el día en que los alemanes nos bombardearon, el 28 de junio de 1940. Al padre de Eli lo mataron en el norte de África en 1942, así que ahora Eli está a mi cargo.

Eli se fue de Guernsey el 20 de junio, junto con miles de niños que fueron evacuados a Inglaterra. Sabíamos que los alemanes iban a llegar y Jane estaba preocupada por la seguridad de Eli. El doctor no iba a dejar que Jane viajara en el barco con ellos, porque el bebé iba a nacer muy pronto.

Durante seis meses no tuvimos ninguna noticia de los niños. Entonces recibí una tarjeta postal de la Cruz Roja, diciendo que Eli estaba bien, pero no nos dijeron dónde estaba. Nunca supimos en qué ciudades estuvieron nuestros niños, aunque rezábamos para que no fuera en una gran ciudad. Pasó más tiempo hasta que pude mandarle una carta de contestación, pero estaba indecisa respecto a eso. Me horrorizaba tener que contarle que su madre y el bebé habían muerto. Odiaba la idea de pensar que mi chico leería estas frías palabras en una postal. Pero tuve que hacerlo. Y luego, una segunda vez, después de saber lo de su padre.

Eli no volvió hasta que se terminó la guerra y mandaron a todos los niños de vuelta a casa de golpe. ¡Vaya día! Fue incluso más maravilloso que cuando los soldados británicos vinieron a liberar Guernsey. Eli fue el primer chico en bajar por la pasarela (había crecido mucho en cinco años), y creo que yo nunca le habría dejado de abrazar si no llega a ser por Isola, que me apartó para poderlo abrazar ella.

Di gracias a Dios porque le hubieran mandado con una familia de agricultores en Yorkshire. Fueron muy buenos con él. Eli me dio una carta que me habían escrito. Hablaba de todas las cosas que me había perdido de su crecimiento. Me hablaron de sus estudios, de cómo ayudaba en la granja y de cómo intentaba mantenerse firme cuando recibía mis cartas.

Ahora pesca conmigo y me ayuda con la vaca y el huerto, pero lo que más le gusta es tallar madera. Dawsey y yo le estamos enseñando cómo se hace. La semana pasada hizo una serpiente perfecta con un trozo de cerca roto, aunque creo que la cerca rota era en realidad una viga del granero de Dawsey. Dawsey sólo sonrió cuando se lo pregunté, pero estos días es difícil encontrar madera que sobre en la isla, ya que tuvimos que cortar gran parte de los árboles (también barandillas y muebles), para hacer leña cuando nos quedamos sin carbón y sin queroseno. Ahora Eli y yo estamos plantando árboles en mi terreno, pero van a tardar en crecer, y todos echamos de menos las hojas y la sombra.

Ahora voy a contarle lo de nuestro cerdo asado. Los alemanes fueron muy exigentes con las granjas de animales. Llevaban la cuenta de los cerdos y las vacas rigurosamente. Guernsey había de alimentar las tropas alemanas establecidas aquí y en Francia. Nosotros podíamos quedarnos con las sobras, si es que quedaba algo.

Los alemanes fomentaron la contabilidad. Iban detrás

de cada litro que ordeñábamos, pesaban la nata, anotaban cada saco de harina. Durante un tiempo dejaron en paz a los pollos. Pero cuando la comida e incluso las sobras empezaron a escasear, nos ordenaron matar a los pollos más viejos, para que las gallinas ponedoras tuvieran suficiente comida para seguir poniendo huevos.

Los pescadores teníamos que darles la mayor parte de nuestra pesca. Nos venían a buscar al puerto para repartirse su parte. Al principio de la Ocupación, una buena cantidad de isleños escaparon a Inglaterra en barcas pesqueras; algunos murieron ahogados, pero otros lo lograron. Así que los alemanes pusieron una nueva norma: a cualquier persona que tuviera un familiar en Inglaterra, no se le permitiría subir a ningún barco pesquero; tenían miedo de que intentáramos escapar. Como Eli estaba en Inglaterra, tuve que dejar mi barca. Fui a trabajar a uno de los invernaderos del señor Privot, y al cabo de un tiempo, me las apañé bien con las plantas. Pero Dios, cómo echaba de menos la barca y el mar.

Los alemanes fueron especialmente quisquillosos con la carne, porque no querían que nadie fuera al mercado negro en lugar de alimentar a sus soldados. Si tu cerda criaba, el oficial alemán de agricultura iba a tu granja, contaba las crías, te daba un certificado de nacimiento por cada uno y lo anotaba en la hoja de registro. Si un cerdo moría de muerte natural, tenías que informar al oficial, venía otra vez a inspeccionar el cuerpo del cerdo muerto y te daba un certificado de defunción.

A veces iba a las granjas por sorpresa, y tu número de cerdos vivos ya podía coincidir con su número de registro. Un cerdo de menos, y te multaban, y si volvía a pasar, podían arrestarte y mandarte a la cárcel de St. Peter Port. Si te faltaban demasiados cerdos, los alemanes podían pensar que los estabas vendiendo en el mercado negro, y te enviaban a Alemania, a un campo de trabajos forzados. Con los alemanes, nunca podías saber por dónde te saldrían, tenían un humor cambiante.

Sin embargo, al principio era fácil engañar al oficial y quedarte un cerdo vivo en secreto para tu propio uso. Así es como Amelia llegó a tener el suyo.

Will Thisbee tenía un cerdo enfermo que murió. El oficial vino e hizo el certificado diciendo que el cerdo estaba realmente muerto, y dejó solo a Will para que enterrara al animal. Pero Will no lo enterró, se adentró apresuradamente en el bosque con el cuerpo y se lo entregó a Amelia Maugery. Amelia escondió el cerdo sano que tenía y llamó al oficial diciéndole: «Venga rápido, mi cerdo ha muerto».

El oficial fue enseguida y vio que el cerdo había estirado la pata, nunca supo que se trataba del animal que ya había visto por la mañana. Inscribió en su libreta un cerdo muerto más.

Amelia cogió el mismo animal muerto, se lo pasó a otro amigo e hicieron la misma jugada al día siguiente. Hicimos eso hasta que el cerdo empezó a oler mal. Al final los alemanes sospecharon y comenzaron a marcar cada cerdo y cada vaca que nacía, así que ya no pudimos intercambiar ningún animal más.

Pero Amelia, con su cerdo vivo, sano y gordo escondido, sólo necesitaba la ayuda de Dawsey para matarlo sin hacer ruido. Tenía que ser discretamente, porque había una unidad de artillería alemana al lado de la granja, y si los soldados llegaban a oír los chillidos del cerdo al morir, habrían llegado corriendo.

Dawsey siempre había atraído a los cerdos. Si entraba en un corral se acercaban corriendo hasta él para que les rascase el lomo. Con cualquier otro habrían armado un escándalo, con los chillidos, gimoteos y al desplomarse. Pero Dawsey los calmaba y sabía dónde encontrar el punto justo bajo el mentón donde clavarles rápidamente el cuchillo. Los cerdos no tenían tiempo de chillar, sólo se dejaban caer en silencio en la tela del suelo.

Le dije a Dawsey que levantaban la vista sólo una vez, sorprendidos, pero dijo que no, que los cerdos eran lo bastante listos para darse cuenta de cuándo los estaban traicionando, y yo no iba a adornarlo.

El cerdo de Amelia fue una cena excelente. Teníamos cebollas y patatas para rellenar el asado. Casi nos habíamos olvidado de lo que era tener el estómago lleno, pero volvimos a recordarlo. Con las cortinas de Amelia corridas para evitar que la unidad de artillería alemana nos viera, y la comida y los amigos en la mesa, era como si nada hubiera pasado.

Tiene razón en decir que Elizabeth es valiente. Lo es, siempre lo fue. Llegó a Guernsey desde Londres cuando era una niña, con su madre y sir Ambrose Ivers. Conoció a mi Jane el primer verano que estuvo aquí, cuando las dos tenían diez años, y desde entonces, fueron siempre incondicionales.

Cuando Elizabeth volvió la primavera de 1940 para cerrar la casa de sir Ambrose, se quedó más tiempo de lo que era seguro, porque quería estar con Jane. Mi hija se había sentido mal desde que su marido, John, se había ido a Inglaterra a alistarse (eso fue en diciembre de 1939), y tuvo un embarazo difícil. El doctor Martin le ordenó que guardara cama, así que Elizabeth se quedó para hacerle compañía y para jugar con Eli. A Eli no había nada que le gustara más que jugar con Elizabeth. Eran una amenaza para los muebles, pero era muy alegre oírles reír. Una vez fui a buscarlos para cenar y cuando llegué, estaban allí, tirados, sobre un montón de cojines al pie de las escaleras. Le habían sacado brillo a la barandilla de roble de sir Ambrose y ¡habían bajado deslizándose tres pisos!

Fue Elizabeth quien se ocupó de todo lo necesario para conseguir evacuar a Eli en el barco. Los isleños recibimos la noticia sólo un día antes de que llegaran los barcos desde Inglaterra para llevarse a los niños. Elizabeth trabajó rápidamente, lavó y cosió la ropa de Eli y le explicó por qué no podía llevarse el conejo que tenía de mascota. Cuando íbamos hacia el patio del colegio, Jane tuvo que alejarse para que Eli no la viera llorar, así que Elizabeth le cogió de la mano y le distrajo diciéndole que hacía muy buen tiempo para navegar.

Incluso después de aquello, Elizabeth no se fue de Guernsey, a pesar que todo el mundo trataba de largarse. «No —dijo—. Esperaré a que nazca la niña de Jane y, cuando haya engordado un poco, entonces nos iremos las tres a Londres. Luego averiguaremos dónde está Eli e iremos a buscarle.» Por encima de todos sus encantos, Elizabeth era muy testaruda. Si ya lo había decidido, no había nada que decir que la hiciera cambiar de opinión respecto a lo de irse. Ni ver el humo que llegaba de Cherburgo, donde los franceses estaban quemando sus depósitos de gasolina, para que los alemanes no pudieran aprovecharlos. No importaba, Elizabeth no se iría sin Jane y el bebé. Creo que sir Ambrose le había dicho que él y uno de sus amigos que tenía un yate, irían en barco hasta St. Peter Port y las sacaría de Guernsey antes de que llegaran los alemanes. La verdad es que me alegré de que no nos dejara. Estuvo conmigo en el hospital cuando Jane y el recién nacido murieron. Estaba sentada al lado de Jane, cogiéndola fuerte de la mano.

Después de que Jane muriera, Elizabeth y yo nos quedamos de pie en el pasillo, como ausentes, mirando fijamente por la ventana. Entonces vimos siete aviones alemanes sobrevolar el puerto a poca altura. Pensamos que sólo estaban haciendo uno de sus vuelos de reconocimiento, pero en ese momento empezaron a bombardearnos, cayendo en picado desde el cielo. No dijimos nada, pero yo sabía lo que estábamos pensando, gracias a Dios que Eli estaba a salvo. Elizabeth estuvo a nuestro lado en los malos momentos, y después. Yo no pude hacer nada para que no se la llevaran, así que doy gracias a Dios porque su hija Kit está a salvo con nosotros, y rezo para que Elizabeth vuelva pronto a casa.

Me alegró oír lo de su amigo que encontraron en Australia. Espero que vuelva a escribirnos a mí y a Dawsey, ya que él también disfruta con sus cartas igual que yo.

Suyo sinceramente,

EBEN RAMSEY

De Dawsey a Juliet:

12 de marzo de 1946

Querida señorita Ashton:
Me alegro de que le gustaran las lilas blancas.

Le contaré lo del jabón de la señora Dilwyn. Más o

menos a mitad de la Ocupación, el jabón empezó a escasear; las familias sólo podían tener una pastilla por persona al mes. Estaba hecho de una especie de arcilla francesa y caía como un muerto en la bañera. No hacía nada de espuma; sólo frotabas y esperabas que funcionara.

Mantenernos limpios era una tarea difícil, y ya nos habíamos acostumbrado a estar más o menos sucios, igual que nuestra ropa. Se nos permitía un poquito de jabón en polvo para los platos y la ropa, pero era una cantidad ridícula, y tampoco hacía espuma. A algunas señoras les afectó profundamente, y la señora Dilwyn fue una de ellas. Antes de la guerra, se compraba los vestidos en París, y toda aquella ropa lujosa se estropeó antes que la menos elegante.

Un día, el cerdo del señor Scope murió de fiebre aftosa. Como nadie se atrevió a comérselo, el señor Scope me ofreció el cuerpo. Me acordé de que mi madre hacía jabón de la grasa animal, así que pensé en probarlo. El resultado parecía agua congelada y el olor todavía era peor. Así que lo fundí y empecé de nuevo. Booker, que había venido a ayudarme, sugirió que usáramos pimentón dulce para darle color, y canela para el perfume. Amelia nos dio un poco de todo, y lo pusimos en la mezcla.

Cuando el jabón estuvo lo bastante templado, lo cortamos en círculos con el molde de hacer galletas de Amelia. Envolví el jabón con tela de lino, Elizabeth hizo lazos con hilo rojo, y los dimos de regalo a todas las señoras de la Sociedad en la siguiente reunión. Al menos, durante una o dos semanas, parecimos gente respetable.

Ahora trabajo varios días a la semana en la cantera, además de en el puerto. Isola dice que se me ve cansado y me ha preparado un bálsamo relajante para el dolor de músculos; se llama «Dedos de ángel». Isola tiene un jarabe para la tos que se llama «Chupada del diablo» y rezo para no necesitarlo nunca.

Ayer vinieron a cenar Amelia y Kit, y después nos fuimos a la playa con una manta para ver salir la luna. A Kit le encanta, pero siempre se queda dormida antes de que esté del todo arriba, y tengo que llevarla a casa de Amelia. Está convencida de que logrará mantenerse despierta tan pronto como cumpla los cinco años.

¿Usted sabe algo de niños? Yo no, y aunque estoy aprendiendo, creo que soy lento. Era mucho más fácil cuando Kit no sabía hablar, pero no era tan divertido. Intento contestar a sus preguntas, pero por lo general soy muy lento en responder, y ella ya está haciéndome otra pregunta antes de que pueda contestarle la primera. Además, no sé lo bastante para complacerla. No sé cómo es una mangosta.

Me gusta recibir sus cartas, aunque a menudo creo que no tengo nada interesante que contar, así que me va bien responder sus preguntas retóricas.

Atentamente,

DAWSEY ADAMS

De Adelaide Addison a Juliet

12 de marzo de 1946

Estimada señorita Ashton:
Veo que no me ha hecho caso. Me encontré con Isola Pribby, en su puesto del mercado, mientras garabateaba

una carta de respuesta a ¡una suya! Continué con mis recados con calma, pero entonces me encontré con Dawsey Adams echando al correo una carta ¡para usted! ¿Quién será el siguiente?, me pregunto. Esto no se puede tolerar, y he decidido escribirle para parar todo esto.

No fui del todo sincera con usted en mi última carta. Quería ser delicada y no le hablé de todo lo que sé de ese grupo y de su fundadora, Elizabeth McKenna. Pero ahora veo que debo revelarlo todo.

Los miembros de la Sociedad se han confabulado entre ellos para criar a la hija ilegítima de Elizabeth McKenna y su amante alemán, el doctor-capitán Christian Hellman. Sí, ¡un soldado alemán! No me extraña que esté sorprendida.

Sólo estoy siendo justa. No digo que Elizabeth fuera lo que los de las clases más vulgares llaman una «caza-alemanes» que tontean con cada soldado alemán que les hace regalos.

Nunca vi a Elizabeth con medias ni vestidos de seda, de hecho no seguía vistiendo ropas atrevidas como siempre, ni oliendo a perfume parisino, ni engullendo bombones ni vino, ni FUMANDO CIGARRILLOS, como otras frescas de la isla.

Pero la verdad ya es lo bastante mala.

Estos son los hechos lamentables: en abril de 1942, la MADRE SOLTERA Elizabeth McKenna dio a luz a una niña en su propia casa. Eben Ramsey e Isola Pribby estuvieron presentes durante el parto; él, para sujetarle la mano a la madre, y ella, para evitar que se apagara el fuego. Amelia Maugery y Dawsey Adams (un hombre soltero, ¡qué vergüenza!) hicieron el trabajo de asistir en el parto, antes de que el doctor Martin llegara. ¿Y el supuesto padre? ¡Ausente! De hecho, se había ido de la isla hacía muy poco. «Órdenes de ir al continente», dijeron. El asunto está muy claro, cuando fue imposible negar su evidente relación ilícita, el capitán Hellman abandonó a su querida a su propia suerte.

Podía imaginarme ese escandaloso final. En varias ocasiones había visto a Elizabeth con su amante, paseando juntos, sumidos en largas conversaciones, cogiendo ortigas para hacer sopa o recogiendo leña. Y una vez, que estaban uno frente al otro, vi como él le acarició la cara y el pómulo con el dedo.

Aunque pensé que no serviría de mucho, sabía que era mi deber advertirla de la suerte que la esperaba. Le dije que se vería expulsada de la sociedad respetable, pero no me hizo caso. De hecho, se rió. Yo lo aguanté. Luego me echó de su casa.

No estoy orgullosa de mi capacidad de conocer el futuro. No sería cristiano.

Volvamos a la niña, de nombre Christina, pero que llaman Kit. Al cabo de un año escaso, Elizabeth, tan irresponsable como siempre, cometió un acto criminal expresamente prohibido por las fuerzas de Ocupación alemana; dio refugio, alimentó y ayudó a escapar a un prisionero del ejército alemán. La arrestaron y la mandaron a una cárcel del continente.

Cuando arrestaron a Elizabeth, la señora Maugery se llevó a la niña a su casa. ¿Y desde esa noche? La Sociedad Literaria ha criado a la niña como si fuera su propia hija, llevándola de casa en casa, por turnos. Amelia Maugery asumió el papel principal en la manutención de la niña, junto con otros miembros de la Sociedad, que se la llevan, como si fuera un libro de la biblioteca, durante semanas enteras.

Todos ellos mecieron a la niña en las rodillas, y ahora que ya camina, va a todas partes con uno u otro, de la mano o subida a sus hombros. ¡Tales son sus principios! ¡Usted no puede ensalzar a gente así en el *Times*!

Ya no la volveré a molestar más. He hecho lo que he podido. Medítelo bien.

ADELAIDE ADDISON

Telegrama de Sidney a Juliet

20 de marzo de 1946

QUERIDA JULIET: VIAJE A CASA POSPUESTO. CAÍ CABALLO, ROMPÍ PIERNA. PIERS ME CUIDA. BESOS. SIDNEY.

Telegrama de Juliet a Sidney

21 de marzo de 1946

¡OH! DIOS, ¿QUÉ PIERNA? LO SIENTO MUCHO. BESOS. JULIET.

Telegrama de Sidney a Juliet

22 de marzo de 1946

FUE LA OTRA. NO TE PREOCUPES, DUELE POCO. PIERS EXCELENTE ENFERMERA. BESOS. SIDNEY.

Telegrama de Juliet a Sidney

22 de marzo de 1946

MUY CONTENTA QUE NO SEA LA QUE TE ROMPÍ YO. ¿QUIERES ALGO PARA LA CONVALECENCIA? ¿LIBROS, DISCOS, FICHAS DE PÓKER, MI SANGRE?

Telegrama de Sidney a Juliet

23 de marzo de 1946

NI SANGRE, NI LIBROS, NI FICHAS DE PÓKER. SIGUE ENVIANDO CARTAS LARGAS PARA ENTRETENERNOS. BESOS, SIDNEY Y PIERS.

De Juliet a Sophie

23 de marzo de 1946

Querida Sophie:
Sólo he recibido un telegrama, así que sabes más que yo. Pero sean cuales sean las circunstancias, es del todo ridículo que te estés planteando ir a Australia. ¿Qué pasa con Alexander? ¿Y Dominic? ¿Y tus corderos? Te añorarían mucho.

Párate y piensa un momento, y te darás cuenta de que no debes preocuparte. Primero de todo, Piers se ocupará perfectamente bien de Sidney. Segundo, mejor que sea Piers y no nosotras, ¿te acuerdas de lo mal paciente que fue Sidney la última vez? Deberíamos estar contentas de que esté a miles de kilómetros de aquí. Tercero, durante años Sidney ha estado tan tenso como la cuerda de un arco. Necesita un descanso, y con la pierna rota puede que sea la única manera de que se tome uno. Y lo más importante de todo, Sophie: no nos quiere allí.

Estoy totalmente segura de que Sidney preferiría que escribiera un nuevo libro antes de que apareciéramos en Australia, así que pienso quedarme aquí, en mi aburrido piso, y tratar de encontrar un tema para el libro. Tengo una pequeñísima idea, aunque demasiado vaga para arriesgarme a decírtelo incluso a ti. En homenaje a la pierna de Sidney, voy a dedicarle tiempo y a alimentarla, para ver si la puedo hacer crecer.

Y ahora sobre Markham V. Reynolds (hijo). Tus preguntas con respecto a ese caballero son muy delicadas, muy sutiles, como dar con un mazo en la cabeza. ¿Si estoy enamorada de él? ¿Qué clase de pregunta es ésta? Es como una tuba entre flautas, y espero más de ti. La primera regla del cotilleo es llegar de manera indirecta. Cuando tú empezaste a marearme escribiéndome cartas sobre Alexander, yo no te pregunté si estabas enamorada de él, te pregunté cuál era su animal preferido. Y tu respuesta me dijo todo lo que quería saber de él. ¿Cuántos hombres admitirían que les gustan los patos? (Esto nos lleva a una cuestión importante, no sé cuál es el animal favorito de Mark. Dudo que sea un pato.)

¿Puedo hacerte algunas sugerencias? Podrías preguntarme por su autor preferido (¡Dos Passos! ¡Hemingway!). O su color favorito (el azul, no estoy segura del tono, seguramente tirando a añil). ¿Baila bien? (Sí, mucho mejor que yo, nunca me pisa, pero no habla, ni tan sólo tararea mientras baila. De hecho no tararea nunca, que yo sepa.) ¿Tiene hermanos o hermanas? (Sí, dos hermanas mayores, una casada con un magnate que es un cielo y la otra, viuda desde el año pasado. Y un hermano pequeño, descartado por ser un idiota.)

Así que, ahora que ya he hecho todo el trabajo por ti, quizá tú misma te puedas responder tu propia pregunta absurda, porque yo no puedo. Me siento confundida cuando estoy con Mark, cosa que podría ser amor, o quizá no. Lo que es seguro es que no es relajante. Tengo un poco de miedo por esta noche, por ejemplo. Otra cena fenomenal, con hombres en la mesa dispuestos a participar en la conversación y mujeres saludando desde lejos con las boquillas de los cigarrillos. Ay, preferiría quedarme acurrucada en el sofá, pero no, tengo que levantarme y ponerme un vestido de fiesta. Dejando el amor a un lado, Mark ejerce una terrible presión en mi vestuario.

Bueno, cariño, no te preocupes por Sidney. Estará rondando por aquí dentro de nada.

Un abrazo,

JULIET

De Juliet a Dawsey

25 de marzo de 1946

Estimado señor Adams:
He recibido una larga carta (de hecho, ¡dos!) de una tal señorita Adelaide Addison, advirtiéndome de que no hable de la Sociedad en el artículo. Si lo hago, se lavará las manos respecto a mí para siempre. Trataré de ser fuerte para poder soportar tal desgracia. Se altera mucho con lo de las «caza-alemanes», ¿verdad?

También he recibido una carta encantadora de Clovis Fossey donde habla de poesía, y una de Isola Pribby sobre las hermanas Brontë. Aparte de deleitarme, me han dado nuevas ideas para el artículo. Entre usted, el señor Ramsey y la señora Maugery, Guernsey prácticamente está escribiendo el artículo por mí. Incluso la señorita Adelaide Addison ha hecho su aportación, desafiarla será un placer.

No sé tanto de niños como me gustaría. Soy la madrina de un niño encantador de tres años llamado Dominic, el hijo de mi amiga Sophie. Viven en Escocia, cerca de Oban, y no puedo ir a verle muy a menudo. Cuando voy, siempre me sorprendo de cómo se desarrolla su personalidad; apenas me había acostumbrado a tener un bebé entre los brazos cuando dejó de serlo y empezó a correr de aquí para allá él solo. Echo de menos cuando tenía seis meses, ¡y quién lo iba a decir: aprendió a hablar! Ahora habla solo, y eso me hace mucha gracia, porque yo también lo hacía.

Puede decirle a Kit que una mangosta es un animal parecido a la comadreja, con dientes muy afilados y muy mal genio. Es el único enemigo natural de la cobra y es inmune al veneno de las serpientes. Si no puede con las serpientes, se come los escorpiones. Quizá podría conseguirle una de mascota.

Suya,

JULIET ASHTON

P.D. Dudé en mandarle esta carta, ¿y si resulta que Adelaide Addison es su amiga? Luego pensé: «No, no puede ser»; así que aquí va.

De John Booker a Juliet

27 de marzo de 1946

Estimada señorita Ashton:
Amelia Maugery me ha pedido que le escriba, ya que soy uno de los miembros fundadores de la Sociedad Literaria y el Pastel de Piel de Patata de Guernsey, aunque yo sólo leí el mismo libro una y otra vez. Fue *Cartas de Séneca. Traducidas del latín en un volumen, con apéndice*. Entre Séneca y la Sociedad me mantuvieron alejado de una espantosa vida como alcohólico.

De 1940 a 1944, ante las autoridades alemanas, me hice pasar por lord Tobias Penn-Piers, mi antiguo patrón, que había huido precipitadamente a Inglaterra cuando bombardearon Guernsey. Yo era su criado y me quedé. Mi verdadero nombre es John Booker, y nací y me crié en Londres.

Junto con los otros, me cogieron en la calle después del toque de queda la noche de la cena del cerdo asado. No lo recuerdo muy bien. Imagino que iba alegre, porque normalmente lo estaba. Recuerdo a los soldados gritando con las pistolas en la mano y Dawsey sujetándome para mantenerme derecho. Luego oí la voz de Elizabeth. Hablaba de libros, no entendí por qué. Después de eso, Dawsey me llevó por los prados a gran velocidad, y luego me desplomé en la cama. Eso es todo.

Pero usted quiere saber qué influencia han tenido los libros en mi vida, y como ya le he dicho, sólo hubo uno: Séneca. ¿Sabe quién era? Fue un senador romano que escribió cartas a amigos imaginarios diciéndoles cómo debían comportarse el resto de sus vidas. Puede parecer aburrido, pero las cartas no lo son, son muy ingeniosas. Creo que se aprende más si lo que lees te hace reír.

A mí me parece que sus palabras llegan bien a la gente, a todas las personas, de cualquier época. Le daré un ejemplo evidente: coja la Luftwaffe, las fuerzas aéreas del ejército alemán, y sus peinados. Durante el Blitz, la Luftwaffe despegó de Guernsey y se unió a los grandes bombarderos que iban camino a Londres. Sólo volaban de noche, así que durante el día podían hacer lo que quisieran, como ir a St. Peter Port tal como les gustaba. ¿Y qué es lo que hacían allí? Iban a los salones de belleza, a arreglarse las uñas, a que les hicieran masajes en la cara, a hacerse las cejas, a que les ondularan el pelo y a que los peinaran. Cuando vi a cinco de ellos caminando por la calle con las redecillas, dando codazos a los isleños para que se apartaran de la acera, pensé en las palabras de Séneca sobre la guardia pretoriana. Escribió: «Cualquiera de esos soldados preferiría ver desorden en Roma antes que en su pelo».

Voy a contarle cómo me hice pasar por mi antiguo patrón. Lord Tobias quería esperar a que terminara la guerra en un lugar seguro, así que adquirió la casa solariega La Fort en Guernsey. Durante la Primera Guerra Mundial había estado en el Caribe, pero allí sufrió gravemente la fiebre miliar.

En la primavera de 1940 se trasladó a La Fort con la mayor parte de sus posesiones, incluyendo a lady Tobias. Chausey, su mayordomo de Londres, se había encerrado en la despensa y se negó a venir. Así que yo, su criado, vine en lugar de Chausey, para supervisar la colocación del mobiliario, ocuparme de sus ropas, lustrar la plata y encargarme de la bodega. Allí coloqué cada botella en el botellero, suavemente, como a un bebé en la cuna.

Justo cuando colgaba el último cuadro en la pared, los aviones alemanes sobrevolaron y bombardearon St. Peter Port. Lord Tobias, presa del pánico por todo el jaleo, llamó al capitán de su barco y le ordenó: «¡Prepara el barco!». Íbamos a cargar el barco con la plata, los cuadros, algunas piezas de arte y, si quedaba espacio, lady Tobias, y zarpar inmediatamente para Inglaterra.

Yo fui el último en subir a la pasarela, mientras lord Tobias gritaba: «¡Dése prisa, hombre! ¡Rápido, que vienen los alemanes!».

Mi verdadero destino se me reveló en aquel momento, señorita Ashton. Todavía tenía la llave de la bodega de su señoría. Pensé en todas esas botellas de vino, champán, brandy y coñac que no habíamos llevado al barco, y me imaginé a mí entre todas ellas. Pensé en que ya no sonaría más la campana, en que no tendría que volver a ponerme el uniforme y que no volvería a ver a lord Tobias. En definitiva, que no volvería a servir.

Me di la vuelta y volví a bajar rápidamente la pasarela. Me fui corriendo hacia La Fort y miré cómo el barco se alejaba, con lord Tobias todavía gritando. Luego entré, encendí el fuego y bajé a la bodega. Saqué un burdeos y extraje mi primer tapón de corcho. Dejé que el vino respirara. Luego volví a la biblioteca, bebí un sorbo y empecé a leer la *Guía para los amantes del vino*.

Leía sobre viñas, me ocupaba del jardín, dormía con pijama de seda y bebía vino. Y seguí así hasta septiembre, cuando Amelia Maugery y Elizabeth McKenna me vinieron a ver. A Elizabeth la conocía un poco, habíamos hablado algunas veces en el mercado, pero Amelia era una desconocida para mí. Me pregunté si habían venido a entregarme a la policía.

No. Habían ido a avisarme. El comandante de Guernsey había ordenado que todos los judíos fueran al hotel Royal para registrarse. Según el comandante, sólo querían poner «Juden» en nuestro carnet de identidad, y luego podríamos irnos a casa. Elizabeth sabía que mi madre era judía; se lo mencioné una vez. Habían ido a decirme que bajo ninguna circunstancia fuera al hotel Royal.

Pero eso no era todo. Elizabeth había pensado mucho en mi problema (mucho más que yo) y había ideado un plan. Ya que todos los isleños iban a tener carnet de identidad, ¿por qué no declaraba que yo era lord Tobias Penn-Piers? Podía hacerlo, y decir que todos mis documentos se habían quedado atrás en mi banco de Londres. Amelia estaba segura de que el señor Dilwyn respaldaría mi suplantación de identidad, y así lo hizo. Él y Amelia me acompañaron a la oficina del comandante y todos juramos que yo era lord Tobias Penn-Piers.

Fue Elizabeth quien remató la idea. Los alemanes estaban tomando todas las mansiones de Guernsey para que sus oficiales vivieran allí, y nunca pasarían por alto una residencia como La Fort (era demasiado buena para pasarla por alto). Y cuando llegaron, yo debía estar preparado para recibirles como lord Tobias Penn-Piers. Debía parecer un lord en su tiempo libre y actuar de manera natural. Estaba aterrorizado.

«Tonterías —dijo Elizabeth—. Tienes presencia, Booker. Eres alto, moreno, apuesto, y todos los criados saben cómo mirar por encima del hombro.»

Decidió que me haría un retrato rápido como a un Penn-Piers del siglo XVI. Así que posé como tal, con una capa de terciopelo y gorguera. Me senté con un fondo poco iluminado de tapices y sombras difuminadas, toqueteando la daga. Tenía un aire majestuoso, ofendido y traidor.

Fue una idea brillante, ya que ni dos semanas más tarde, un cuerpo de oficiales alemanes (seis en total) entraron en mi biblioteca sin llamar. Los recibí allí, bebiendo a sorbos un Château Margaux del 93 y con un asombroso parecido al retrato de mi «antepasado» colgado detrás de mí.

Me hicieron una reverencia y fueron muy educados, aunque eso no les impidió quedarse con la casa y mandarme a la casita del guardián, justo al día siguiente. Aquella noche, Eben y Dawsey vinieron a escondidas después del toque de queda, para ayudarme a llevar a la casita todo el vino que pudiéramos, donde hábilmente lo escondimos detrás de un montón de leña, dentro del pozo, en la salida de humos, bajo la paja y en las vigas. Pero incluso con toda esa carga de botellas, me quedé sin vino a principios de 1941. Fue un día triste, pero tenía amigos que me distrajeron y, luego, luego encontré a Séneca.

Llegaron a encantarme nuestras reuniones literarias, me ayudaban a soportar la Ocupación. Algunos de sus libros parecían muy buenos, pero yo seguí fiel a Séneca.

Llegué a sentir como si me hablara a mí, con su manera divertida y mordaz, pero sólo a mí. Sus cartas me ayudaron a sentirme vivo durante lo que vino después.

Todavía voy a todas las reuniones de la Sociedad. Están hartos de Séneca y me piden que lea otra cosa. Pero no lo haré. Sólo actúo en obras que organiza una de nuestras compañías de repertorio; la imitación de lord Tobias me despertó el gusto por la interpretación, y además de eso, soy alto, tengo una voz fuerte y me oyen bien desde la última fila.

Estoy contento de que la guerra haya terminado y vuelva a ser John Booker.

Suyo sinceramente,

JOHN BOOKER

De Juliet a Sidney y Piers

31 de marzo de 1946

Señor Sidney Stark
Hotel Monreagle
Broadmeadows Avenue, 79
Melbourne
Victoria
Australia

Queridos Sidney y Piers:
Sangre no, sólo dedos doloridos de copiar las cartas adjuntas de mis nuevos amigos de Guernsey. Adoro sus cartas y no puedo pensar en mandaros las originales al otro

lado del mundo, donde indudablemente los perros salvajes se las podrían comer.

Sabía que los alemanes habían ocupado las islas del Canal, pero apenas pensé en ellos durante la guerra. Así que he empezado a buscar artículos del *Times* y cualquier cosa que pueda encontrar en la Biblioteca de Londres sobre la Ocupación. También quiero buscar una buena guía de Guernsey, una con descripciones, no con horarios ni recomendaciones de hoteles, para hacerme una idea de la isla.

Aparte de mi interés en su «interés» por la lectura, me he enamorado de dos hombres: Eben Ramsey y Dawsey Adams. También me gustan Clovis Fossey y John Booker. Quiero que Amelia Maugery me adopte, y yo quiero adoptar a Isola Pribby. Voy a dejar que adivines mis sentimientos por Adelaide Addison (señorita), cuando leas sus cartas. La verdad es que en este momento estoy viviendo más en Guernsey que en Londres; hago ver que trabajo, pero estoy con la oreja pendiente de si llega el correo, y cuando lo oigo, bajo corriendo las escaleras, con ansia de conocer la siguiente parte de la historia. Supongo que eso es lo que debía de sentir la gente cuando iban a la puerta de la editorial a buscar la última entrega de *David Copperfield* en cuanto salía de la imprenta.

Sé que a ti también te van a encantar esas cartas, pero ¿te interesarían más? Para mí, esta gente y sus experiencias durante la guerra son fascinantes y conmovedoras. ¿Estás de acuerdo? ¿Crees que podría salir un libro de esto? No seas cortés, quiero tu opinión (la de los dos), la verdad. Y no tienes de qué preocuparte, seguiré mandándote copias de las cartas aunque no quieras que escriba un libro sobre Guernsey. Estoy, en general, por encima de la venganza.

Ya que he sacrificado mis dedos para entreteneros, a cambio deberías enviarme lo último de Piers. Estoy contenta de que vuelvas a escribir.

Besos a los dos,

JULIET

De Dawsey a Juliet

2 de abril de 1946

Querida señorita Ashton:
Divertirse es el mayor pecado en la biblia de Adelaide Addison (la falta de humildad le sigue de cerca), y no me sorprende que le haya escrito sobre «caza-alemanes». Adelaide vive sumida en su cólera.

Quedaron muy pocos buenos partidos en Guernsey y, ciertamente, ninguno muy atractivo. Muchos de nosotros estábamos cansados, desaliñados, preocupados, harapientos, sin zapatos y sucios; estábamos derrotados y dábamos esa apariencia. No teníamos energía, tiempo ni dinero para divertirnos. Los hombres de Guernsey no teníamos glamour y los soldados alemanes sí. Eran, según una amiga mía, altos, rubios, apuestos y con la piel bronceada, como dioses. Hacían fiestas suntuosas, eran alegres y vigorosos, tenían coches, dinero y podían pasarse toda la noche bailando.

Pero algunas de las chicas que salían con los soldados les daban los cigarrillos a sus padres y el pan a sus familias. Volvían de las fiestas a casa con panecillos, patés, fruta, empanadas de carne y jaleas en los bolsos, y sus familias podían disfrutar de una comida completa al día siguiente.

No pienso que los isleños vieran el aburrimiento de aquellos años como único motivo para hacerse amigos del enemigo. Aunque el aburrimiento es una razón fuerte, y la perspectiva de pasarlo bien es tentadora, sobre todo cuando se es joven.

Había mucha gente que no quería tener ningún trato con los alemanes; si se te ocurría decirles aunque sólo fuera «buenos días», estabas de parte del enemigo, según su manera de pensar. Pero las circunstancias fueron tales que no pude acatar estas reglas con el capitán Christian Hellman, un doctor de las fuerzas de ocupación y un buen amigo mío.

A finales de 1941 ya no había sal en toda la isla, y tampoco iban a traérnosla de Francia. Los tubérculos y las sopas no tenían nada de sabor sin sal, así que los alemanes tuvieron la idea de usar agua del mar. La traían del muelle y la echaban a un depósito grande que habían colocado en medio del St. Peter Port. Cada uno debía ir a la ciudad a llenar los cubos y luego llevárselos a casa. Allí tendríamos que hervir el agua y usar lo que quedaba en el fondo de la cacerola como sal. Pero no dio resultado, no había suficiente madera para mantener el fuego encendido hasta que el agua hirviera hasta evaporarse. Así que al final decidimos cocinar las verduras directamente con el agua del mar.

Le daba bastante sabor, pero mucha gente mayor no podía hacer el trayecto hasta la ciudad ni cargar cubos pesados hasta casa. Nadie tenía mucha fuerza para ocuparse de esas tareas. Yo cojeo ligeramente de una pierna mal curada, y por eso me libré de ir al ejército, pero nunca me ha dado muchos problemas. Estaba muy fuerte, y así, empecé a repartir agua por las casas de alrededor.

A cambio conseguí una pala extra y algo de cuerda de un viejo cochecito de bebé de la señora LePell, y el señor Soames me dio dos pequeños toneles de roble de vino, ambos con grifo. Corté la parte de arriba de los barriles con una sierra para hacer unas tapas movibles y los puse en el cochecito; así ya tenía transporte. Había algunas playas que no estaban minadas, y era fácil bajar a las rocas, llenar el barril con agua del mar y volver a subir.

El viento de noviembre es fuerte, y un día tenía las manos casi entumecidas después de subir con el primer barril de agua. Estaba de pie el lado del carro, tratando de calentarme los dedos, cuando Christian pasó con el coche. Se paró, dio marcha atrás y me preguntó si necesitaba ayuda. Dije que no, pero de todas formas bajó del coche y me ayudó a meter el barril en el carro. Después, sin decir nada, bajó conmigo a por el segundo barril.

No me di cuenta de que él tenía un hombro y un brazo rígidos, pero entre eso, mi cojera y el pedregal, resbalamos mientras estábamos subiendo y caímos por la ladera, dejando ir el barril, que cayó rodando contra las rocas y nos dejó empapados. Dios sabe por qué nos hizo tanta gracia, pero fue así. Nos apoyamos contra la pared del acantilado, sin poder parar de reír. Entonces fue cuando me cayó del bolsillo el libro de los ensayos de Elia, y Christian lo recogió, totalmente mojado. «Vaya, Charles Lamb —dijo, y me lo devolvió. No era un hombre a quien le importara un poco de agua.» Supongo que mi sorpresa fue evidente, porque añadió: «En casa lo leía a menudo. Envidio tu biblioteca portátil».

Volvimos a su coche. Me preguntó si podría conseguir otro barril. Le dije que sí y le expliqué para qué eran. Él asintió con la cabeza y yo empecé a salir con el carro. Pero luego me giré y le dije: «Si quieres puedo dejarte el libro». Ni que le hubiese ofrecido la luna. Intercambiamos nombres y nos dimos la mano.

Después de eso, a menudo venía a ayudarme a subir el agua. Luego me ofrecía un cigarrillo y nos quedábamos en el camino a hablar de la belleza de Guernsey, de historia, de libros, de agricultura, pero nunca del presente, siempre de cosas alejadas de la guerra. Un día que estábamos allí, Elizabeth apareció con la bicicleta. Había estado de guardia en la enfermería todo el día y probablemente también la noche anterior y, como la de todos los demás, su ropa tenía más remiendos que tela. Pero Christian se calló a mitad de la frase, para verla venir. Elizabeth nos vio y se detuvo. Nadie dijo ni una palabra, pero les vi la cara y me fui tan pronto como pude. No me había dado cuenta de que ya se conocían.

Christian había trabajado de cirujano militar hasta que debido a la herida del hombro lo mandaron de Europa Oriental a Guernsey. A principios de 1942 lo destinaron a un hospital de Caen. Los bombarderos aliados hundieron el barco en que viajaba y todos murieron ahogados. El coronel Mann, el director del hospital de ocupación alemana, sabía que éramos amigos y vino a darme la noticia. Quería que fuera yo quien se lo dijera a Elizabeth. Y lo hice.

La forma en que Christian y yo nos conocimos puede ser poco corriente, pero nuestra amistad no lo fue. Estoy seguro de que muchos isleños llegaron a ser amigos de algunos soldados. Pero a veces pienso en Charles Lamb y me maravillo de que un hombre nacido en 1775 me haya permitido hacer unos amigos como usted y Christian.

Suyo,

DAWSEY ADAMS

De Juliet a Amelia

4 de abril de 1946

Señora Maugery:
Ha salido el sol por primera vez en meses, y si estiro el cuello sentada desde mi silla puedo ver los destellos del agua del río. Aparto los ojos de los montones de escombros de la calle y hago como si Londres volviera a ser una ciudad preciosa.

Recibí una carta muy triste de Dawsey Adams donde me hablaba de Christian Hellman, de su amabilidad y de su muerte. La guerra no acaba nunca, ¿verdad? Tantas vidas perdidas. Y qué difícil debió de ser para Elizabeth. Menos mal que les tuvo a usted, Eben, Isola y Dawsey para ayudarla cuando tuvo el bebé.

La primavera está al caer. Casi tengo calor aquí en el rincón donde da el sol. Y por la calle —ya no aparto los ojos—, un hombre con un jersey remendado está pintando de azul cielo la puerta de su casa. Dos niños que habían estado peleándose con palos le están pidiendo que les deje ayudar. Él les da una brocha pequeña a cada uno. Así que quizás hay un final para la guerra.

Suya,

JULIET ASHTON

De Mark a Juliet

5 de abril de 1946

Querida Juliet:
Me estás esquivando y eso no me gusta. No quiero ver la obra con nadie más. Quiero ir contigo. De hecho, me importa un bledo la obra. Sólo trato de hacerte salir de ese piso. ¿Cena? ¿Té? ¿Cóctel? ¿Paseo en barco? ¿Bailar? Eliges tú, y yo haré lo que tú digas. No soy sumiso muy a menudo, o sea que no desperdicies esta oportunidad.

Tuyo,

MARK

De Juliet a Mark

Querido Mark:
¿Quieres venir conmigo al British Museum? He de estar allí, en la Sala de Lectura a las dos en punto. Después podemos ir a ver las momias.

JULIET

De Mark a Juliet

Al diablo con la Sala de Lectura y las momias. Ven a comer conmigo.

MARK

De Juliet a Mark

¿Eso es ser sumiso?

JULIET

De Mark a Juliet

Al diablo con lo de ser sumiso.

M.

De Will Thisbee a Juliet

7 de abril de 1946

Estimada señorita Ashton:
Soy uno de los miembros de la Sociedad Literaria y el Pastel de Piel de Patata de Guernsey. Soy ferretero de antigüedades, aunque a algunos les gusta llamarme ropavejero. También invento aparatos que ahorran trabajo. Mi último invento es una pinza eléctrica que mece suavemente la ropa con la brisa.

¿Encontré consuelo en la lectura? Sí, pero al principio no. Yo sólo iba a comerme la empanada tranquilamente en un rincón. Entonces Isola se dio cuenta y me dijo que tenía que leer un libro y hablar de él como todos los demás. Me dio uno titulado *Pasado y presente* de Thomas Carlyle, y qué aburrido que era. Me dio dolor de cabeza, hasta que llegué a la parte que habla de religión.

Yo no era un hombre religioso, aunque no porque no lo hubiera probado. Había ido, como las abejas entre las flores, de iglesia en iglesia. Pero nunca había sido capaz de entender la fe, hasta que el señor Carlyle me planteó la religión de una manera distinta. Explica que caminaba entre las ruinas de la abadía de Bury St. Edmunds cuando le vino un pensamiento a la cabeza y lo escribió así:

> Alguna vez te has parado a pensar que el hombre tenía un alma, que no son sólo habladurías, sino que ¡era una verdad conocida y que en la práctica seguían! En verdad, era otro mundo... pero aun así, es una pena que hayamos perdido la capacidad de oír a nuestra alma... en realidad, deberíamos ir de nuevo en su búsqueda, o peores cosas nos ocurrirán.

¿No es significativo que conozcas tu alma por lo que dicen los demás en lugar de por ti mismo? ¿Por qué tendría que dejar que un párroco me dijera si tengo una o no? Si puedo creer por mí mismo que tengo un alma, entonces puedo escuchar, yo solo, lo que me dice.

Di mi charla sobre el señor Carlyle en la Sociedad, y provocó un gran debate sobre el alma. ¿Sí? ¿No? ¿Quizás? El doctor Stubbins era el que gritaba más fuerte, y pronto los demás dejaron de discutir y le escucharon a él.

Thompson Stubbins es un hombre de pensamientos profundos y amplios. Fue psiquiatra en Londres hasta que empezó a comportarse como un enajenado en la cena anual de la Sociedad de Amigos de Sigmund Freud, en 1934. Una vez me explicó toda la historia. Mientras los platos estaban vacíos, los de la sociedad estuvieron muy habladores y sus conversaciones fueron interminables. Finalmente les sirvieron y se hizo el silencio en la sala mientras los psiquiatras engullían las chuletas. Thompson vio ahí su oportunidad. Dio unos golpecitos en la copa con una cuchara y alzó bien la voz para que le oyeran.

«¿Alguno de ustedes ha pensado alguna vez que cuando se dio a conocer la noción de "alma", Freud salió con lo del ego para reemplazarla? ¡Qué oportuno fue el hombre! ¿Es que no se paró a pensar? ¡Viejo irresponsable! A mi entender, el hombre debe dejarse de estupideces sobre el ego, porque lo que le aterra es no tener alma! ¡Piensen en ello!»

Thompson fue excluido de las reuniones para siempre y se vino a vivir a Guernsey a cultivar verduras. A veces viene conmigo en la furgoneta y hablamos del hombre y de Dios y de todo lo del medio. Me habría perdido todo eso si no hubiera formado parte de la Sociedad Literaria y el Pastel de Piel de Patata de Guernsey.

Dígame, señorita Ashton, ¿qué es lo que usted piensa al respecto? Isola cree que debería venir a Guernsey a visitarnos, y si lo hace, puede venir con nosotros en la furgoneta. Le traería un cojín.

Mis mejores deseos de que siga con salud y felicidad.

WILL THISBEE

De la señora Clara Saussey a Juliet

8 de abril de 1946

Estimada señorita Ashton:
He oído hablar de usted. Una vez yo también formé parte de esa Sociedad Literaria, aunque apuesto a que ninguno de

ellos le ha hablado de mí. No leí ningún libro de un autor muerto, no. Leí una obra que había escrito yo, mi libro de recetas de cocina. Me atrevo a decir que mi libro causó más lágrimas y pesar que cualquier libro de Charles Dickens.

Escogí leer sobre la forma correcta de asar un cochinillo. «Untadlo con manteca —dije—. Dejad que el jugo se vaya consumiendo mientras burbujea.» De la manera en que lo leí, se podía oler el cerdo asándose y oír cómo chisporroteaba la carne. Hablé de mis pasteles de cinco capas, hechos con una docena de huevos, de mis dulces de caramelo, de las bolas de chocolate al ron y de los pasteles esponjosos de crema. Pasteles hechos con harina blanca de la buena, no aquella de grano agrietado y alpiste que usábamos entonces.

Bien, señorita, mi público no lo pudo soportar. Saltaron al oír mis sabrosas recetas. Isola Pribby, que nunca había tenido una actitud reprochable, me dijo gritando que la estaba torturando y que iba a maldecir mis cacerolas. Will Thisbee me dijo que ardería en el infierno como mi mermelada flameada de cerezas. Entonces Thompson Stubbins me maldijo y les pidió a Dawsey y a Eben que me sacaran de allí para ponerme a salvo.

Eben me llamó al día siguiente para disculparse por las malas maneras de la Sociedad. Me dijo que tenía que pensar que la mayoría de ellos habían ido a la reunión después de cenar sopa de nabo (sin siquiera un hueso para dar sabor), o patatas quemadas en hierro caliente (porque no había grasa para cocinar ni para freírlas). Me pidió que fuera tolerante y que los perdonara.

Bien, pues no lo haré, me insultaron. Ni uno solo de ellos apreciaba realmente la literatura. Porque eso es lo que mi libro de cocina era, pura poesía en una sartén.

Creo que lo que pasó fue que estaban tan aburridos con el toque de queda y otras desagradables leyes nazis que lo único que querían era una excusa para salir una noche, y la lectura es la que escogieron.

Quiero que cuente la verdad sobre ellos en su artículo. Nunca habrían tocado un solo libro si no llega a ser por la Ocupación. Me mantengo firme en lo que he dicho, y si quiere, puede citarme.

Mi nombre es Clara S-A-U-S-S-E-Y. Tres eses, en total.

CLARA SAUSSEY (SRA.)

De Amelia a Juliet

10 de abril de 1946

Mi querida Juliet:

Yo también he sentido que la guerra no acababa nunca. Cuando mi hijo Ian murió en El Alamein —al lado del padre de Eli, John—, la gente venía a darme el pésame y a consolarme, y yo decía: «La vida sigue». Qué tontería, pensaba, por supuesto que no. Es la muerte lo que sigue; Ian está muerto ahora y lo seguirá estando mañana, y el año que viene, y para siempre. No hay fin para eso. Pero quizás habrá un fin para el dolor. El dolor se ha derramado sobre el mundo como las aguas del diluvio universal, y tardará tiempo en retirarse. Pero ya hay algunas islas, ¿de esperanza?, ¿felicidad?, algo parecido, por lo menos. Me gusta esa imagen tuya, sentada en tu silla intentando vislumbrar un poco de sol, apartando la vista de los montones de escombros.

Mi gran placer ha sido volver a dar largos paseos por los acantilados. El Canal ya no está cercado con alambre, los enormes carteles de prohibición ya no entorpecen la vista. Ya no hay minas en las playas y puedo pasear cuando, donde, y todo el tiempo que quiera. Si desde los acantilados giro la vista hacia el mar, no veo los horribles búnkers de cemento detrás de mí, ni la tierra desnuda sin árboles. Ni siquiera los alemanes pudieron destruir el mar.

Este verano, la aulaga crecerá alrededor de las fortificaciones, y el año que viene quizá saldrán enredaderas. Espero que queden cubiertas pronto. Por mucho que aparte la vista, nunca olvidaré cómo se construyeron.

Fueron los trabajadores de la organización Todt quienes las levantaron. Sé que has oído hablar de los trabajadores esclavos de Alemania en campamentos del continente, pero ¿sabías que Hitler mandó dieciséis mil aquí a las islas del Canal?

Hitler estaba obsesionado con fortificar estas islas, ¡Inglaterra nunca las iba a recuperar! Sus generales la llamaron «Isla de la locura». Ordenó construir grandes emplazamientos de artillería, muros antitanques en las playas, cientos de búnkers y baterías, depósitos de armas y bombas, kilómetros y kilómetros de túneles bajo tierra, un enorme hospital subterráneo y una vía férrea para transportar material de un lado a otro de la isla. Las fortificaciones costeras eran absurdas; las islas del Canal estaban mejor fortificadas que el muro atlántico construido para evitar la invasión de los aliados. Las instalaciones sobresalían por encima de cada bahía. El Tercer Reich debía durar mil años, en cemento.

Así que, por supuesto, necesitaba miles de trabajadores esclavos. Reclutaron hombres y chicos, a algunos los arrestaron y a otros simplemente los reclutaron en la calle: en las colas del cine, en cafeterías, en cualquier camino rural o campo de cualquier territorio ocupado. Incluso había prisioneros políticos de la guerra civil española. Los prisioneros de guerra rusos eran a los que peor trataban, quizá por su victoria sobre los alemanes en el frente ruso.

La mayoría de estos trabajadores esclavos llegaron a las islas en 1942. Los encerraron en cobertizos descubiertos, en refugios subterráneos, y algunos de ellos en casas. Los hacían marchar a pie por toda la isla hasta sus puestos de trabajo; delgados hasta los huesos, vestidos con pantalones andrajosos que dejaban ver la piel al descubierto, a menudo sin abrigos que los protegieran del frío. Sin zapatos ni botas, con los pies atados con trapos ensangrentados. Los muchachos jóvenes, de quince y dieciséis años, estaban tan cansados y hambrientos que prácticamente no podían poner un pie delante del otro.

Los isleños de Guernsey los esperaban en las puertas de sus casas para ofrecerles un poco de comida y algo de ropa de abrigo que a ellos les podía sobrar. A veces los alemanes que custodiaban las hileras de trabajadores dejaban que los hombres rompieran filas para aceptar esos regalos, pero otras veces los echaban al suelo a golpes con la culata del rifle.

Miles de aquellos hombres y chicos murieron aquí, y hace poco me he enterado de que el trato inhumano que recibieron fue la política deliberada de Eichmann. Llamó a su plan «Muerte por agotamiento», y él fue quien la puso en práctica. Los hacía trabajar duro, no malgastaban comida en ellos y los dejaban morir. Podían ser siempre, y lo serían, reemplazados por nuevos trabajadores esclavos provenientes de los países ocupados de Europa.

A algunos de los trabajadores Todt los tenían detrás de alambradas. Estaban tan blancos como fantasmas, cubiertos por el polvo del cemento. Sólo tenían una fuente de agua para más de cien hombres, instalada provisionalmente para que se lavaran.

Los niños a veces bajaban al prado para ver a los trabajadores Todt detrás de la alambrada. Les pasaban nueces y manzanas, y a veces patatas, a través del alambre. Uno de los trabajadores Todt no cogía la comida; sólo venía a ver a los niños. Pasaba el brazo a través del alambre para tocarles la cara y acariciarles el pelo.

Los alemanes les daban medio día libre a la semana, en domingo. Ése era el día en que el cuerpo de ingenieros de sanidad alemán vaciaba todas las aguas residuales en el océano, con una gran tubería. Los peces se apelotonaban a por los desperdicios, y los trabajadores Todt permanecían entre sus heces, con la porquería hasta el pecho, intentando coger los peces con las manos, para comérselos.

Ni flores ni enredaderas pueden ocultar recuerdos así, ¿verdad?

Te he contado la parte más horrible de la guerra. Juliet, Isola piensa que deberías venir a escribir un libro sobre la Ocupación alemana. Me dijo que ella no podría escribir un libro así, pero, aunque la quiero muchísimo, estoy aterrada por que se compre un cuarderno y empiece de todas formas.

Siempre tuya,

AMELIA MAUGERY

De Juliet a Dawsey

11 de abril de 1946

Querido señor Adams:
Después de haberme prometido que no me escribiría nunca más, Adelaide Addison me ha enviado otra carta. Está dedicada a todas las personas y prácticas que deplora, y usted es uno de ellos, junto con Charles Lamb.

Parece ser que fue a verle para llevarle el número de abril de la revista de la parroquia, y usted no estaba por ninguna parte. Ni ordeñando la vaca, ni pasando la azada por el huerto, ni limpiando la casa, en definitiva, no estaba haciendo nada de lo que un buen granjero debería estar haciendo. Así que entró en su corral, y ¡vaya!, ¿qué es lo que vio? ¡A usted, tumbado en el pajar, leyendo un libro de Charles Lamb! Estaba «tan cautivado por ese borracho», que ni se dio cuenta de su presencia.

Esa mujer es peor que una enfermedad. ¿Por casualidad sabe por qué? Yo me inclino a pensar que es porque a su bautizo asistió un hada maligna.

En cualquier caso, la imagen de usted tendido en el heno, leyendo a Charles Lamb, me complace mucho. Me recuerda mi infancia en Suffolk. Mi padre era granjero, y yo le echaba una mano en la granja; aunque hay que reconocer que todo lo que hacía era salir del coche, abrir la verja, cerrarla y volver a entrar; recoger los huevos, arrancar las malas hierbas del huerto y trillar el heno cuando estaba de buen humor.

Recuerdo que me estiraba en el pajar a leer *El jardín secreto* con un cencerro a mi lado. Leía una hora, y luego hacía sonar el cencerro para que me trajeran un vaso de limonada. La señora Hutchins, la cocinera, al final se hartó del acuerdo y se lo contó a mi madre; ése fue el final del cencerro, pero no de leer en el heno.

El señor Hastings le ha encontrado la biografía de Charles Lamb escrita por E.V. Lucas. Ha decidido no comentarle nada del precio, sólo mandárselo inmediatamente. Dijo: «Un amante de Charles Lamb no debería tener que esperar».

Suya,

JULIET ASHTON

De Susan Scott a Sidney

11 de abril de 1946

Querido Sidney:
Soy muy comprensiva, pero, maldita sea, si no vuelves pronto, a Charlie Stephens le va a dar un ataque de nervios. No ha parado de trabajar. No está hecho para el trabajo, sino para entregar fajos de billetes y dejar que tú hagas todo el trabajo. De hecho, ayer, antes de las diez de la mañana, ya estaba en la oficina, pero el esfuerzo lo destrozó. A las once estaba totalmente blanco, y a las once y media se tomó un whisky. Al mediodía, una de las inocentes jovencitas le dio una sobrecubierta para que diera el visto bueno; los ojos se le salieron de las órbitas de terror y empezó a hacer ese desagradable gesto que tiene de tocarse la oreja; un día se la arrancará del todo. A la una se fue a casa y hoy todavía no lo he visto (son las cuatro de la tarde).

Hablando de cosas deprimentes, Harriet Munfries se ha

vuelto totalmente loca. Quiere que todos los colores del catálogo de infantil hagan juego. Rosa y rojo. No te estoy tomando el pelo. El chico que se encarga del correo (ya no me preocupo más por aprenderme los nombres), se emborrachó y tiró a la basura todo el correo dirigido a personas cuyos nombres empezaban por S. No preguntes por qué. La señorita Tilley fue tan grosera con Kendrick que él intentó pegarle con el teléfono. No le culpo, pero los teléfonos son difíciles de conseguir y no podemos permitirnos perder uno. Tienes que despedirla en cuanto llegues.

Si necesitas algún otro aliciente para comprar el billete de avión, puedo decirte que la otra noche vi a Juliet y a Mark Reynolds muy acaramelados en el Café de París. Su mesa estaba detrás del cordón de terciopelo, pero desde mi sitio en los barrios bajos pude ver todos los signos reveladores de un romance: él susurrándole palabras de amor al oído, ella con la mano sobre la suya al lado de las copas de cóctel, él tocándole el hombro para mostrar una relación. Consideré que era mi deber (como devota empleada tuya) separarlos, así que me aventuré a cruzar el cordón para saludar a Juliet. Ella se alegró mucho de verme y me pidió que me quedara con ellos, pero era evidente por la sonrisa de Mark que él no quería compañía, así que me retiré... No es un hombre a quien contrariar, con su sonrisita, no importa lo bonitas que sean las corbatas que lleva, le rompería el corazón a mi mamá si encontraran mi cuerpo sin vida flotando en el Támesis.

En otras palabras, consigue una silla de ruedas, una muleta, o un burro que te lleve, pero vuelve ya.

Un abrazo,

SUSAN

De Juliet a Sidney y Piers

12 de abril de 1946

Queridos Sidney y Piers:
He estado revolviendo por las librerías de Londres buscando información de Guernsey. Incluso tengo una entrada para la Sala de Lectura, lo que demuestra mi devoción al deber (como sabéis, ese lugar me da terror).

He encontrado bastantes cosas. ¿Os acordáis de una colección de libros espantosa y tonta de los años veinte llamada *Una caminata por Skye,* o *Una caminata por Lindisfarm,* o *por Sheepholm*, o en cualquier puerto donde el autor había llegado de casualidad con su barco? Bien, en 1930 fue a parar al St. Peter Port, en Guernsey, y escribió un libro (con excursiones de un día a Sark, Herm, Alderney y Jersey, donde un pato le atacó y tuvo que volver).

El caminante era Cee Cee Meredith. Era un idiota que se creía un poeta. Era lo bastante rico como para navegar a cualquier parte, luego escribía sobre el viaje, lo publicaba él mismo y le daba un ejemplar a cualquier amigo que lo quisiera. A Cee Cee no le interesaban los hechos, prefería irse correteando a la llanura más cercana, playa o campo de flores, y transportarse con su musa. Pero de cualquier manera, bendito sea, su libro, *Una caminata por Guernsey,* era justo lo que necesitaba para hacerme una idea de la isla.

Cee Cee desembarcó en el St. Peter Port, dejando a su madre, Dorothea, mareada, con náuseas, en la timonera. En Guernsey, Cee Cee escribió poemas a las fresias y a los narcisos. También a los tomates. Estaba admirado de las vacas de Guernsey y de los toros, y compuso una pequeña canción en honor a sus cencerros («tintinea, tintinea, ese sonido alegre...»). Justo después de las vacas, según la valoración de Cee Cee, venía «La forma sencilla de ser de los residentes, que todavía hablan el dialecto normando y creen en hadas y brujas». Cee Cee entró en el espíritu del asunto y vio un hada durante la puesta de sol.

Después de seguir con las casitas, setos y tiendas libres de impuestos, Cee Cee al final llegó al mar o, como él dice: «¡El MAR! ¡Está en todas partes! Las aguas: azul celeste, verde esmeralda, con tonalidades plateadas, cuando no son tan duras y oscuras como un saco de clavos».

Gracias a Dios, el caminante tenía un coautor, Dorothea, que era más parca y no le apetecía hablar de Guernsey y todo lo relacionado con el lugar. Era la encargada de contar la historia de la isla, y no iba a hacer florituras:

> ... En cuanto a la historia de Guernsey, no hay mucho que decir. Las islas pertenecieron en una ocasión al Ducado de Normandía, pero cuando Guillermo, Duque de Normandía, se convirtió en Guillermo el Conquistador, se llevó con él las islas del Canal de la Mancha en el bolsillo de atrás y las entregó a Inglaterra, con privilegios especiales. Estos privilegios fueron aumentados más adelante por el rey Juan, y ampliados una vez más por Eduardo III. ¿Por qué? ¿Qué hicieron ellos para tener tal preferencia? ¡Absolutamente nada! Más tarde, cuando aquel pelele de Enrique VI tuvo que devolver la mayor parte de Francia a los franceses, las islas del Canal decidieron quedarse como un dominio de la Corona de Inglaterra, y quién no.

Las islas del Canal ofrecieron libremente tributo y lealtad a la Corona de Inglaterra, pero preste atención a esto, querido lector, ¡LA CORONA NO LES PODÍA OBLIGAR A HACER NADA QUE ELLOS NO QUISIERAN!

... El cuerpo dirigente de Guernsey, si se le puede llamar así, tiene el nombre de «Los Estados de Deliberación» pero lo llaman «los Estados» para abreviar. El verdadero jefe de todo es el presidente de los Estados, que es elegido por los Estados y llamado «el gobernador». De hecho, todo el mundo es elegido por el pueblo, no nombrado por el rey. Por favor, ¿y cuál es la función de un monarca, SINO LA DE DESIGNAR A LA GENTE?

... El único representante de la Corona en esta mezcla nefasta es el lugarteniente del gobernador. Mientras que es bienvenido a asistir a las reuniones de los Estados, y puede hablar y aconsejar todo lo que quiera, NO TIENE DERECHO A VOTO. Al menos se le permite vivir en la residencia del gobernador, la única mansión de particular interés de Guernsey, si no contamos la casa solariega Sausmarez, cosa que yo no hago.

... La Corona no puede aplicar impuestos en las islas, ni reclutar hombres. Mi honestidad me obliga a admitir que los isleños no necesitan un reclutamiento para ir a la guerra en nombre de la queridísima Inglaterra. Se ofrecían voluntarios y fueron unos soldados y marinos muy respetables, incluso heroicos, contra Napoleón y el Káiser. Pero, atención, estos actos desinteresados no perdonan el hecho de que LAS ISLAS DEL CANAL NO PAGAN IMPUESTOS SOBRE LA RENTA A INGLATERRA. NI UN CHELÍN. ¡ES REPUGNANTE!

Estas son sus palabras más amables; os ahorraré el resto, pero ya veis el sentido general.

Uno, o mejor aún, los dos, escribidme. Quiero saber cómo estáis ambos, el paciente y la enfermera. ¿Qué es lo que dice el médico de tu pierna, Sidney? Seguro que has tenido tiempo de que te crezca una nueva.

Besos,

JULIET

De Dawsey a Juliet

15 de abril de 1946

Querida señorita Ashton:

No sé qué le pasa a Adelaide Addison. Isola dice que es una aguafiestas porque le gusta serlo, se cree que es su destino. Aunque Adelaide me hizo un favor. Le contó, mejor que yo, lo mucho que estaba disfrutando con Charles Lamb.

Ya me ha llegado la biografía. La he leído enseguida (estaba demasiado impaciente). Pero la volveré a leer, esta vez más despacio, para poder asimilarlo todo. Me gustó lo que el señor Lucas dijo de él: «De cualquier cosa conocida y familiar, hacía algo nuevo y precioso». La obra de Lamb me hace sentir como si estuviera más en casa en su ciudad de Londres, que aquí y ahora en St. Peter Port.

Lo que no puedo imaginarme es a Charles llegando a casa del trabajo y encontrándose a su madre apuñalada hasta la muerte, a su padre sangrando y a su hermana Mary sobre ellos con un cuchillo de cocina manchado de sangre. ¿De dónde sacó fuerzas para entrar en la habitación y quitarle el cuchillo? Después de que la policía se la hubiera llevado a Bedlam, ¿cómo consiguió convencer al juez del tribunal que la dejara en libertad a su cuidado?

Él por entonces sólo tenía veinte años, ¿cómo logró convencerles?

Prometió hacerse cargo de Mary el resto de su vida y, una vez emprendió ese camino, ya no volvió a dejarlo. Es triste que tuviera que dejar de escribir poesía, cosa que le encantaba, y que tuviera que pasarse a la crítica y a los ensayos, lo que no le satisfacía mucho, sólo para ganar dinero.

Pienso en la vida que llevaba, trabajando de administrativo en la compañía East India, para ahorrar dinero, mientras siempre llegaba el día en que a Mary le daba otro ataque de locura, y al final tuvo que ingresarla en un centro privado.

Y ni siquiera entonces se desentendió de ella... se llevaban tan bien. Imagínatelos, Juliet, él no podía quitarle los ojos de encima, por si aparecían esos temibles síntomas, y ella, consciente de que le iba a empezar otro ataque de locura, no podía hacer nada para evitarlo (eso debió de ser lo peor). Me lo imagino allí sentado, vigilándola a escondidas, y ella sentada, observando cómo la vigilaba. Cómo debían odiar la manera en que el otro estaba obligado a vivir.

¿Pero no le parece que cuando Mary estaba bien no había mejor compañía que ella? Seguro que Charles así lo creía, y también todos los amigos de ambos: Wordsworth, Hazlitt, Leigh Hunt y, por encima de todos, Coleridge. El día en que Coleridge murió, encontraron una nota escrita en el libro que estaba leyendo. Decía: «Charles y Mary Lamb, a quienes quiero con el corazón, por decirlo así, mi corazón».

Quizá me he excedido al hablarle de él, pero quería que usted y el señor Hastings supieran lo mucho que sus libros me han hecho pensar y el placer que me han dado.

Me gusta la historia de su infancia, lo del cencerro y el heno. Puedo imaginarlo. ¿Le gustaba vivir en una granja?, ¿lo echa de menos? En Guernsey nunca se está lejos del campo, ni en St. Peter Port, así que me cuesta imaginarme cómo debe de ser vivir en una gran ciudad como Londres.

Kit está en contra de las mangostas, ahora que sabe que comen serpientes. Tiene la esperanza de encontrarse una boa constrictor bajo una roca. Esta tarde Isola ha pasado por casa y me ha dado recuerdos para usted; le escribirá en cuanto haya plantado romero, eneldo, tomillo y beleño.

Suyo,

DAWSEY ADAMS

De Juliet a Dawsey

18 de abril de 1946

Querido Dawsey:

Me alegra mucho que quiera hablar de Charles Lamb. Siempre he pensado que el dolor de Mary convirtió a Charles en un gran escritor, incluso a pesar de que tuviera que dejar la poesía y trabajar como administrativo en la East India. Tenía una capacidad para la empatía que ninguno de sus grandes amigos podía alcanzar. Cuando Wordsworth le reprochó que no se preocupaba lo suficiente de la naturaleza, Charles escribió: «No me apasionan las arboledas ni los valles. Las habitaciones donde nací, los muebles que han estado delante de mis ojos toda mi vida, los libros que me han seguido como un perro fiel a donde quiera que fuera, sillas antiguas, viejas calles, plazas donde he tomado el sol, mi antigua escuela, ¿no he tenido suficiente sin tus montañas? No te envidio. Debería compadecerte, pero la mente se acostumbra a cualquier cosa». La mente se acostumbra a cualquier cosa, a menudo pensé en esto durante la guerra.

Hoy me he enterado por casualidad de otra cosa sobre él. Bebía mucho, demasiado, pero no era un borracho malhumorado. En una ocasión, el mayordomo de su anfitrión tuvo que llevarlo a casa, cargado a los hombros. Al día siguiente Charles escribió al anfitrión una nota de disculpa tan divertida que el hombre se la dejó a su hijo en su testamento. Espero que Charles también escribiera al mayordomo.

¿Se ha dado cuenta de que cuando conoces a alguien nuevo, el nombre de esa persona te viene a la cabeza de repente a todas partes donde vas? Mi amiga Sophie lo llama coincidencia, y el reverendo Simpless lo llama voluntad divina. Él cree que si nos importa mucho alguien o algo nuevo, proyectamos una especie de energía al mundo y con ella llegan cosas positivas.

Siempre suya,

JULIET

De Isola a Juliet

18 de abril de 1946

Querida Juliet:
Ahora que ya somos amigas como corresponde, quiero hacerte algunas preguntas; son muy personales. Dawsey

me dijo que no era educado, pero yo digo que los hombres y las mujeres no lo vemos igual, que no se trata de si es educado o no. En quince años, Dawsey nunca me ha hecho una pregunta personal. Si lo hiciera, no me lo tomaría a mal pero Dawsey no es así, es muy reservado. No espero que cambie, al menos no voy a cambiarle yo. Veo que tienes interés en nosotros, así que supongo que te gustará que sepamos más cosas de ti, sólo que no se te ocurrió primero.

Para empezar, vi una foto tuya en la solapa de tu libro sobre Anne Brontë, así que sé que tienes menos de cuarenta años; ¿cuántos menos?, ¿era el reflejo del sol en los ojos, o es que tienes estrabismo?, ¿es permanente? Debió de ser un día ventoso, porque tus rizos están despeinados. No distingo muy bien el color de tu pelo, aunque puedo decir que no es rubio, cosa que me alegra. No me gustan mucho las rubias.

¿Vives al lado del río? Espero que sí, porque la gente que vive cerca del agua es más simpática. Sería mezquina como una víbora si viviera tierra adentro. ¿Tienes algún pretendiente serio? Yo no.

¿Tu piso es acogedor o muy grande? Dame muchos detalles, que quiero imaginármelo. ¿Crees que te gustaría venir a Guernsey a visitarnos? ¿Tienes algún animal de compañía? ¿De qué tipo?

Tu amiga,

ISOLA

De Juliet a Isola

20 de abril de 1946

Querida Isola:
Me alegra que quieras saber más cosas de mí y sólo siento no haberlo pensado yo, y antes.

Primero sobre hoy. Tengo treinta y tres años, y tenías razón, es el sol reflejado en los ojos. Cuando estoy de buen humor digo que tengo el pelo castaño con reflejos dorados. Y cuando estoy de mal humor digo que es castaño desvaído. No era un día ventoso... siempre tengo el pelo así. El pelo rizado es una maldición, y no dejes que nadie te diga otra cosa. Tengo los ojos color avellana. Aunque soy esbelta, no soy lo bastante alta para que me favorezca.

Ya no vivo al lado del Támesis, y eso es lo que más echo de menos de mi antiguo piso; me encantaba poder ver y oír el río a todas horas. Ahora vivo en un piso alquilado en Glebe Place. Es pequeño y está amueblado hasta el último centímetro. El propietario del piso no volverá de Estados Unidos hasta noviembre, así que la casa está a mi entera disposición hasta entonces. Me gustaría tener un perro, pero el administrador del edificio ¡no nos deja tener animales! Los jardines de Kensington no están muy lejos, así que si empiezo a sentirme encerrada puedo dar un paseo hasta el parque, alquilar una hamaca por un chelín, apoltronarme bajo los árboles, observar a los transeúntes y mirar como juegan los niños; eso me relaja bastante.

El número 81 de Oakley Street fue alcanzado al azar por un misil V-1 apenas hace un año. Tres plantas (una de las cuales era la mía) se derrumbaron, y ahora el número 81 es tan sólo un montón de escombros. Espero que el señor Grant, el propietario, lo reconstruya, porque quiero mi piso, o una reproducción de él, otra vez, tal como era, con Cheyne Walk y el río fuera de las ventanas.

Afortunadamente, cuando impactó el V-1, yo estaba fuera, en Bury. Sidney Stark, mi amigo y ahora mi editor, me fue a buscar aquella noche al tren para acompañarme a casa, y vimos la enorme montaña de escombros y lo poco que había quedado del edificio.

Con parte de la pared del edificio derrumbada, vi mis cortinas destruidas moviéndose por la brisa, y el escritorio, con sólo tres patas y desplomado sobre el suelo inclinado que todavía aguantaba. Mis libros estaban todos por el suelo, empapados y sucios de barro. Vi la foto de mi madre en la pared, medio arrancada y cubierta de hollín, y no había manera segura de recuperarla. Lo único que quedó intacto fue el gran pisapapeles de cristal con *Carpe Diem* grabado en la parte de arriba. Había sido de mi padre, y ahí estaba, entero y sin ni una grieta, sobre un montón de ladrillos rotos y astillas de madera. No podía quedarme sin él, así que Sidney trepó por encima de los escombros y lo recuperó para mí.

Fui una buena niña hasta que mis padres murieron cuando yo tenía doce años. Dejé nuestra granja de Suffolk y fui a vivir a Londres con mi tío abuelo. Entonces me convertí en una niña callada, resentida y de mal genio. Me escapé de casa dos veces, y no paraba de darle problemas a mi tío, cosa que en ese momento me alegraba. Ahora, me avergüenzo cuando pienso en cómo le traté. Murió cuando yo tenía diecisiete años, así que nunca pude disculparme.

Cuando tenía trece años, mi tío decidió mandarme interna a una escuela. Tozuda como siempre, fui a conocer a la directora, que me llevó con paso firme al comedor. Me condujo hasta una mesa donde había cuatro chicas más. Me senté, con los brazos cruzados, las manos colocadas bajo las axilas, mirada fulminante, como la de un águila cuando muda de pluma, buscando a alguien a quien odiar. Y di con Sophie Stark, la hermana pequeña de Sidney.

Era perfecta, tenía rizos rubios, unos grandes ojos azules y una sonrisa dulce, muy dulce. Hizo un esfuerzo por hablar conmigo. Yo no contesté hasta que dijo: «Espero que seas feliz aquí». Le dije que no iba a estar tanto tiempo como para descubrirlo. «Tan pronto como tenga información de los trenes, ¡me largo!», dije.

Aquella noche subí al tejado del dormitorio con intención de sentarme en la oscuridad a reflexionar. Al cabo de unos minutos, Sophie salió a darme un horario de trenes.

No hace falta decir que no me escapé. Me quedé, y Sophie se convirtió en mi nueva amiga. A menudo su madre me invitaba a su casa a pasar las vacaciones de fin de trimestre, y allí conocí a Sidney. Era diez años mayor que yo y, por supuesto, un dios. Después se volvió un hermano mayor muy mandón, y luego, uno de mis mejores amigos.

Sophie y yo acabamos la escuela sin ganas de seguir estudiando (queríamos vivir la vida), así que nos fuimos a Londres y compartimos un piso que nos encontró Sidney. Durante una temporada trabajamos juntas en una librería, y por la noche yo escribía cuentos (y luego los tiraba a la basura).

Entonces el *Daily Mirror* convocó un concurso de ensayo: quinientas palabras sobre «Qué es lo que más temen las mujeres». Yo sabía lo que quería el *Mirror*, pero a mí me asustan mucho más los pollos que los hombres, así que hablé de eso. Los jueces, contentísimos de no tener que leer una palabra más sobre sexo, me dieron el primer premio. Cinco libras y, por fin, tuve algo publicado. El *Daily Mirror* recibió tantas cartas de admiradores que me encargaron que escribiera un artículo, y luego otro. Pronto empecé a escribir otros artículos para otros periódicos y revistas. Entonces estalló la guerra, y me llamaron del *Spectator* para que escribiera una columna semanal, titulada «Izzy Bickerstaff va a la guerra». Sophie conoció a un soldado de la fuerza aérea, Alexander Strachan, y se enamoró de él. Se casaron y se fueron a vivir a la granja de la familia de él en Escocia. Yo soy la madrina de su hijo, Dominic, y aunque todavía no le he enseñado a cantar, la última vez que lo vi ya quitamos las bisagras de la puerta del sótano (fue una emboscada).

Supongo que sí tengo un pretendiente, pero todavía no estoy acostumbrada a él. Es extremadamente encantador y no para de llevarme a comer manjares deliciosos, pero a veces pienso que prefiero a los pretendientes en los libros que enfrente de mí. Qué horrible, atrasado, cobarde y mentalmente retorcido sería si eso se hiciera realidad.

Sidney ha publicado un libro de mis columnas de Izzy Bickerstaff y fui de gira presentando el libro. Y luego empecé a cartearme con una gente que no conocía de Guernsey, que ahora son amigos míos, que, por supuesto, me encantaría ir a visitar.

Tuya,

JULIET

De Eli a Juliet

21 de abril de 1946

Estimada señorita Ashton:
Gracias por los bloques de madera. Son preciosos. No podía creer lo que estaba viendo cuando abrí la caja que me envió... todos esos tamaños y tonalidades, de más pálido a oscuro.

¿Cómo consiguió encontrar los distintos tipos de madera de varias tonalidades? Debe de haber ido a muchos sitios para encontrarlos. Estoy seguro de que sí, y no sé cómo agradecerle el haber ido a buscar todas esas piezas. También han llegado en el momento justo. El animal preferido de Kit es una serpiente que vio en un libro, y ha sido fácil de tallar, ya que era larga y delgada. Ahora le ha dado por los hurones. Dice que nunca más tocará mi cuchillo de tallar si le hago un hurón. No creo que sea muy difícil de hacer, porque también son puntiagudos. Gracias a su regalo, tengo madera con la que practicar.

¿Hay algún animal que le gustaría tener? Quiero tallarle un regalo para usted, pero querría que fuera algo que le gustara. ¿Le gustaría un ratón? Se me dan bien los ratones.

Suyo sinceramente,

ELI

De Eben a Juliet

22 de abril de 1946

Querida señorita Ashton:
La caja que le mandó a Eli llegó el martes. Fue un detalle muy bonito. Se sienta a estudiar los bloques de madera como si hubiera algo escondido dentro y pudiera sacarlo con su cuchillo.

Preguntó si todos los niños de Guernsey fueron evacuados a Inglaterra. No, algunos se quedaron. Cuando echaba de menos a Eli, miraba a los pequeños que había a mi alrededor y me alegraba de que él se hubiera ido. Los niños aquí lo pasaron mal, porque no había comida. Recuerdo que un día levanté al hijo de Bill LePell; tenía doce años, pero no pesaba más que un niño de siete.

Fue una decisión muy difícil. ¿Mandar a tus hijos fuera para que vivan con desconocidos, o dejarlos quedarse contigo? Quizá los alemanes no vinieran, pero si lo hacían, ¿cómo nos iban a tratar? Pero, y si también invadían Inglaterra, ¿cómo se las arreglarían los niños sin estar al lado de sus familias?

¿Sabe en el estado en el que estábamos cuando vinieron los alemanes? Podría decirse que en estado de shock. La verdad es que no pensábamos que nos quisieran a nosotros. Iban detrás de Inglaterra, y nosotros no les servíamos para nada. Pensábamos que íbamos a ser meros espectadores y no protagonistas.

Entonces, durante la primavera de 1940, Hitler atravesó Europa con facilidad. Todos los lugares caían en su poder. Fue tan rápido... en Guernsey los cristales de las ventanas temblaban y vibraban por las explosiones de

Francia, y una vez la costa francesa hubo caído, fue claro como el día que Inglaterra no podría usar sus hombres y sus barcos para protegernos. Los necesitaban para hacer frente a su propia invasión. Así que nos dejaron solos.

A mitad de junio, cuando era bastante seguro que iban a llegar, los Estados se pusieron en contacto por teléfono con Londres y preguntaron si podían mandar barcos para recoger a nuestros niños y llevarlos a Inglaterra. No podían ir en avión por miedo a que la Luftwaffe los derribara. Londres dijo que sí, pero los niños tenían que estar preparados inmediatamente. Los barcos tendrían que darse prisa en volver mientras todavía había tiempo. Fue momento muy desesperante para la gente y había esa sensación de prisa y prisa.

Por entonces, Jane estaba muy débil, pero sabía lo que quería. Quería que Eli se fuera. Otras mujeres no sabían qué hacer, y estaban desesperadas por discutirlo, pero Jane le dijo a Elizabeth que no quería tenerlas cerca. «No quiero oírlas más —dijo—. No es bueno para el bebé». Jane tenía la idea de que los bebés se enteraban de todo lo que pasaba a su alrededor, incluso antes de nacer.

El tiempo de la indecisión se acabó pronto. Las familias tuvieron un día para decidirse, y cinco años para aceptarlo. Los niños en edad escolar y los bebés con sus madres fueron los primeros en irse, los días 19 y 20 de junio. Los Estados les dieron dinero a los niños para gastos personales si sus padres no les podían dar nada. Los más pequeños estaban entusiasmados por las golosinas que se podrían comprar con ese dinero. Algunos pensaban que era como una salida del colegio, y que estarían de vuelta al anochecer. En eso fueron afortunados. Los niños más grandes, como Eli, sabían más.

De todo lo que vi el día que se fueron, hay una imagen que no me puedo quitar de la cabeza. Dos niñas pequeñas, arregladas, con vestidos rosas, enaguas almidonadas y zapatos relucientes, como si la mamá pensara que iban a una fiesta. Qué frío debieron pasar al cruzar el Canal.

Teníamos que llevar a todos los niños al patio del colegio. Era ahí donde debíamos despedirnos. Después los venían a buscar en autobuses para llevarlos al muelle. Los barcos, que acababan de llegar de Dunkirk, dieron la vuelta y volvieron por el Canal para llevarse a los niños. No hubo tiempo para que un convoy los escoltara. Tampoco hubo tiempo para conseguir botes y chalecos salvavidas.

Aquella mañana pasamos primero por el hospital para que Eli pudiera despedirse de su madre. No pudo hacerlo. Tenía la mandíbula tan agarrotada que sólo pudo asentir con la cabeza. Jane lo abrazó durante un momento, y luego Elizabeth y yo lo llevamos al patio de la escuela. Lo abracé fuerte y aquella fue la última vez que lo vi en cinco años. Elizabeth se quedó de voluntaria para ayudar a que los niños estuvieran a punto.

Yo volví andando hacia el hospital, cuando me acordé de una cosa que Eli me había dicho una vez. Debía de tener unos cinco años. Íbamos caminando hacia La Courbrie para ver llegar los barcos de pesca. Había una vieja sandalia de lona tirada justo en medio del camino. Eli pasó al lado, mirándola. Finalmente, dijo: «Ese zapato está solo, abuelo». Le dije que sí que lo estaba. Lo miró un poco más y seguimos adelante. Al cabo de un rato, dijo: «Abuelo, yo nunca estoy así». «Así, ¿cómo?», le pregunté. Y dijo: «Solo con mi ánimo».

¡Eso era! Después de todo, tenía algo feliz que contarle a Jane y recé para que siguiera siendo así para él.

Isola dice que quiere escribirle para contarle lo que pasó en la escuela. Dice que fue testigo de una escena que le interesará como escritora: Elizabeth le dio una bofetada a Adelaide Addison y la echó. Usted no conoce a la señorita Addison y tiene suerte.

Isola me dijo que puede ser que venga de visita a Guernsey. Me haría mucha ilusión que se quedara con Eli y conmigo en nuestra casa.

Suyo,

EBEN RAMSEY

Telegrama de Juliet a Isola

¿DE VERDAD QUE ELIZABETH LE DIO UNA BOFETADA A ADELAIDE ADDISON? ¡OJALÁ HUBIERA ESTADO ALLÍ! POR FAVOR, DAME DETALLES. UN ABRAZO, JULIET.

De Isola a Juliet

24 de abril de 1946

Querida Juliet:
Sí, lo hizo, le dio un bofetón en toda la cara. Fue maravilloso.

Estábamos todos en la escuela St. Brioc para ayudar a los niños a prepararse para cuando vinieran los autobuses a buscarlos para llevarlos a los barcos. Los Estados no querían que los padres entraran en la escuela, habría demasiada gente y sería demasiado triste. Mejor que se despidieran fuera. Si un niño empezaba a llorar, podía hacer estallar a los demás.

Así que eran desconocidos los que se ocupaban de atarles los cordones de los zapatos, los que les limpiaban la nariz, los que les colgaban una chapa con su nombre al cuello. Abrochamos botones y jugamos con ellos hasta que llegaron los autobuses.

Yo estaba con un grupo de niños que intentaban tocarse la nariz con la punta de la lengua, y Elizabeth estaba con otro grupo jugando a aquel juego que consiste en adivinar quién miente, con la cara seria (no me acuerdo de cómo se llama) cuando Adelaide Addison llegó con aquella expresión tan triste que tiene, toda devoción, sin una pizca de sentido común.

Reunió a un grupo de niños a su alrededor y empezó a rezar por encima de sus cabecitas: «Por aquellos que corren peligro en el mar». Pero no, «protégelos de las tormentas» no fue suficiente para ella. Dios también tenía que protegerlos de saltar por los aires debido a una bomba. Luego empezó a pedir a los pobrecitos que rezaran todas las noches por sus padres; ¿quién sabía lo que los soldados alemanes podrían hacerles? Entonces les dijo que fueran especialmente buenos para que mamá y papá, si morían, pudieran mirar abajo desde el cielo y «SENTIRSE ORGULLOSOS DE ELLOS».

Te lo digo, Juliet, los niños casi se mueren de tanto llorar y sollozar. Yo me quedé paralizada del shock, pero Elizabeth no. No, rápida como la lengua de una víbora, la cogió del brazo y le dijo que callara.

Adelaide gritó: «¡Suéltame! ¡Estoy recitando la palabra de Dios!».

Elizabeth le echó una mirada que habría petrificado al mismísimo diablo, y entonces le dio una bofetada en toda la cara (una buena bofetada, que la hizo temblar). Se la llevó hacia la puerta, la empujó fuera, y cerró. Adelaide aporreó la puerta, pero nadie le hizo ningún caso. Miento, la tonta de Daphne Post intentó abrirle, pero yo la detuve.

Creo que el hecho de haber visto una buena pelea impresionó a aquellos niños de tal manera que dejaron de llorar. Llegaron los autobuses y subimos a los niños. Elizabeth y yo no nos fuimos a casa, nos quedamos en la carretera diciéndoles adiós con la mano hasta que los autobuses se alejaron de la vista.

Espero no vivir para ver otro día como aquél, incluso con la bofetada de Adelaide. Todos esos chiquillos abandonados al mundo... me alegré de no tener ninguno.

Gracias por contarme tu vida. Has tenido que estar muy triste por lo de tus padres y por tu piso al lado del río, lo siento mucho. Pero me alegro de que tengas tan buenos amigos como Sophie, su madre y Sidney. En cuanto a Sidney, parece que es un hombre magnífico, aunque autoritario. Es un defecto común en los hombres.

Clovis Fossey ha preguntado si puedes mandar a la Sociedad un ejemplar de tu ensayo premiado sobre los pollos. Dice que puede estar bien leerlo en voz alta en alguna reunión. Después podríamos ponerlo en nuestros archivos, si algún día tenemos alguno.

A mí también me gustaría leerlo. Los pollos fueron los causantes de que me cayera del tejado de un gallinero, ¡me habían perseguido hasta allí! ¡Cómo venían hacia mí, con sus picos afilados y mirándome con esos ojos! La gente no sabe que los pollos pueden atacarte, pero lo hacen, igual que perros locos. Yo nunca había criado gallinas hasta que estalló la guerra; entonces tuve que hacerlo, pero nunca estoy tranquila cuando estoy con ellas. Preferiría que me embistiera Ariel en el trasero, es un acto al descubierto y honesto y no como los pollos que son maliciosos, y aparecen de repente para picarte.

Me gustaría que pudieras venir a vernos. Y también les gustaría a Eben, Amelia, Dawsey y a Eli. Kit no está tan segura, pero no tienes que preocuparte de eso. Ya se le pasará. Te van a publicar pronto el artículo del periódico, así que podrías venir a descansar aquí. Quizás aquí encuentres una historia que te guste para escribir sobre ella.

Tu amiga,

ISOLA

De Dawsey a Juliet

26 de abril de 1946

Querida Juliet:
Se me ha terminado el trabajo temporal que tenía en la cantera y tengo a Kit conmigo un ratito. Está susurrando, sentada bajo la mesa en la que estoy escribiendo. Le he preguntado qué cuchichea y ha habido un largo silencio. Luego ha empezado a hacerlo otra vez y he distinguido mi nombre mezclado entre los otros sonidos. Esto es lo que los generales llaman una guerra de nervios, y sé quien la va a ganar.

Físicamente Kit no se parece mucho a Elizabeth, excepto por los ojos grises y la cara que pone cuando está muy concentrada. Pero por dentro es como su madre, de sentimientos intensos. Incluso cuando era una criatura pequeñísima, ya era así. Daba unos alaridos que hasta los cristales de las ventanas temblaban, y cuando me agarraba el dedo con su pequeño puño, lo apretaba hasta que se me volvía blanco. Yo no sabía nada de bebés, pero Elizabeth me hizo aprender. Decía que yo estaba predestinado a ser padre y ella tenía la responsabilidad de asegurarse de que yo supiera más que los demás. Echaba de menos a Christian, no sólo por ella, también por Kit.

Kit sabe que su padre está muerto. Amelia y yo se lo dijimos, pero no supimos qué decirle de Elizabeth. Al final, le dijimos que la habían mandado lejos y que esperábamos que volviera pronto. Kit nos miró primero a uno y luego al otro, pero no hizo ninguna pregunta. Simplemente salió y se sentó en el granero. No sé si hicimos lo correcto.

Algunos días me agoto deseando que vuelva Elizabeth. Nos enteramos de que sir Ambrose Ivers había muerto en uno de los últimos bombardeos de Londres, y como Elizabeth heredó su propiedad, sus abogados han empezado a buscarla. Ellos deben tener mejores métodos para encontrarla que nosotros, así que estoy convencido de que el señor Dilwyn pronto tendrá noticias suyas, aunque sea indirectamente. ¿No sería una bendición para Kit y para todos nosotros que encontraran a Elizabeth?

La Sociedad va a hacer una salida el sábado. Vamos a asistir a la representación de *Julio César* de la compañía de repertorio de Guernsey. John Booker será Marco Antonio y Clovis Fossey hará el papel de César. Isola ha visto a Clovis ensayar y dice que nos quedaremos asombrados con su interpretación, sobre todo cuando, después de su muerte, dice entre dientes, «que en Filipos me verás». Dice que estuvo tres noches sin poder dormir, al recordar cómo Clovis dice esa frase. Isola exagera, pero sólo lo hace para divertirse.

Kit ha dejado de susurrar. Acabo de echar un vistazo debajo de la mesa, y está dormida. Es más tarde de lo que pensaba.

Suyo,

DAWSEY

De Mark a Juliet

30 de abril de 1946

Cariño:
Acabo de volver. El viaje podría haberse evitado si Hendry hubiera telefonado, pero me impuse y usé mi autoridad, y me han permitido pasar el envío por la aduana. Me siento como si hubiera estado fuera durante años. ¿Puedo verte esta noche? Necesito hablar contigo.

Besos,

M.

De Juliet a Mark

Claro. ¿Quieres venir a mi casa? Tengo una salchicha.

JULIET

De Mark a Juliet

Una salchicha... qué apetitoso.
¿En el Suzette, a las 8:00?
Besos,

M.

De Juliet a Mark

Por favor.

J.

De Mark a Juliet

Hazme el favor de estar en el Suzette a las 8:00.
Besos,

M.

De Juliet a Mark

1 de mayo de 1946

Querido Mark:
Sabes que no dije que no. Dije que quería pensarlo. Estabas tan ocupado despotricando de Sidney y Guernsey que quizá no te diste cuenta de que sólo dije que quería tiempo. Sólo hace dos meses que te conozco. Para mí no es su-

ficiente tiempo para estar segura de querer pasar el resto de mi vida contigo, aunque tú sí lo estés. Una vez cometí un terrible error y casi me caso con un hombre que apenas conocía (quizá lo leíste en los periódicos), y, por lo menos en ese caso, la guerra fue una circunstancia atenuante. No volveré a ser tan tonta.

Piénsalo: nunca he visto tu casa, en realidad, no sé ni dónde está. En Nueva York, pero ¿en qué calle?, ¿cómo es?, ¿de qué color son las paredes?, ¿tu sofá?, ¿tienes los libros ordenados alfabéticamente? (espero que no). ¿Tus cajones están ordenados o desordenados?, ¿tarareas alguna vez?, y si lo haces, ¿qué tarareas? ¿Prefieres los perros o los gatos?, ¿o los peces? ¿Qué demonios comes para desayunar, o tienes cocinero?

¿Ves? No te conozco lo suficiente para casarme contigo.

Tengo otra noticia que te puede interesar. Sidney no es tu rival. No estoy, ni he estado nunca, enamorada de Sidney, ni él de mí. Ni me casaré nunca con él. ¿Es eso lo bastante contundente para ti?

¿Estás seguro que de no preferirías casarte con alguien más dócil que yo?

JULIET

De Juliet a Sophie

1 de mayo de 1946

Queridísima Sophie:
Ojalá estuvieras aquí. Ojalá todavía viviéramos juntas en nuestro bonito estudio y trabajáramos en la librería de

nuestro querido señor Hawke, y comiéramos galletas saladas y queso para cenar todas las noches. Tengo tantas ganas de hablar contigo... Quiero que me aconsejes si debo casarme con Mark Reynolds o no.

Me lo pidió ayer por la noche. No lo hizo de rodillas, pero sí con un diamante tan grande como un huevo de paloma, en un romántico restaurante francés. No estoy segura de si esta mañana sigue queriendo casarse conmigo; está totalmente furioso porque no le di un sí rotundo. Traté de explicarle que todavía no lo conozco lo suficiente y que necesito tiempo para pensarlo, pero no quiso escucharme. Está convencido de que le rechazo porque tengo una pasión secreta ¡por Sidney! Realmente están obsesionados uno con el otro, estos dos.

Menos mal que por entonces ya estábamos en su piso, porque empezó a gritar sobre Sidney e islas de mala muerte y mujeres que están más interesadas en un grupo de desconocidos que en los hombres que están justo enfrente de ellas (esto lo decía por Guernsey y mis nuevos amigos de allí). Seguí intentando explicarme y él continuó gritando hasta que empecé a llorar de frustración. Entonces se arrepintió, cosa atípica en él, y dijo que ya cambiaría de idea y le diría que sí. Pero entonces me imaginé una vida al lado de una persona a la que tendría que llorar para que fuera comprensivo, y volví otra vez al no. Discutimos, me sermoneó, yo lloré un poco más porque estaba agotada y, al final, llamó a su chófer para que me llevara a casa. Cuando cerró la puerta del asiento trasero, se inclinó para darme un beso y me dijo: «Eres una idiota, Juliet».

Y quizá tiene razón. ¿Recuerdas aquellas novelas Cheslayne Fair tan malas que leímos en verano a los trece años? Mi favorita era *El señor de Blackheath*. Debí de leerla unas veinte veces (y tú también, no digas que no). ¿Te acuerdas de Ransom? ¿De cómo escondió con valentía su amor por Eulalie para que ella pudiera escoger libremente, sin saber que ella estaba loca por él desde que había caído del caballo a los doce años? De eso se trata, Sophie. Mark Reynolds es exactamente como Ransom. Es alto y apuesto, tiene una sonrisa maliciosa y las facciones marcadas. Se abre paso entre la gente a empujones, sin importarle cómo le miran. Es impaciente y lleno de magnetismo, y cuando voy a retocarme el maquillaje, oigo a las otras mujeres hablar de él, igual que Eulalie en el museo. Se hace notar. No lo hace expresamente, la gente no puede evitarlo.

Sentía escalofríos con Ransom. A veces también me siento así con Mark cuando lo miro, pero no puedo evitar pensar que yo no soy Eulalie. Si alguna vez me hubiera caído de un caballo, sería maravilloso que Mark me recogiera, pero es poco probable que dentro de poco me caiga de un caballo. Es mucho más probable que vaya a Guernsey y escriba un libro sobre la Ocupación, y que Mark no pueda soportar la idea de que... Él quiere que me quede en Londres y vaya a restaurantes y teatros, y que me case con él como una persona razonable.

Escríbeme y dime qué hacer.

Un beso a Dominic, otro para ti y para Alexander también.

JULIET

De Juliet a Sidney

3 de mayo de 1946

Querido Sidney:
Seguramente no estoy tan angustiada como deben de estar en Stephens & Stark sin ti, pero te echo mucho de menos y quiero que me aconsejes. Por favor deja todo lo que estés haciendo y escríbeme inmediatamente.

Quiero salir de Londres. Quiero ir a Guernsey. Sabes que les he cogido mucho cariño a mis amigos de allí, y estoy fascinada por sus vidas durante la Ocupación y después. He visitado el Comité de Refugiados de las Islas del Canal y he leído sus archivos. He leído los informes de la Cruz Roja. He leído todo lo que he podido encontrar sobre los trabajadores esclavos Todt (por ahora no hay mucho). He entrevistado a algunos de los soldados que liberaron Guernsey y he hablado con el cuerpo de ingenieros que desactivó los miles de minas de sus playas. He leído todos los informes no confidenciales del Gobierno sobre el estado de salud de los isleños, sobre su felicidad, o la falta de ella, sobre las provisiones de comida, o la falta de ellas. Pero quiero saber más. Quiero saber las historias de la gente que estuvo allí, y nunca lo podré saber estando sentada en una biblioteca de Londres.

Por ejemplo, ayer estaba leyendo un artículo sobre la liberación. Un periodista le preguntaba a un isleño de Guernsey: «¿Cuál fue la experiencia más difícil por la que pasó durante el dominio alemán?». Se burló de la respuesta del hombre, pero para mí tenía todo el sentido. El isleño le dijo: «¿Sabe que nos confiscaron todas las radios? Si descubrían que tenías una radio escondida, te llevaban prisionero a alguna cárcel del continente. Pues bien, aquellos de nosotros que teníamos radios ocultas, nos enteramos del desembarco de los aliados en Normandía. El problema era que ¡se suponía que no sabíamos lo que había pasado! Lo más difícil que he hecho nunca ha sido caminar por St. Peter Port el 7 de junio, sin sonreír, sin hacer nada que pudiera revelar a los alemanes que sabía que se acercaba su final. Si se hubieran dado cuenta, se nos habría caído el pelo, así que tuvimos que disimular. Fue muy difícil aparentar que no sabíamos nada del desembarco».

Quiero hablar con gente como él (aunque probablemente él ahora huya de los escritores), y conocer cosas de su guerra, eso es lo que me gustaría leer, y no estadísticas sobre cereales. No estoy segura de qué clase de libro sería, ni de si se puede escribir o no. Pero me gustaría ir a St. Peter Port y descubrirlo.

¿Me das tu aprobación?

Besos para ti y para Piers,

JULIET

Telegrama de Sidney a Juliet

10 de mayo de 1946

¡ADJUNTO MI APROBACIÓN! GUERNSEY ES UNA FANTÁSTICA IDEA, TANTO PARA TI COMO PARA UN LIBRO. PERO ¿REYNOLDS TE DEJARÁ? RECUERDOS, SIDNEY.

Telegrama de Juliet a Sidney

11 de mayo de 1946

CONSENTIMIENTO RECIBIDO. MARK REYNOLDS NO ESTÁ EN POSICIÓN NI DE IMPEDIR NI DE PERMITIR NADA. RECUERDOS, JULIET.

De Amelia a Juliet

13 de mayo de 1946

Querida mía:
Fue un placer recibir tu telegrama de ayer diciendo que ¡vienes a visitarnos!

Hice lo que me dijiste, y he propagado la noticia de inmediato. Has creado una vorágine de entusiasmo en la Sociedad. Los miembros se ofrecieron al instante a proporcionarte todo lo que podrías necesitar: alojamiento, comida, presentaciones, un suministro de pinzas eléctricas para la ropa. Isola está loca de contenta de que vengas y ya se ha puesto a trabajar en tu libro. Aunque le he dicho que de momento es sólo una idea, está contentísima y decidida a buscarte material. Le ha pedido (quizá con amenazas) a toda la gente que conoce del mercado que te escriban para contarte cosas sobre la Ocupación; cree que las cartas te servirán para convencer a tu editor de que el tema es digno de un libro. No te extrañe si te inundan de cartas durante las próximas semanas.

Esta tarde Isola también ha ido a ver al señor Dilwyn

al banco, para pedirle que te alquile la casita de Elizabeth mientras estés aquí. Está en un sitio precioso, en una pradera un poco más abajo de la Casa Grande. No es muy grande, así no necesitarás a nadie. Elizabeth se mudó allí cuando los oficiales alemanes confiscaron la Casa Grande para ellos. Estarías muy cómoda allí, e Isola convenció al señor Dilwyn de que lo único que tiene que hacer es ponerse en marcha y redactar un contrato de arrendamiento para ti. Ella misma se ocupará de todo lo demás: ventilar las habitaciones, limpiar las ventanas, sacudir las alfombras y matar las arañas.

Por favor, no te sientas obligada por todos estos preparativos, ya que el señor Dilwyn está pensando en la posibilidad de poner pronto la propiedad en alquiler. Los abogados de sir Ambrose han empezado una investigación para conocer el paradero de Elizabeth. No han encontrado ningún documento que acredite su llegada a Alemania, solamente que en Francia la metieron en un tren, en principio, con destino a Frankfurt. Harán más averiguaciones y espero que les lleven a Elizabeth, pero mientras tanto, el señor Dilwyn quiere alquilar la propiedad, para conseguir ingresos para Kit.

A veces pienso que tenemos la obligación moral de empezar a buscar a los familiares alemanes de Kit, pero no puedo hacerlo. Christian era una persona excepcional y odiaba todo lo que estaba haciendo su país, pero no debe de ser el caso de muchos alemanes, que creían en el sueño del Tercer Reich. Y ¿cómo podría enviar a nuestra Kit a una tierra extranjera y destruida, aunque pudiéramos encontrar a sus parientes? Nosotros somos la única familia que ha conocido.

Cuando nació Kit, Elizabeth no dijo quién era el padre.

No por vergüenza, sino porque tenía miedo de que le quitaran a la niña y se la llevaran a Alemania. Había rumores horribles sobre cosas así. Me pregunto si el patrimonio de Kit podría haber salvado a Elizabeth si lo hubiera hecho saber cuando la arrestaron. Pero como no lo hizo, yo no soy quién para hacerlo.

Perdona que me desahogue. Mis preocupaciones viajan por mi cabeza a su propia voluntad, y es un alivio ponerlas por escrito. Voy a cambiar a temas más alegres, como la reunión de ayer de la Sociedad.

Después de que el alboroto por tu visita se hubo calmado, la Sociedad leyó tu artículo sobre libros y lectura del *Times*. A todos nos gustó mucho, no sólo porque estábamos leyendo algo sobre nosotros mismos, sino porque nos diste puntos de vista que nunca antes habíamos pensado aplicar a nuestras lecturas. El doctor Stubbins declaró que tú sola habías transformado la palabra «distracción» en una palabra honorable, en lugar de un defecto del carácter. El artículo es precioso, y todos nos sentíamos muy orgullosos y contentos de salir en él.

Will Thisbee quiere prepararte una fiesta de bienvenida. Hará un pastel de piel de patata para el acontecimiento y ha añadido merengue y un glaseado de cacao. Ayer por la noche nos hizo un postre sorpresa, plátanos flameados, que por suerte se le pegó en el molde y no nos pudimos comer. Ojalá Will dejara de lado la cocina y volviera a la ferretería.

Todos estamos deseando darte la bienvenida. Dijiste que tenías que acabar algunas reseñas antes de irte de Londres. Estaremos encantados de verte cuando vengas. Sólo dinos el día y la hora que llegas. Por supuesto que un vuelo a Guernsey sería más rápido y cómodo que el barco de correos (Clovis Fossey me dijo que te dijera que las azafatas dan ginebra a los pasajeros y el barco de correos, no). Pero a no ser que te marees, yo cogería el barco que sale por la tarde de Weymouth. No hay forma más bonita de llegar a Guernsey que hacerlo por mar, tanto con la puesta de sol, con el cielo dorado, con nubarrones negros de tormenta, o simplemente, con la isla apareciendo a través de la niebla. Así es como yo vi Guernsey por primera vez, como una recién casada.

Con cariño,

AMELIA

De Isola a Juliet

14 de mayo de 1946

Querida Juliet:
He estado preparando la casa para ti. Les pedí a varios amigos del mercado que te escribieran contando sus experiencias, así que espero que lo hagan. Si el señor Tatum te escribe pidiéndote dinero por sus memorias, no le pagues ni un penique. Es un mentiroso.

¿Te gustaría que te contara la primera vez que vi a los alemanes? Usaré adjetivos para hacerlo más animado. Normalmente no me gustan los hechos a secas.

Guernsey parecía tranquilo aquel martes, pero sabíamos que ¡estaban allí! El día anterior habían llegado soldados en aviones y barcos. Enormes Junkers bajaban ruidosamente, y después de descargar todos los hombres, volvían a despegar. Luego, al ir más ligeros y con ganas de juerga, volaban a ras de tierra, ascendiendo y bajando en picado por todo Guernsey, espantando las vacas en los campos.

Elizabeth estaba en mi casa, pero no teníamos ganas de hacer tónico para el pelo, a pesar de que tenía la planta preparada. Lo único que hicimos fue pulular de un lado a otro. Entonces Elizabeth se levantó. «Vamos —dijo—. No voy a quedarme sentada esperándoles. Me voy al centro a encontrarme con el enemigo.»

«¿Y qué vas a hacer cuando lo encuentres?» le pregunté, un poco irascible.

«Los voy a mirar —dijo—. No somos animales enjaulados, ellos sí. Están encerrados en esta isla con nosotros, igual que nosotros lo estamos con ellos. Venga, vamos a mirar.»

Me gustó la idea, así que nos pusimos el sombrero y salimos. Pero nunca te imaginarías lo que nos encontramos en St. Peter Port.

Ah, había cientos de soldados alemanes y estaban ¡de compras! Iban del brazo paseando por Fountain Street, sonreían, reían, miraban los escaparates, entraban y salían de las tiendas cargados con paquetes, llamándose los unos a los otros. North Esplanade también estaba plagado de soldados. Algunos descansaban, otros se quitaban la gorra y nos saludaban educadamente. Un hombre me dijo: «Vuestra isla es preciosa. Pronto lucharemos en Londres, pero ahora podemos disfrutar de esto, de unas vacaciones al sol».

Otro imbécil creía que estaba en Brighton. Compraban helados para el torrente de niños que les seguían. Reían y se lo pasaban bien ahí donde iban. Si no hubiera sido por los uniformes verdes, habríamos pensado que se trataba de viajeros del barco proveniente de Weymouth.

Fuimos hacia Candie Gardens y allí todo cambió; de la fiesta a la pesadilla. Primero oímos el ruido de un ritmo constante y fuerte de botas que se aproximaban. Luego, una tropa de soldados giraron por nuestra calle. Todo en ellos relucía: los botones, las botas, aquellos sombreros en forma de cubos. Sus ojos no se fijaban en nadie ni en nada, simplemente miraban al frente. Eso daba más miedo que los rifles que llevaban colgando del hombro, o los cuchillos y granadas que llevaban en la parte alta de las botas.

El señor Ferre, que estaba detrás de nosotras, me agarró del brazo. Había luchado en la batalla del Somme durante la Primera Guerra Mundial. Le caían las lágrimas por la cara y, sin darse cuenta, me estaba retorciendo el brazo, estrujándomelo. Me dijo: «¿Cómo pueden estar haciendo esto otra vez? Les derrotamos y aquí están de nuevo. ¿Cómo les hemos dejado que lo vuelvan a hacer?».

Finalmente, Elizabeth dijo: «Ya he visto suficiente. Necesito una copa».

Yo tenía una buena cantidad de ginebra en el armario de la cocina, así que nos fuimos a casa.

Ahora tengo que dejarte, pero te veré pronto y eso me alegra. Todos queremos ir a recogerte, pero hay algo que me preocupa. Seguramente habrá otros veinte pasajeros a bordo, ¿cómo te reconoceré? Aquella foto del libro está muy borrosa y no quiero darle un beso a la mujer equivocada. ¿Por qué no te pones un gran sombrero rojo con velo y llevas un ramo de lirios?

Tu amiga,

ISOLA

De un amante de los animales a Juliet

Miércoles por la noche

Estimada señorita:
Yo también soy miembro de la Sociedad Literaria y el Pastel de Piel de Patata de Guernsey, pero nunca le he escrito sobre mis lecturas, porque sólo leí dos cuentos de niños sobre perros fieles y valientes. Isola dice que quizá venga usted a escribir sobre la Ocupación y creo que debería saber lo que nuestros Estados ¡hicieron a los animales! ¡Nuestro propio gobierno, no los sucios alemanes! Les daría vergüenza contárselo, pero a mí no.

Nunca me han importado mucho las personas y no me sorprendería nunca. Tengo mis motivos. Nunca he conocido un hombre ni la mitad de fiel que un perro. Trata bien a un perro y él te tratará bien; te hará compañía, será tu amigo, nunca te hará preguntas. Los gatos son diferentes, pero no tengo nada contra ellos.

Debería saber lo que alguna gente de Guernsey hizo a sus animales de compañía cuando supieron que venían los alemanes. Miles de ellos abandonaron la isla; volaron a Inglaterra, se fueron en barco y dejaron atrás a sus perros y a sus gatos. Los dejaron vagar por las calles, abandonados, hambrientos y sedientos, ¡los muy cerdos!

Yo recogí todos los perros que pude, pero no fue suficiente. Entonces los Estados se hicieron cargo del problema y lo empeoraron, y mucho. Los Estados avisaron en los periódicos que, a causa de la guerra, no habría suficiente comida para los humanos y mucho menos para los animales. «Pueden quedarse un animal por familia —dijeron—, pero al resto tendremos que sacrificarlos. Será un peligro para los niños, que gatos y perros abandonados deambulen por la isla.»

Y eso es lo que hicieron. Los Estados metieron a los animales en camiones y se los llevaron al refugio de animales de St. Andrews, y aquellas enfermeras y doctores los sacrificaron. Tan rápido como acababan con un camión, les llegaba otro lleno.

Lo vi todo. Cómo los recogían, cómo los descargaban en el refugio y cómo los enterraban.

Vi a una enfermera salir del refugio a respirar aire fresco, cogía aire profundamente, con avidez. Se encontraba tan mal que parecía que iba a morir. Se fumó un cigarrillo y luego volvió a entrar para seguir con la matanza. Tardaron dos días en matar a todos los animales.

Eso es todo lo que tengo que decir, pero póngalo en el libro.

UN AMANTE DE LOS ANIMALES

De Sally Ann Frobisher a Juliet

15 de mayo dc 1946

Estimada señorita Ashton:
La señorita Pribby me dijo que usted vendría a Guernsey para conocer cosas sobre la guerra. Espero verla entonces, pero de momento le escribo porque me gusta escribir cartas. En realidad, me gusta escribir cualquier cosa.

Pensé que le gustaría saber cómo me humillaron durante la guerra, en 1943, cuando tenía doce años. Tenía sarna.

No había suficiente jabón en Guernsey para limpiar; ni para la ropa, ni para la casa, ni para nosotros mismos. Todo el mundo tenía alguna enfermedad de la piel, de un tipo u otro, escamas, pústulas o piojos. Yo misma tenía sarna en la cabeza, bajo el cabello, y no se iba.

Finalmente, el doctor Ormond me dijo que debía ir al hospital, a que me afeitaran la cabeza y así poder cortar las costras para que saliera el pus. Espero que usted nunca sepa la vergüenza que se pasa al llevar la cabeza rapada al cero. Me quería morir.

Allí fue donde conocí a mi amiga, Elizabeth McKenna. Ayudaba a las hermanas de mi planta. Las hermanas siempre eran amables, pero la señorita McKenna era amable y divertida. Que fuera tan divertida me ayudó en mi peor momento. Cuando me afeitaron la cabeza, ella entró en mi habitación con un cuenco, una botella de antiséptico Dettol y un bisturí afilado.

Dije: «Esto no me va a doler, ¿verdad? El doctor Ormond me dijo que no me dolería». Intenté no echarme a llorar.

«¡Y un carajo! —dijo la señorita McKenna—, te va a doler una barbaridad. No le digas a tu madre que he dicho "carajo".»

Entonces me entró una risa nerviosa, y ella me hizo el primer corte antes de que pudiera asustarme. Me dolió, pero lo soporté. Mientras ella me iba cortando el resto de costras, jugamos a gritar los nombres de cada mujer que había sufrido bajo el acero. «María, Reina de los escoceses, ¡zis, zas!», «Ana Bolena, ¡plaf!», «María Antonieta, ¡pumba!». Y ya habíamos acabado.

Dolió, pero también fue divertido porque la señorita McKenna lo convirtió en un juego.

Me limpió la cabeza con Dettol y vino a verme por la

tarde con un pañuelo suyo de seda para envolverme la cabeza a modo de turbante. «Ya está», dijo y me dio un espejo. Me miré en él. El pañuelo era precioso, pero se me veía la nariz demasiado grande para mi cara, como siempre. Quería saber si alguna vez sería bonita, y se lo pregunté a la señorita McKenna.

Cuando se lo preguntaba a mi madre, decía que no tenía paciencia para esas tonterías y que la belleza sólo era superficial. Pero la señorita McKenna, no. Me miró, pensativa, y luego dijo: «En poco tiempo, Sally, serás despampanante. Sigue mirándote en el espejo y verás. Son los rasgos lo que cuenta y los tuyos están muy bien. Con esta nariz tan elegante que tienes, serás la nueva Nefertiti. Harías bien en practicar una pose imperiosa».

La senora Maugery vino a verme al hospital y le pregunté quién era Nefertiti y si estaba muerta. Me parecía que sí. La señora Maugery me dijo que efectivamente estaba muerta en un sentido, pero que en otro era inmortal. Más tarde, me buscó una fotografía de Nefertiti para que la viera. No estaba muy segura de lo que significaba una pose imperiosa, así que intenté parecerme a ella. Aún no me queda bien la nariz, pero estoy segura de que llegará, la señorita McKenna me lo dijo.

Otra historia triste sobre la Ocupación es la de mi tía Letty. Tenía una casa antigua muy grande en los acantilados, cerca de La Fontenelle. Los alemanes dijeron que se encontraba en medio de su línea de fuego y que les estorbaba cuando hacían prácticas de tiro. Así que la hicieron explotar. La tía Letty ahora vive con nosotros.

Atentamente,

SALLY ANN FROBISHER

De Micah Daniels a Juliet

15 de mayo de 1946

Estimada señorita Ashton:
Isola me dio su dirección porque está convencida de que a usted le gustará ver mi lista para su libro.

Si hoy estuviera en París y me colocara en un elegante restaurante francés (el tipo de sitio donde tienen manteles blancos de encaje, velas en las paredes y cubiertos de plata encima de todos los platos), bueno, le digo que no sería nada, nada comparado con mi caja *Vega*.

En caso de que no lo sepa, el *Vega* fue uno de los primeros barcos de la Cruz Roja en llegar a Guernsey el 27 de diciembre de 1944. Nos trajeron comida entonces, y tres veces más, y nos mantuvo con vida hasta el final de la guerra.

Sí, he dicho esto, ¡nos mantuvo con vida! Hasta entonces, durante años, la comida no había sido tan abundante. Exceptuando en el mercado negro, no había ni una cucharada de azúcar en toda la isla. Toda la harina para el pan se había acabado el 1 de diciembre de 1944. Los soldados alemanes estaban tan hambrientos como nosotros, con las barrigas hinchadas por la falta de comida.

Bueno, yo estaba harto de tantas patatas hervidas y nabos, y estaba a punto de morirme, cuando llegó el *Vega* a nuestro puerto.

Antes, el señor Churchill no había permitido que los barcos de la Cruz Roja nos trajeran comida porque decía que los alemanes nos la quitarían y se la quedarían para ellos. Ahora puede sonar como un plan inteligente, ¡esperar a que los canallas se murieran de hambre! Pero para mí significa que simplemente no le importaba si nosotros nos moríamos de hambre con ellos.

Bien, algo le hizo cambiar de opinión y decidió que podíamos comer. Así que en diciembre le dijo a la Cruz Roja, bien, de acuerdo, sigan adelante y denles de comer.

Señorita Ashton, había dos cajas de comida por cada hombre, mujer y niño de Guernsey, todo almacenado en la bodega del *Vega*. También había otras cosas: clavos, semillas para plantar, velas, aceite para cocinar, cerillas para encender fuego, algo de ropa y zapatos. Incluso alguna canastilla para algún recién nacido.

Había harina y tabaco (Moisés puede hablar todo lo que quiera de maná, pero ¡nunca vio nada como aquello!). Voy a decirle todo lo que había en mi caja, porque lo anoté todo para agregarlo a mi álbum de recortes:

200 gr de chocolate
100 gr de té
200 gr de azúcar
50 gr de leche en polvo
400 gr de mermelada
150 gr de sardinas
150 gr de ciruelas
30 gr de sal
500 gr de galletas
500 gr de mantequilla
400 gr de jamón
200 gr de pasas
300 gr de salmón
100 gr de queso
30 gr de pimienta
Una pastilla de jabón

Yo regalé mis ciruelas, pero no fue nada. Cuando muera voy a dejar todo mi dinero a la Cruz Roja. Les he escrito para decírselo.

Hay algo más que debería decirle. Podría ser sobre aquellos alemanes, pero el honor debido es el honor debido. Descargaron del *Vega* todas aquellas cajas de comida para nosotros y no cogieron ni una, ni una sola caja para ellos. Claro que su comandante les había dicho: «Esa comida es para los isleños, no es vuestra. Robad un poco y tendré que pegaros un tiro». Luego le dio a cada hombre que estaba descargando el barco una cucharita, para que pudieran raspar algo de harina o cereal que se derramara en la calzada. Eso se lo podían comer.

De hecho, daban pena esos soldados. Robando de huertos, llamando a las puertas para pedir las sobras. Un día vi a un soldado coger un gato y golpearle la cabeza contra un muro. Luego, le cortó las piernas y se lo escondió en la chaqueta. Le seguí, hasta que llegó a un campo. Ese alemán despellejó el gato, lo hirvió en su cazo y se lo comió allí mismo.

Realmente eso fue algo muy triste de ver. Me dio mucho asco, pero me aguanté las ganas de vomitar, pensé: «Allí está el Tercer Reich de Hitler saliendo a cenar»; y entonces empecé a troncharme de risa. Ahora me avergüenzo de ello, pero es lo que hice.

Eso es todo lo que le quería decir. Espero que le vaya bien con el libro.

Saludos cordiales,

MICAH DANIELS

De John Booker a Juliet

16 de mayo de 1946

Querida señorita Ashton:
Amelia nos ha dicho que viene a Guernsey a recopilar historias para su libro. Le daré la bienvenida de todo corazón, pero no seré capaz de contarle lo que me pasó a mí, porque tiemblo cada vez que hablo de ello. Quizá si se lo escribo no me hará decírselo en voz alta. De todas formas no es sobre Guernsey, yo no estaba aquí. Estaba en el campo de concentración de Neuengamme, en Alemania.

¿Sabe que me hice pasar por lord Tobias durante tres años? La hija de Peter Jenkins, Lisa, salía con soldados alemanes. Con cualquier soldado alemán que le regalara medias o barras de labios. Esto fue hasta que topó con el sargento Willy Gurtz. Era un mezquino despreciable. Verlos a los dos juntos te descolocaba. Fue Lisa quien me delató al comandante alemán.

En marzo de 1944 Lisa estaba en un salón de belleza cortándose el pelo cuando vio un número atrasado de la revista *Tatler* de antes de la guerra. Allí, en la página 124, había una foto en color de lord Tobias Penn-Piers y señora. Estaban en una boda en Sussex, bebiendo champán y comiendo ostras. El texto de debajo de la fotografía hablaba del vestido de ella, de sus diamantes, de sus zapatos, de su aspecto, y del dinero de él. La revista mencionaba que eran propietarios de una finca llamada La Fort, en la isla de Guernsey.

Bueno, estaba bastante claro incluso para Lisa, que es tonta como una piedra, que yo no era lord Tobias Penn-Piers. No esperó ni a que la acabaran de peinar, fue inmediatamente a enseñarle la fotografía a Willy Gurtz, que se la llevó de inmediato al comandante.

Aquello hizo sentir a los alemanes como idiotas, que habían estado haciendo reverencias y malgastando todo ese tiempo con un criado, así que fueron todavía más rencorosos conmigo y me enviaron al campo de Neuengamme.

No creía que sobreviviría la primera semana. Me mandaron, junto con otros prisioneros, a retirar las bombas que no habían explotado durante los bombardeos aéreos. Vaya elección, meterte en una plaza con las bombas cayendo, o que te mataran los guardias por negarte a hacerlo. Yo corría y me escabullía rápidamente como una rata y trataba de taparme cuando oía las bombas pasar silbando a mi lado, y de alguna manera, al final sobreviví. Eso es lo que me decía a mí mismo, bueno, todavía estás vivo. Creo que todos nosotros decíamos lo mismo todas las mañanas al despertarnos, bueno, aún estoy vivo. Pero la verdad era que no lo estábamos. No estábamos muertos, pero tampoco estábamos vivos. Yo era un alma viviente sólo unos cuantos minutos al día, cuando estaba en mi litera. En esos momentos, intentaba pensar en algo feliz, algo que me gustara, pero no en algo que me gustara mucho, porque aún era peor. Simplemente algo pequeño, como una salida con la escuela o ir cuesta abajo con la bicicleta, eso era lo único que podía soportar.

Pareció que hubieran pasado treinta años, pero sólo fue uno. En abril de 1945 el comandante de Neuengamme cogió a aquellos que todavía estábamos lo bastante sanos para trabajar y nos envió a Belsen. Durante varios días viajamos en un gran camión abierto, sin comida, sin mantas, sin agua, pero estábamos contentos de no tener que caminar. Los charcos de barro del camino estaban manchados de rojo.

Imagino que ya habrá oído hablar de Belsen y de lo que pasó allí. Cuando bajamos del camión, nos dieron unas palas. Teníamos que cavar grandes fosas. Nos condujeron a través del campo hasta el lugar, y allí temí haber perdido la cabeza, porque todos los que veía estaban muertos. Incluso los vivos parecían cadáveres y los cadáveres yacían donde los habían tirado. No sabía por qué se preocupaban de enterrarlos. El hecho era que los rusos estaban llegando por el este y los aliados por el oeste, y esos alemanes estaban aterrorizados al pensar en lo que verían cuando llegaran allí.

El crematorio no quemaba los cuerpos lo bastante rápido, así que después de cavar unas zanjas largas, arrastramos los cuerpos hasta el borde y los echamos dentro. No se lo creerá, pero los soldados de las SS obligaron a la banda de música de los prisioneros a tocar mientras nosotros arrastrábamos los cadáveres y, por eso, espero que se quemen en el infierno con polcas a todo volumen. Cuando las zanjas estaban llenas, los soldados de las SS echaban gasolina sobre los cuerpos y les prendían fuego. Después, se suponía que debíamos cubrirlos con tierra, como si se pudiera esconder una cosa así.

Los británicos llegaron al día siguiente, y Dios mío, pero nos alegramos de verles. Yo estaba lo bastante fuerte para ir caminando hasta la carretera, así que vi como los tanques con la bandera británica pintada al lado derribaban las puertas. Me giré hacia un hombre que estaba sentado contra una cerca y grité: «¡Estamos salvados! ¡Son los británicos!». Entonces vi que estaba muerto. Se lo había perdido sólo por unos minutos. Me senté en el barro y lloré, como si se tratara de mi mejor amigo.

Cuando los Tommies, los soldados británicos, salieron de los tanques, también lloraron; incluso los oficiales. Esos buenos hombres nos dieron de comer, nos dieron mantas, nos llevaron al hospital de campaña. Y que Dios les bendiga, una semana después, quemaron totalmente Belsen.

He leído en los periódicos que ahora allí hay un campo de refugiados de guerra. Me da escalofríos pensar que haya nuevos barracones allí, aunque sean por un buen propósito. En mi opinión, en aquel lugar no tendría que haber nada nunca más.

No voy a escribir más sobre esto, y espero que entienda que no quiera hablar de ello. Como dice Séneca: «Los pequeños dolores son locuaces, los grandes callan estupefactos».

Recuerdo una cosa que podría interesarle para el libro. Pasó en Guernsey, cuando todavía me hacía pasar por lord Tobias. A veces, por la noche, Elizabeth y yo caminábamos hasta el cabo para ver a los bombarderos volar por encima, cientos de ellos, camino de Londres. Era horrible verlos, saber a dónde se dirigían y qué es lo que iban a hacer. La radio alemana nos había dicho que Londres era una ciudad totalmente arrasada, y que no quedaban más que escombros y cenizas. No nos lo creíamos del todo, la propaganda alemana era lo que era, pero aun así...

Una de esas noches, estábamos paseando por St. Peter Port, cuando pasamos por la casa McLaren. Era una magnífica casa antigua tomada por los oficiales alemanes. Había una ventana abierta y se oía una bonita pieza de música. Nos paramos a escuchar, pensando que era un programa de Berlín. Pero, cuando terminó la música, oímos el Big Ben y una voz británica que decía: «Esto es la BBC, Londres». ¡El sonido del Big Ben es inconfundible!

¡Londres todavía estaba allí! Todavía estaba allí. Elizabeth y yo nos abrazamos y empezamos a bailar un vals camino arriba. Este fue uno de los momentos que no quise recordar cuando estuve en Neuengamme.

Suyo sinceramente,

JOHN BOOKER

De Dawsey a Juliet

16 de mayo de 1946

Querida Juliet:

Ya no hay nada más que hacer para tu llegada, excepto esperar. Isola ha lavado, almidonado y planchado las cortinas de Elizabeth, ha inspeccionado la salida de humos para ver si había murciélagos, ha sacado brillo a las ventanas, ha hecho las camas y ha aireado todas las habitaciones.

Eli te ha tallado un regalo, Eben te ha almacenado leña y Clovis ha segado el prado; las flores silvestres las ha dejado para que las disfrutes. Amelia está organizando una gran cena para ti, para la primera noche.

Mi único trabajo es mantener con vida a Isola hasta que tú llegues. Tiene vértigo, pero aun así, subió al tejado de la casa de Elizabeth para ver si había tejas sueltas. Por suerte, Kit la vio antes de que llegara al borde y vino corriendo a buscarme para que la hiciera bajar.

Ojalá pudiera hacer algo más para tu llegada, que espero que sea pronto. Estoy contento de que vengas.

Atentamente,

DAWSEY

De Juliet a Dawsey

19 de mayo de 1946

Querido Dawsey:
¡Llegaré pasado mañana! Me da mucho miedo volar, incluso con el incentivo de la ginebra, así que iré en el barco de correos de la tarde.

¿Puedes darle a Isola un mensaje de mi parte? Por favor, dile que no tengo ningún sombrero con velo y que no puedo llevar lirios (me hacen estornudar), pero tengo una capa roja de lana que llevaré puesta en el barco.

Dawsey, no hay nada más que puedas hacer para que me sienta mejor recibida en Guernsey de lo que ya has hecho. Me cuesta creer que al fin voy a conoceros a todos.

Siempre tuya,

JULIET

De Mark a Juliet

20 de mayo de 1946

Querida Juliet:
Me pediste que te diera tiempo y lo he hecho. Me pediste que no te hablara de matrimonio y no lo he hecho. Pero ahora me dices que te vas al maldito Guernsey por ¿cuánto tiempo?, ¿una semana?, ¿un mes?, ¿para siempre? ¿Crees que voy a cruzarme de brazos y te voy a dejar marchar?

Esto es ridículo, Juliet. Cualquier imbécil puede ver que estás intentando huir, pero lo que nadie puede entender es por qué. Estamos bien juntos, me haces feliz, nunca me aburro contigo, te interesan las mismas cosas que a mí y espero no estar equivocado si digo que tú sientes lo mismo. Estamos hechos el uno para el otro. Sé que odias que te diga que sé qué es lo mejor para ti, pero, en este caso, lo sé.

Por el amor de Dios, olvídate de esa miserable isla y cásate conmigo. Te llevaré allí de luna de miel, si no hay más remedio.

Besos,

MARK

De Juliet a Mark

20 de mayo de 1946

Querido Mark:

Probablemente tienes razón, pero, incluso así, mañana me voy a Guernsey y tú no puedes evitarlo.

Siento no poder darte la respuesta que quieres. Me gustaría hacerlo.

Besos,

JULIET

P.D. Gracias por las rosas.

De Mark a Juliet

Ah, por el amor de Dios. ¿Quieres que te lleve en coche a Weymouth?

MARK

De Juliet a Mark

¿Prometes que no me echarás un sermón?

JULIET

De Mark a Juliet

Nada de sermones. Sin embargo, se emplearán otros medios de persuasión.

MARK

De Juliet a Mark

No me asusta. ¿Qué es lo que puedes hacer mientras conduces?

JULIET

De Mark a Juliet

Te sorprenderías. Nos vemos mañana.

M.

SEGUNDA PARTE

De Juliet a Sidney

22 de mayo de 1946

Querido Sidney:
Tengo muchas cosas que explicarte. Sólo llevo veinte horas en Guernsey, pero cada una ha estado tan llena de caras nuevas e ideas que tengo páginas y páginas para escribir. ¿Sabes lo bueno que puede ser vivir en una isla? Mira Victor Hugo, puedo volverme muy prolífica si me quedo aquí algún tiempo.

El viaje desde Weymouth fue espantoso, con el barco crujiendo y chirriando y amenazando con romperse a pedazos contra las olas. Casi deseé que pasara, para acabar con mi sufrimiento, si no fuera porque quería ver Guernsey antes de morir. Y tan pronto como la isla estuvo a la vista, deseché del todo la idea, porque el sol salió por debajo de las nubes e hizo brillar los acantilados con reflejos plateados.

Mientras el barco entraba balanceándose en el puerto, vi los tejados de las casas de St. Peter Port salir por encima del mar, con una iglesia arriba, como la decoración de una tarta, y me di cuenta de que el corazón me iba a toda velocidad. Por mucho que intentara convencerme de que era la emoción del paisaje, sabía que era algo más. Toda aquella gente a la que había conocido e incluso empezado a querer un poco me habían venido a esperar. Y yo sin ningún periódico con el que esconderme. Sidney, durante estos dos o tres últimos años he mejorado en mi carrera profesional, más que en lo personal. Sobre el papel, soy encantadora, pero eso es sólo un truco que aprendí. No tiene nada que ver conmigo. Al menos eso es lo que pensaba mientras el barco entraba en el muelle. Tuve el impulso cobarde de tirar la capa roja por la borda y hacer ver que era otra persona.

Cuando llegamos al muelle, vi las caras de la gente esperando, y ya no hubo vuelta atrás. Los conocí por sus cartas. Allí estaba Isola con un disparatado sombrero y un chal de color violeta con un broche brillante. Sonreía fijamente en la dirección equivocada y me encantó al instante. A su lado había un hombre con arrugas en la cara, y al lado de él, un chico, alto y encorvado. Eben y su nieto, Eli. Saludé con la mano a Eli, que sonrió como un rayo de luz y le dio un codazo a su abuelo, y entonces me volví tímida y me perdí entre la multitud que empujaba para bajar por la rampa.

Isola fue la primera que llegó hasta mí, saltando por encima de un cajón de langostas, y me dio un abrazo tan fuerte que me levantó del suelo. «¡Ah, cariño!», gritó mientras yo me tambaleaba.

¿No es encantador? Se me fue todo el nerviosismo de golpe junto con la respiración. Los demás se acercaron a mí con más calma, pero no con menos afecto. Eben me dio la mano y sonrió. En su día fue corpulento y fuerte, pero ahora está demasiado delgado. Intenta parecer serio y agradable a la vez. ¿Cómo lo consigue? De pronto sentí ganas de impresionarle.

Eli se subió a Kit a los hombros y vinieron hacia mí, juntos. Kit tiene unas piernas regordetas y una actitud dura, rizos oscuros, unos grandes ojos grises, y no le gusté nada. Eli, con un jersey moteado con virutas de madera, tenía un regalo para mí en el bolsillo: un adorable ratoncito con unos bigotes doblados, tallado en nogal. Le di un beso en la mejilla y sobreviví a la mirada malévola de Kit. Intimida mucho para ser una niña de sólo cuatro años.

Entonces Dawsey me tendió la mano. Esperaba que se pareciera a Charles Lamb, y se parece un poco, tiene la misma mirada. Me dio un ramo de claveles de parte de Booker, que no había podido ir; había perdido el conocimiento durante un ensayo y tenía que pasar la noche en observación, en el hospital. Dawsey es moreno, delgado y fuerte, y parece reservado, hasta que sonríe. Exceptuando cierta hermana tuya, tiene la sonrisa más dulce que he visto nunca, y me acordé de que en una carta Amelia me dijo que tenía un don especial de persuasión. Me lo creo. Igual que Eben, igual que todo el mundo aquí, está demasiado delgado, aunque él es más robusto. Le están saliendo canas y tiene los ojos hundidos y marrones, tan oscuros que parecen negros. Las líneas de alrededor de los ojos hacen que parezca que va a empezar a reír aunque no lo haga, pero no creo que tenga más de cuarenta años. Sólo es un poco más alto que yo y cojea ligeramente, pero es fuerte, subió todo mi equipaje, a mí, a Amelia y a Kit en su furgoneta, sin ningún problema.

Le di la mano (no recuerdo si dijo algo) y luego se puso al lado de Amelia. Es una de esas mujeres que son más guapas a los sesenta años de lo que fueron a los veinte (¡ay, como espero que alguien diga eso de mí algún día!). Pequeña, de cara delgada, tiene una sonrisa encantadora, el pelo gris con una diadema, me cogió fuerte de la mano y me dijo: «Juliet, estoy contenta de que al fin estés aquí. Cojamos tus cosas y vayamos a casa». Me pareció estupendo, aunque en realidad no fuera mi casa.

Mientras estábamos allí de pie en el muelle, un destello de luz me daba en los ojos. Isola resopló y dijo que era Adelaide Addison, que estaba en la ventana de su casa con anteojos, siguiendo cada movimiento que hacíamos. Isola saludó enérgicamente con la mano hacia el lugar de donde venía el reflejo y entonces paró.

Mientras nos reíamos de eso, Dawsey recogía mi equipaje, vigilaba que Kit no cayera al muelle y echaba una mano. Empecé a ver que es eso lo que hace, y que todos cuentan con que lo haga.

Los cuatro (Amelia, Kit, Dawsey y yo) fuimos a la granja de Amelia en la furgoneta de Dawsey, mientras los demás se fueron caminando. En realidad no estaba lejos, pero sí que cambiamos de paisaje; fuimos de St. Peter Port al campo. Hay pastos que se extienden, pero terminan de repente en los acantilados, y por todas partes llega el olor salobre y húmedo del mar. Mientras íbamos en la furgoneta, el sol se ponía y crecía la bruma. ¿Sabes cómo se amplifican los sonidos en la niebla? Bueno, era como eso, cada trino de pájaro tenía importancia, era simbólico. Cuando llegamos a la casa solariega, las nubes se desbordaban sobre los acantilados y los campos estaban envueltos en gris, pero vi unas formas fantasmagóricas que creo que eran los búnkers de cemento que construyeron los trabajadores Todt.

Kit estaba sentada a mi lado en la furgoneta y me miraba de reojo. No fui tan tonta para intentar hablar con ella, pero hice el juego del pulgar roto, sabes, aquel que hace que parezca que tienes el dedo separado.

Lo hice una y otra vez, con indiferencia, sin mirarla,

mientras ella me observaba como la cría de un halcón. Estaba concentrada y fascinada, pero no del todo crédula para echarse a reír. Al final, simplemente dijo: «Enséñame cómo lo haces».

En la cena, sentada frente a mí, apartó las espinacas y con la mano levantada como deteniendo el tráfico, dijo: «Para mí no», y yo, por lo pronto, no iba a desobedecerla. Movió la silla hacia el lado de Dawsey y comió con un codo colocado con firmeza sobre el brazo de él, sin que él se pudiera mover. A Dawsey no pareció importarle, a pesar de que le costó cortar el pollo, y cuando se acabó la cena, ella subió de inmediato a su regazo. Obviamente es su trono legítimo, y aunque Dawsey parecía estar atento a la conversación, le descubrí haciendo un conejo con la servilleta mientras hablábamos de la escasez de alimentos durante la Ocupación. ¿Sabías que los isleños usaron alpiste en lugar de harina hasta que se les acabó?

Debo de haber pasado alguna prueba que no sabía que me estaba haciendo, porque Kit me pidió que la arropara en la cama. Quería que le contara una historia sobre un hurón. Le gustaban los bichos, ¿y a mí? ¿Le daría un beso en los labios a una rata? Le dije: «Nunca», y parece que con eso me gané su aceptación; era claramente una cobarde, pero no una hipócrita. Le conté una historia y ella me ofreció una parte diminuta de su mejilla, para que le diera un beso.

Vaya carta más larga, y sólo te he contado las cuatro primeras horas de las veinte. Para las otras dieciséis horas, tendrás que esperar.

Besos,

JULIET

De Juliet a Sophie

24 de mayo de 1946

Queridísima Sophie:
Sí, estoy aquí. Mark hizo todo lo que pudo para detenerme, pero resistí tozudamente, hasta el final. Siempre he considerado que la obstinación era una de mis características menos encantadoras, pero la semana pasada me fue útil.

Fue salir del puerto en el barco y verle allí de pie en el muelle, alto y con el ceño fruncido, queriendo casarse conmigo de todos modos, cuando empecé a pensar que quizá tenía razón. Tal vez era una completa idiota. Sé de tres mujeres que están locas por él, me lo quitarían de las manos en un periquete y me pasaría los últimos años de mi vida en un estudio mugriento, mientras los dientes me caen uno a uno. Ah, ahora lo veo todo: nadie comprará mis libros, y asediaré a Sidney con viejos manuscritos ilegibles, que fingirá publicar por lástima. Chocheando y refunfuñando, vagaré por las calles llevando mis patéticos nabos en una bolsa de red, con papeles de periódicos dentro de los zapatos. Tú me enviarás afectuosas felicitaciones de Navidad (¿verdad?) y haré alarde con desconocidos de que una vez casi me caso con Markham Reynolds, el magnate del mundo editorial. Harán un gesto con la cabeza como queriendo decir «la pobrecita está como una cabra, claro, pero es inofensiva».

Dios. Esto roza la locura.

Guernsey es precioso y mis nuevos amigos me han recibido con tanta generosidad, tan calurosamente, que no he dudado en que he hecho bien en venir, bien, hasta hace sólo un momento, cuando he empezado a pensar en mis dientes. Voy a dejar de pensar. Voy a salir al prado de flores silvestres que tengo justo enfrente, y voy a correr tan rápido como pueda hasta el acantilado. Luego voy a tumbarme, mirar al cielo, que brilla como una perla esta tarde, respirar el cálido aroma de la hierba y hacer como si Markham V. Reynolds no existiera.

Acabo de entrar. Han pasado unas horas, la puesta de sol ha bañado las nubes de un color dorado brillante y el mar gime debajo de los acantilados. ¿Mark Reynolds? ¿Quién es ese?

Con todo mi cariño,

JULIET

De Juliet a Sidney

27 de mayo de 1946

Querido Sidney:
La casa de Elizabeth fue claramente construida para que alguien exaltado se alojara allí, porque es muy espaciosa. Abajo hay un gran salón, un cuarto de baño, una habitación muy tranquila y una cocina enorme. En el piso de arriba hay tres dormitorios y un baño. Y lo mejor de todo: hay ventanas por todas partes, así la brisa entra en todas las habitaciones.

He movido la mesa para trabajar al lado de la ventana más grande del salón. El único problema es la tentación constante de salir afuera y caminar hasta el borde del acantilado. El mar y las nubes no están ni cinco minutos seguidos igual y me da miedo perderme algo si me quedo dentro. Cuando me he levantado esta mañana, el mar estaba lleno de pequeños reflejos, y ahora parece estar cubierto de un tul amarillo. Los escritores deberían vivir tierra adentro o lejos de la ciudad, si quieren acabar algún trabajo. O quizá necesiten ser más decididos de lo que soy yo.

Si necesitara algún aliciente para sentirme fascinada por Elizabeth, lo cual no me hace falta, serían sus cosas. Los alemanes llegaron para quedarse con la casa de sir Ambrose y le dieron sólo seis horas para llevar sus pertenencias a la casita. Isola le dijo a Elizabeth que sólo se llevara unos pocos cacharros de cocina, algunos cubiertos y la vajilla (los alemanes se quedarían la cubertería de plata, las copas de cristal, la vajilla de porcelana y el vino para ellos), las piezas de arte, un viejo fonógrafo a cuerda, algunos discos y montones de libros. Tantos libros, Sidney, que no he tenido tiempo de mirarlos bien, llenan los estantes de la sala de estar y se desbordan hasta la cocina. Incluso colocó un montón al final del sofá para usarlos de mesa, ¿no es genial?

En cada rincón encuentro pequeñas cosas que me hablan de ella. Era una persona muy observadora, Sidney, como yo, ya que tiene todos los estantes decorados con conchas, plumas de pájaros, algas secas, piedrecitas, cáscaras de huevos y el esqueleto de algo que podría ser un murciélago. Son sólo cosas que estaban en el suelo, que cualquier otra persona pasaría por alto o pisaría, pero ella vio que eran bonitas y se las llevó a casa. Me pregunto si las usa de bodegón. Me pregunto si sus cuadernos de dibujo están aquí por alguna parte. Tengo que merodear un poco. Primero el trabajo, pero la expectativa es como Nochebuena los siete días de la semana.

Elizabeth también se trajo uno de los cuadros de sir Ambrose. Es un retrato de ella, imagino que pintado cuando tenía unos ocho años. Está sentada en un columpio, a punto de ponerse en movimiento, pero teniendo que quedarse quieta para que la pinte sir Ambrose. Por la expresión de la cara se puede ver que a ella no le gusta. Las miradas deben de ser hereditarias, porque es idéntica a las de Kit.

La casita está muy adentro de la puerta de entrada (en serio, hay tres verjas de barrotes). El prado que rodea la casita está lleno de flores silvestres hasta que llegas al borde del acantilado donde crece la hierba desigual.

La Casa Grande (a falta de un nombre mejor) es la que vino a cerrar Elizabeth para Ambrose. Está justo arriba del camino de la casita y es una casa preciosa. Tiene dos pisos, forma de L y está hecha de una bonita piedra de color gris azulado. El tejado es de pizarra con ventanas en las buhardillas y hay una terraza que va desde la parte interior de la L hasta el borde. En la punta hay una torrecilla con una ventana que mira al mar. La mayoría de los árboles los tuvieron que talar para hacer leña, pero el señor Dilwyn tiene a Eben y a Eli plantando nuevos (castaños y robles). También va a poner melocotoneros cerca de los muros del jardín, tan pronto como los reconstruyan.

La casa está maravillosamente proporcionada, tiene amplios ventanales abiertos directamente a la terraza de piedra. El césped crece verde y exuberante otra vez, cubriendo las marcas que dejaron las ruedas de los coches y los camiones alemanes.

Durante los últimos cinco días he visitado los diez distritos de la isla, acompañada por Eben, Eli, Dawsey o Isola. Guernsey es precioso en todas sus variantes: campos, bosques, setos, depresiones, casas solariegas, dólmenes, acantilados y precipicios, rincones encantados, graneros y casitas normandas de piedra. Me han contado relatos sobre su historia (muy anárquica) con cada nuevo lugar y edificio.

Los piratas de Guernsey tenían un gusto excelente; construían bonitas casas y construcciones públicas impresionantes. Por desgracia están en mal estado y necesitan una reparación, pero arquitectónicamente tienen una gran belleza. Dawsey me llevó a una pequeña iglesia; cada centímetro de ella está decorado con mosaicos hechos con pequeños trozos de porcelana. Todo esto lo hizo un sacerdote solo (debía hacer las llamadas pastorales con un mazo en mano).

Mis guías son tan variados como las vistas. Isola me habla de los malditos piratas con huesos blanqueados colgados del pecho que se lavaban en las playas y lo que el señor Cheminie esconde en el granero (él dice que es un ternero, pero sabemos que es otra cosa). Eben me describe cómo solían ser las cosas, qué apariencia tenían antes de la guerra, y Eli desaparece de pronto y vuelve con un zumo de melocotón y una sonrisa angelical. Dawsey es el que habla menos, pero me lleva a ver cosas maravillosas, como aquella pequeñísima iglesia. Luego se aleja y me deja disfrutar todo el tiempo que quiera. Es la persona más tranquila que he conocido nunca. Ayer, mientras caminábamos por el camino, me di cuenta de que pasábamos muy cerca de los acantilados y que había un sendero que bajaba a la playa. «¿Aquí es donde conociste a Christian Hellman?», pregunté. Dawsey pareció sobresaltado y dijo que sí, que este era el lugar. «¿Qué aspecto tenía?», pregunté, porque quería imaginarme la escena. Esperaba que fuera una petición inútil, ya que los hombres no saben describirse unos a otros, pero Dawsey supo hacerlo. «Se parecía a los alemanes, ya sabes, alto, rubio, con ojos azules, la diferencia es que él era capaz de sentir dolor.»

Con Amelia y Kit he ido a la ciudad varias veces a tomar el té. Cee Cee tenía razón respecto a su éxtasis al llegar navegando a St. Peter Port. El puerto recorre toda la ciudad y ésta sube vertiginosamente hacia el cielo, debe de ser uno de los más bellos del mundo. Los escaparates de High Street y el Pollet están tan limpios que brillan, y los están empezando a llenar con nuevos artículos. Ahora mismo, St. Peter Port parece monótono, ya que hay muchos edificios que se han de restaurar, pero al menos no hay la contaminación de Londres. Debe de ser por la luz que flota sobre todas las cosas, la brisa y las flores que crecen por todas partes, en los campos, arcenes, ranuras y entre los adoquines.

Tendríamos que tener la altura de Kit para ver adecuadamente todo ese mundo. Es muy buena señalando cosas que, si no, me perdería: mariposas, arañas, florecillas que crecen a ras del suelo... son difíciles de ver cuando estás de cara a una resplandeciente pared de fucsias y buganvilla. Ayer encontré a Kit y Dawsey agachados en la maleza de al lado de la entrada, silenciosos como ladrones. No estaban robando, sino observando cómo un mirlo intentaba sacar un gusano de la tierra. El gusano se resistía y los tres nos quedamos allí sentamos, en silencio, hasta que finalmente el mirlo se lo tragó. Nunca antes había visto el proceso entero. Es repugnante.

A veces, cuando vamos a la ciudad, Kit lleva una pequeña caja de cartón, atada fuertemente con cuerda y un asa de hilo rojo. Incluso cuando comemos, la tiene en la falda y la protege mucho. No hay agujeros en la caja que hagan de respiradero, así que no debe de ser un hurón. Ay no, quizás es un hurón muerto. Me encantaría saber qué hay dentro, pero, por supuesto, no se lo puedo preguntar.

Me gusta mucho esto, y ahora ya estoy bien instalada para empezar a trabajar. Lo haré, en cuanto vuelva esta tarde de pescar con Eben y Eli.

Un abrazo para ti y Piers,

JULIET

De Juliet a Sidney

30 de mayo de 1946

Querido Sidney:

¿Recuerdas cuando me hiciste sentarme para presenciar quince sesiones de la Escuela de Sidney Stark de la Perfecta Mnemotécnica? Dijiste que los escritores que se sentaban a tomar notas durante una entrevista eran unos groseros, holgazanes e incompetentes, y que tú ibas a asegurarte de que yo no iba a ser así. Eras insoportablemente arrogante y te detestaba, pero aprendí bien tus lecciones y ahora puedes ver los frutos de tu duro trabajo:

Ayer por la noche fui a mi primera reunión de la Sociedad Literaria y el Pastel de Piel de Patata de Guernsey. Se celebró en la sala de estar de Clovis y Nancy Fossey (y también en la cocina). El portavoz de la velada era un nuevo miembro, Jonas Skeeter, que iba a hablar de las *Meditaciones* de Marco Aurelio.

El señor Skeeter se encaminó al frente de la habitación, nos fulminó a todos con la mirada y anunció que él no quería estar allí y que sólo había leído el estúpido libro de Marco Aurelio porque su queridísimo viejo amigo, Woodrow Cutter, se había metido con él porque no iba a las reuniones. Todo el mundo se volvió a mirar a Woodrow, y Woodrow, allí sentado, se quedó obviamente horrorizado y con la boca abierta.

«Woodrow —continuó Jonas Skeeter— vino a verme al campo cuando yo estaba ocupado amontonando el abono. Tenía un pequeño libro en las manos, y dijo que lo acababa de leer. Dijo que le gustaría que yo también lo leyera, era muy "profundo".

»"Woodrow, yo no tengo tiempo de ser 'profundo'", le dije.

»Él dijo: "Deberías buscar tiempo para leerlo, Jonas. Si lo leyeras, tendríamos más cosas sobre las que hablar en el Crazy Ida's. Nos divertiríamos más que con una pinta de cerveza".

»Eso hirió mis sentimientos, no puedo pretender que no fue así. Mi amigo de la infancia se comportó con aires de superioridad durante algún tiempo, sólo porque leía libros para vosotros y yo no. Antes lo habría dejado estar, cada uno a lo suyo, como decía siempre mi madre. Pero ahora, ha ido demasiado lejos. Me ha insultado. Se colocó por encima de mí en la conversación.

»"Jonas —dijo—, Marco Aurelio fue un general romano, un guerrero poderoso. Este libro es sobre lo que pensaba, estando ahí entre los cuados. Eran bárbaros que se escondían en los bosques a esperar para matar a todos los romanos. Y Marco Aurelio, viéndose en apuros por culpa de esos cuados, se tomó tiempo para poner sus pensamientos por escrito en este pequeño libro. Tenía pensamientos largos, muy largos, y podríamos usar algunos de ellos, Jonas."

»Así que me tragué el dolor y cogí el maldito libro, pero he venido aquí esta noche para decir, antes que nada, ¡Vergüenza, Woodrow! ¡Debería darte vergüenza, poner un libro por encima de tu amigo de la niñez!

»Pero sí lo leí, y esto es lo que pienso: Marco Aurelio era un maniático, siempre midiéndose su bienestar mental, preguntándose qué había hecho, o qué no había hecho. ¿Tenía razón o estaba equivocado? ¿El resto del mundo estaba equivocado? ¿O sería él? No, eran todos los demás los que estaban equivocados, y él les explicó cómo son en realidad las cosas. Una gallina clueca, eso es lo que era, nunca tuvo ni el más mínimo pensamiento que no convirtiera en sermón. ¿Por qué? Apuesto a que el hombre ni podía mear...».

Alguien ahogó un grito: «¡Mear! Ha dicho "mear" delante de las damas!».

«¡Haced que se disculpe!», gritó alguien más.

«No tiene que disculparse. Se supone que puede decir lo que piensa, y eso es lo que piensa. ¡Nos guste o no!»

«Woodrow, ¿cómo pudiste herir tanto a tu amigo?»

«¡Qué vergüenza, Woodrow!»

La habitación se quedó en silencio cuando Woodrow se levantó. Los dos hombres se encontraron a medio camino. Jonas abrazó a Woodrow y Woodrow abrazó a Jonas, y los dos se fueron, cogidos del brazo, para el Crazy Ida's. Espero que eso sea un pub y no una mujer.

Un abrazo,

JULIET

P.D. Dawsey fue el único miembro del grupo que pareció encontrar divertida la sesión de anoche. Es demasiado educado para reírse en voz alta, pero vi cómo le temblaban los hombros. Deduje por los otros que había sido una velada satisfactoria, pero, ni mucho menos, extraordinaria.

Otro abrazo,

JULIET

De Juliet a Sidney

31 de mayo de 1946

Querido Sidney:
Por favor, lee la carta adjunta, la encontré debajo de la puerta esta mañana.

> Estimada señorita Ashton:
> La señorita Pribby me dijo que quería saber cosas sobre nuestra reciente Ocupación por parte del ejército alemán, así que aquí tiene mi carta.
>
> Soy un hombre pequeño, y aunque mi madre diga que nunca destaqué en nada, no es cierto. Sólo que no se lo dije. Soy un campeón silbando. He ganado concursos y premios. Durante la Ocupación, usé este talento para acobardar al enemigo.
>
> Después de que mi madre se quedara dormida, salía a escondidas de la casa. Hacía el camino en silencio hasta el burdel de los alemanes (si me permite la palabra) en Saumarez Street. Me escondía en la sombra hasta que salía un soldado. Realmente no sé si las señoritas estaban al corriente, pero los hombres no estaban en su mejor forma física después de tales ocasiones. El soldado empezaba a caminar de vuelta a su cuartel, a menudo, silbando. Yo empezaba a caminar despacio, silbando la misma melodía (pero mucho mejor). Él paraba de silbar, pero yo no. Se detenía un momento, pensando que lo que creía que era un eco era en realidad otra persona en la oscuridad, que le seguía. ¿Pero quién? Miraba atrás, yo me escabullía en algún portal. No veía a nadie, volvía a seguir su camino, pero sin silbar. Yo empezaba a caminar otra vez y volvía a silbar. Él se paraba, yo me paraba. Él apresuraba el paso, pero yo, todavía silbando, le seguía con pasos fuertes. El soldado salía corriendo hacia el cuartel, y yo volvía al burdel a esperar a otro alemán a quien acosar. Creo, de verdad, que

logré que muchos soldados no estuvieran en condiciones de llevar a cabo sus obligaciones al día siguiente. ¿Ve?

Ahora, si me perdona, le hablaré más sobre burdeles. Yo no creo que aquellas jovencitas estuvieran allí porque de verdad quisieran. Las trajeron de las zonas ocupadas de Europa, igual que los trabajadores esclavos Todt. No pudo haber sido un trabajo agradable. Hay que decir a favor de los soldados que pidieron a las autoridades alemanas que les dieran un complemento extra de comida, igual que se hacía con los trabajadores fuertes de la isla. Además, vi a algunas de estas mismas señoritas compartir su comida con los trabajadores Todt, a quienes a veces dejaban salir de noche en busca de comida.

La hermana de mi madre vive en Jersey. Ahora que la guerra ha terminado, puede venir a visitarnos, es una lástima. Siendo la clase de mujer que es, contó una historia desagradable.

Después del desembarco de Normandía, los alemanes decidieron enviar a las chicas de sus burdeles de vuelta a Francia, así que las metieron a todas en un barco rumbo a St. Malo. Esas aguas son muy caprichosas, revueltas y peligrosas. Su barco se estrelló contra las rocas y se hundió. Todos murieron. Se podía ver a todas esas pobres mujeres ahogadas de cabello rubio (color desteñido de frescas, las llamó mi tía), esparcidas por el agua, arrastradas contra las rocas. «Se lo merecían, por putas», dijo mi tía, y ella y mi madre se pusieron a reír.

¡No se podía aguantar! Salté de la silla y les tiré la mesita del té, deliberadamente. Las llamé viejas chochas.

Mi tía dice que nunca más va a poner un pie en nuestra casa, y mi madre no me habla desde ese día. A mi modo de ver, así estamos más tranquilos.

Suyo sinceramente,

HENRY A. TOUSSANT

De Juliet a Sidney

6 de junio de 1946

Señor Sidney Stark
Stephens & Stark Ltd.
21 St. James's Place
Londres SW1

Querido Sidney:
¡No podía creer que fueras tú quien llamó desde Londres ayer por la noche! Qué acertado de tu parte no decirme que estabas volando a Inglaterra; sabes cuánto me aterran los aviones, aunque no estén tirando bombas. Es maravilloso saber que ya no estás a cinco océanos de distancia, sino sólo al otro lado del Canal de la Mancha. ¿Vendrás a vernos tan pronto?

Isola es el mejor pretexto. Me ha traído a siete personas para que me cuenten sus historias durante la Ocupación, y he recogido montones de notas de las entrevistas. Pero, por ahora, sólo son anotaciones. Todavía no sé si se puede hacer un libro o, si se puede, cómo debería ser.

Kit ha cogido la costumbre de pasar algunas mañanas aquí. Trae piedras o conchas y se sienta tranquila (razonablemente tranquila), en el suelo y juega mientras yo trabajo. Cuando acabo, nos vamos a comer a la playa. Si hay mucha niebla, jugamos en casa; al Salón de Belleza, peinándonos una a la otra, o jugamos a la Novia Muerta.

La Novia Muerta no es un juego complicado como el de Serpientes y Escaleras, es bastante sencillo. La novia se oculta con una cortina de encaje y se mete en el cesto de la ropa, donde se tumba como si estuviera muerta mientras el angustiado novio va en su busca. Cuando finalmente la encuentra sepultada en el cesto de la ropa, rompe a llorar. Entonces, y sólo entonces, la novia salta gritando: «¡Sorpresa!», y lo estrecha con fuerza. Luego es todo alegría, sonrisas y besos. Personalmente, a ese matrimonio no le veo ninguna posibilidad.

Sabía que todos los niños son terroríficos, pero no sé si se debe animarles a que lo sean. Me da miedo escribir a Sophie para preguntarle si la Novia Muerta es un juego demasiado morboso para una niña de cuatro años. Si me dice que sí, tendremos que dejar de jugar y no me apetece. Me encanta la Novia Muerta.

Te surgen demasiadas preguntas cuando pasas unos días con un niño. Por ejemplo, si a uno le gusta mucho poner los ojos bizcos, ¿se te pueden quedar así para siempre, o es un rumor? Mi madre decía que sí y la creía, pero Kit está hecha de una pasta más fuerte y lo duda.

Me cuesta recordar las ideas de mis padres sobre criar niños, pero, desde que esta niña creció, he dejado de tener buen juicio. Sé que me pegaron por escupir los guisantes encima de la mesa en casa de la señora Morris, pero eso es todo lo que recuerdo. Quizá se lo merecía. Kit no parece resentirse por haberse criado con los miembros de la Sociedad. Desde luego no la ha vuelto miedosa ni retraída. Ayer le pregunté a Amelia sobre esto. Sonrió y dijo que no había posibilidad de que una hija de Elizabeth fuera miedosa ni retraída. Entonces me contó una bonita historia sobre Elizabeth y su hijo Ian cuando eran niños. A él lo iban a mandar a una escuela en Inglaterra y no estaba muy contento, así que decidió escaparse de casa. Lo consultó con Jane y Elizabeth, y Elizabeth lo convenció para que le comprara su barca para escaparse. El problema era que ella no tenía barca, pero eso no se lo dijo. En lugar de eso, construyó una ella misma, en tres días. La tarde señalada la transportaron a la playa, e Ian partió, mientras Elizabeth y Jane le decían adiós con los pañuelos desde la orilla. Cuando se había alejado unos ochocientos metros, la barca se empezó a hundir rápidamente. Jane quería salir corriendo a buscar a su padre, pero Elizabeth dijo que no había tiempo y ya que todo era culpa suya, tendría que salvarle ella. Se quitó los zapatos, se zambulló en las olas y nadó hacia Ian. Juntos, trajeron los restos hasta la costa, y ella se llevó al chico a casa de sir Ambrose para que se secara. Le devolvió el dinero, y mientras estaban sentados delante del fuego, se volvió hacia él y le dijo tristemente: «Ahora tendremos que robar una barca, y ya está». Ian le dijo a su madre que, después de todo, sería mucho más fácil ir a la escuela.

Sé que te costará una cantidad de tiempo ingente ponerte al día con el trabajo. Si realmente tienes un momento, ¿podrías buscarme un álbum de muñecas recortables? Uno lleno de glamurosos vestidos de fiesta, por favor.

Sé que Kit me está cogiendo cariño, me da palmaditas en la rodilla cuando pasa por delante.

Un abrazo,

JULIET

De Juliet a Sidney

10 de junio de 1946

Querido Sidney:
Acabo de recibir un paquete tuyo maravilloso que me ha enviado tu nueva secretaria. ¿Se llama Billee Bee Jones de

verdad? No importa, de todas maneras es un genio. Le encontró a Kit dos álbumes de muñecas recortables, y no unos cualquiera. Encontró el álbum de Greta Garbo y el de *Lo que el viento se llevó*, llenos de vestidos preciosos, abrigos de piel, sombreros, boas... son maravillosos. Billee Bee también nos ha enviado unas tijeras de punta redonda, un detalle que nunca se me habría ocurrido. Kit las está usando ahora.

Esto no es una carta, sino una nota de agradecimiento. También le estoy escribiendo una a Billee Bee. ¿Cómo encontraste una persona tan eficiente? Espero que sea regordeta y maternal, porque así es como me la imagino. Me adjuntó una nota diciendo que los ojos no se quedan bizcos para siempre, que es un cuento de viejas. Kit está contentísima y tiene pensado ponerse bizca hasta la hora de la cena.

Te mando un beso.

JULIET

P.D. Me gustaría señalar que, contrariamente a ciertas insinuaciones de tu última carta, el señor Dawsey Adams no aparece mencionado en esta. No he visto al señor Dawsey Adams desde el martes por la tarde, cuando vino a recoger a Kit. Nos encontró engalanadas con nuestras joyas más refinadas y caminando con paso firme por la habitación, al ritmo conmovedor de la marcha «Pompa y circunstancia» en el fonógrafo. Kit le hizo una capa con un paño de cocina y marchó firme con nosotras. Creo que tiene algún antepasado aristócrata; sabe poner una mirada benevolente a media distancia, igual que un duque.

Carta recibida en Guernsey el 12 de junio de 1946

Para: «Eben» o «Isola» o cualquier otro miembro de un círculo literario de Guernsey, Islas del Canal, Gran Bretaña

Entregada a Eben, 14 de junio de 1946

Estimada Sociedad Literaria de Guernsey:
Les saludo como a aquellos allegados de mi amiga, Elizabeth McKenna. Les escribo para contarles que murió en el campo de concentración de Ravensbrück. La ejecutaron allí en marzo de 1945.

En aquellos días, antes de que el ejército ruso llegara y liberara el campo, los soldados de las SS llevaron camiones cargados con montones de documentos al crematorio para quemarlos en los hornos. Así que me temo que nunca supieron nada del encarcelamiento de Elizabeth y de su muerte.

Elizabeth me hablaba a menudo de Amelia, Isola, Dawsey, Eben y Booker. No recuerdo los apellidos, pero creo que los nombres de Eben e Isola no son unos nombres muy corrientes, y espero que puedan encontrarlos fácilmente en Guernsey.

También sé que les apreciaba como si fueran su familia, y que se sentía agradecida y tranquila, al saber que su hija Kit estaba a su cuidado. Por eso les escribo, para que ustedes y la niña sepan de ella y de la fortaleza que nos demostró en el campo. No sólo fortaleza, sino también una especialidad que tenía en hacernos olvidar dónde estábamos por un momento. Elizabeth era mi amiga, y en ese lugar, la amistad era lo único que nos ayudaba a seguir siendo humanos.

Ahora resido en el hospicio La Forêt en Louviers, Normandía. Todavía no hablo bien el inglés, así que la hermana Touvier me está corrigiendo las frases mientras las escribo.

Ahora tengo veinticuatro años de edad. En 1944, la Gestapo me cogió en Plouha, en Bretaña, con un paquete de cupones de racionamiento falsificados. Me interrogaron, bueno, sólo me golpearon y me mandaron al campo de concentración de Ravensbrück. Me pusieron en el pabellón número once, y fue allí donde conocí a Elizabeth.

Les contaré cómo nos conocimos. Una tarde vino y dijo mi nombre, Remy. Me alegró oír pronunciar mi nombre. Dijo: «Ven conmigo. Tengo una agradable sorpresa que enseñarte». No entendí lo que quería decir, pero corrí con ella a la parte de atrás de los barracones. Había una ventana rota tapada con papeles, y los quitó. Trepamos y salimos corriendo hacia el Lagerstrasse.

Allí vi lo que quería decir por agradable sorpresa. El cielo que se veía por encima de los muros parecía estar en llamas, con unas nubes bajas de color rojo y púrpura, encendidas por un color dorado oscuro. Cambiaban de forma y de tonalidad, mientras corrían juntas a través del cielo. Nos quedamos allí de pie, cogidas de la mano, hasta que oscureció.

No creo que nadie que no estuviera allí pueda entender lo mucho que significó para mí pasar juntas un momento tan tranquilo como aquel.

En nuestra casa, el pabellón número once, éramos casi unas cuatrocientas mujeres. Delante de cada barracón había un camino de ceniza, donde pasaban lista dos veces al día, a las cinco y media de la mañana, y por la tarde, después del trabajo. Las mujeres de cada barracón formaban grupos de cien mujeres cada uno (diez mujeres en diez filas). Los grupos se extendían tan lejos a nuestra izquierda y derecha que a menudo no veíamos dónde acababan en la niebla.

Nuestras camas eran baldas de madera, construidas en plataformas de tres. Teníamos paja para dormir encima, de olor desagradable y con pulgas y piojos. Por la noche, ratas grandes corrían a nuestros pies. Eso era bueno, porque las capataces odiaban las ratas y el hedor, así que durante la noche no nos molestaban.

Entonces, Elizabeth me hablaba de vuestra isla de Guernsey y de vuestro círculo literario. Aquello me parecía el cielo. En las literas, respirábamos aire cargado de enfermedades y suciedad, pero cuando Elizabeth hablaba, podía imaginar el aire fresco del mar y el olor de la fruta bajo el sol. Aunque no debe de ser verdad, yo no recuerdo ni un día soleado en Ravensbrück. También me encantaba oír cómo se creó vuestro círculo literario. Casi me río cuando contó lo del cerdo asado, pero no lo hice. Las risas significaban problemas en los barracones.

Había varias fuentes de agua fría instaladas para que nos laváramos. Una vez por semana nos llevaban a las duchas y nos daban una pastilla de jabón. Eso era muy importante para nosotras, porque lo que mas temíamos era estar sucias e infectarnos. Teníamos que intentar no ponernos enfermas, porque, si lo hacíamos, no podríamos trabajar. Ya no seríamos útiles a los alemanes y nos matarían.

Elizabeth y yo caminábamos con nuestro grupo todas las mañanas a las seis, para llegar a la fábrica de Siemens, donde trabajábamos. Estaba fuera de los muros de la prisión. Una vez allí, empujábamos carretillas a la vía muerta del ferrocarril y descargábamos pesadas láminas de metal sobre las carretas. Al mediodía nos daban pasta de trigo y guisantes, y volvíamos al campo para cuando pasaran lista a las seis de la tarde. Cenábamos sopa de nabo.

Nuestras funciones cambiaban según las necesidades, y

un día nos ordenaron cavar una zanja para almacenar patatas para el invierno. Nuestra amiga Alina robó una patata pero se le cayó al suelo. Todas dejamos de cavar hasta que descubrieran a la ladrona.

Alina tenía las córneas ulceradas, y era necesario que las capataces no se dieran cuenta de aquello, porque podrían pensar que se estaba quedando ciega. Rápidamente Elizabeth dijo que había sido ella la que había robado la patata y la mandaron al búnker de castigo durante una semana.

Las celdas del búnker eran muy pequeñas. Un día, mientras Elizabeth estaba allí, una vigilante abrió las puertas de todas las celdas y las roció con una manguera a mucha presión. La fuerza del agua tiró a Elizabeth al suelo, pero tuvo suerte de que no se le mojara la manta que tenía doblada. Así pudo levantarse y tumbarse tapada hasta que dejó de temblar. Pero una joven embarazada que estaba en la celda de al lado no tuvo tanta suerte o la fuerza para levantarse. Murió aquella misma noche, de frío, sobre el suelo.

Quizás estoy contando muchas cosas que no querrían oír. Pero debo hacerlo, para que sepan cómo vivía Elizabeth, y cómo se aferraba con fuerza a su amabilidad y coraje. También me gustaría que su hija supiera esto.

Ahora debo contarles cómo murió. A menudo, después de pasar meses en el campo, las mujeres dejaban de tener la menstruación. Pero algunas no. Los médicos del campo no habían hecho previsiones sobre la higiene de las prisioneras durante este tiempo, no había ni trapos, ni compresas, ni jabón. Las mujeres que menstruaban tenían que dejar caer la sangre por sus piernas.

A las supervisoras les gustaba eso, aquella sangre antiestética les daba una excusa para gritar y golpear. Una tarde, la encargada de pasar lista, una mujer llamada Binta, empezó a tomarla furiosamente con una chica que sangraba. Estaba colérica contra ella y la amenazaba con la vara levantada. Entonces empezó a pegarle.

Elizabeth rompió la fila rápido, muy rápido. Le quitó a Binta la vara de la mano y la giró contra ella, golpeándola una y otra vez. Las vigilantes vinieron corriendo y dos de ellas la tiraron al suelo y la golpearon con los rifles. La tiraron dentro de un furgón y se la volvieron a llevar al búnker de castigo.

Una de las vigilantes me contó que al día siguiente las soldados formaron guardia alrededor de Elizabeth y la sacaron de la celda. Fuera de los muros del campo, había una arboleda de álamos. Las ramas de los árboles formaban un corredor y Elizabeth caminó hacia allí por sí misma, sin ayuda. Se arrodilló en el suelo y le pegaron un tiro detrás de la cabeza.

Ya termino. A menudo, sentí a mi amiga a mi lado, cuando estuve enferma después de salir del campo. Tuve fiebres y me imaginaba que Elizabeth y yo navegábamos hacia Guernsey en un barco pequeño. Lo habíamos planeado en Ravensbrück, cómo viviríamos juntas en su casita con su hija Kit. Eso me ayudaba a dormir.

Espero que sientan a Elizabeth a su lado como lo hago yo. Su fortaleza nunca la abandonó, ni nunca perdió la cabeza, sólo vio demasiada crueldad.

Acepten por favor mis más sinceros deseos,

REMY GIRAUD

Nota de la hermana Cecile Touvier, adjunta en el sobre con la carta de Remy

Les escribe la hermana Cecile Touvier, enfermera. He mandado a Remy a descansar. No apruebo esta carta tan larga. Pero insistió en escribirla.

No les habrá contado lo enferma que ha estado, pero yo sí lo haré. Los días antes de que llegaran los rusos a Ravensbrück, aquellos asquerosos nazis ordenaron que todas las que pudieran andar se fueran. Abrieron las puertas y las soltaron en un campo devastado. «Iros —ordenaron—. Iros y buscad cualquier tropa aliada.»

Abandonaron a aquellas mujeres exhaustas y hambrientas a caminar kilómetros y kilómetros sin agua ni comida. No había absolutamente nada por donde pasaban. ¿Hay alguna duda de que aquella caminata fue una marcha hacia la muerte? Cientos de mujeres murieron por el camino.

Después de varios días, Remy tenía las piernas y el cuerpo tan hinchados por el hambre y la retención de líquido que no pudo seguir andando. Así que se tumbó en el camino para morir. Por suerte, una compañía de soldados estadounidenses la encontró. Intentaron darle algo de comer, pero su cuerpo no lo admitía. La llevaron a un hospital de campaña, donde le dieron una cama y la drenaron para sacarle agua del cuerpo. Después de muchos meses en el hospital, se recuperó lo bastante para que la enviaran a este hospicio en Louviers. Cuando llegó aquí, pesaba menos de treinta kilos. Si no, os habría escrito antes.

Creo que recuperará pronto las fuerzas, ahora que ya ha escrito esta carta y puede dejar descansar a su amiga. Ustedes pueden, por supuesto, escribirle, pero por favor, no le hagan preguntas sobre Ravensbrück. Será mejor para ella que lo olvide.

Suya sinceramente,

HERMANA CECILE TOUVIER

De Amelia a Remy Giraud

16 de junio de 1946

Mademoiselle Remy Giraud
Hospicio La Forêt
Louviers
Francia

Estimada Mademoiselle Giraud:
Qué buena ha sido escribiéndonos. Qué buena y qué amable. No debe de haber sido fácil traer a la memoria tan terribles recuerdos para poder contarnos la muerte de Elizabeth. Hemos estado rezando para que volviera con nosotros, pero es mejor saber la verdad que vivir con la incertidumbre. Estamos muy agradecidos de su amistad con Elizabeth y de pensar en el consuelo que se procuraron la una a la otra.

¿Podemos Dawsey Adams y yo ir a visitarla a Louviers? Nos gustaría mucho hacerlo, pero sólo si no es mucha molestia para usted. Queremos conocerla y tenemos una idea que proponerle. Pero, repito, si prefiere que no vayamos, no lo haremos.

Nuestra bendición por su amabilidad y coraje.

Suya,

AMELIA MAUGERY

De Juliet a Sidney

16 de junio de 1946

Querido Sidney:
Fue muy reconfortante oírte decir «Maldita sea, oh Dios, maldita sea». Es lo único que se puede decir, ¿verdad? La muerte de Elizabeth es una abominación, no se puede decir de otra forma.

Es extraño, supongo, llorar la muerte de alguien que nunca has conocido. Pero lo he hecho. He sentido la presencia de Elizabeth desde el primer momento. Persiste en cada habitación en la que entro, no sólo en la casita, también en la biblioteca de Amelia, que ella llenó de libros, y en la cocina de Isola, donde preparaban las pociones. Todo el mundo habla de ella siempre, incluso ahora, en el presente, y yo estaba convencida de que volvería. Tenía muchas ganas de conocerla.

Pero es peor para todos los demás. Cuando ayer vi a Eben, parecía más envejecido. Me alegro de que Eli esté a su lado. Isola ha desaparecido. Amelia dice que no nos preocupemos, que lo hace cuando está muy angustiada.

Dawsey y Amelia han decidido ir a Louviers para intentar convencer a mademoiselle Giraud de que venga a Guernsey. Había una parte estremecedora en su carta. Elizabeth solía ayudarla a dormir en el campo, planeando su futuro juntas en Guernsey. Dijo que, al escucharla, le parecía el cielo. La pobre se merece un trozo de cielo, ya ha pasado por el infierno.

Mientras ellos no estén, voy a cuidar yo de Kit. Estoy muy triste por ella. Nunca conocerá a su madre, excepto por lo que oiga decir a los demás. También me pregunto cómo será su futuro, ya que ahora es oficialmente huérfana. El señor Dilwyn me dijo que había tiempo de sobra para tomar una decisión. «Por el momento, dejemos las cosas tal como están.» Él no se parece a los otros banqueros ni a los miembros de la administración de los que he oído hablar, qué bueno es.

Con todo mi cariño,

JULIET

De Juliet a Mark

17 de junio de 1946

Querido Mark:

Lamento que nuestra conversación acabara tan mal ayer. Es muy difícil transmitir matices de lo que se quiere decir gritando por teléfono. Es cierto: no quiero que vengas este fin de semana. Pero no tiene nada que ver contigo. Mis amigos acaban de sufrir un golpe terrible. Elisabeth era el centro del círculo, y la noticia de su muerte nos ha conmocionado a todos. Qué raro, cuando te imagino leyendo esa frase, te veo preguntándote por qué, si la muerte de esa mujer no tiene nada que ver conmigo o contigo, o con tus planes para el fin de semana. Pues sí tiene que ver. Siento como si hubiera perdido a alguien muy cercano. Estoy de duelo.

¿Lo entiendes ahora un poco mejor?

Tuya,

JULIET

De Dawsey a Juliet

21 de junio de 1946

Señorita Juliet Ashton
Grand Manoir, Cottage
La Bouvée
St. Martin's, Guernsey

Querida Juliet:
Estamos aquí, en Louviers, aunque todavía no hemos podido ver a Remy. Amelia se ha cansado mucho en el viaje y quiere descansar una noche antes de ir al hospicio.

El viaje a través de Normandía fue espantoso. Montones de muros de piedra acribillados y metales retorcidos en medio de las calles en las ciudades. Hay grandes huecos entre los edificios, y los que quedan en pie, parecen dientes negros y rotos. Todas las fachadas de las casas están derruidas y se puede ver el interior, desde el papel floreado de las paredes y las camas que de alguna manera todavía se aguantan de pie, hasta los suelos. Ahora soy consciente de que en realidad Guernsey tuvo suerte durante la guerra.

Todavía hay mucha gente por las calles, retirando ladrillos y piedras en carretillas y furgonetas. Han puesto pesadas telas metálicas sobre los escombros en las calles, para que los tractores puedan circular. Fuera de las ciudades, los campos están destruidos, hay grandes cráteres y tierra levantada.

Da pena ver los árboles. No hay álamos grandes, ni olmos, ni castaños. Lo que queda es lamentable, está todo carbonizado y negro, sólo son ramas raquíticas, que no hacen ninguna sombra.

El señor Piaget, el dueño del hostal de aquí, nos dijo que

los ingenieros alemanes ordenaron a cientos de soldados talar los árboles, bosques enteros, grandes y pequeños. Luego arrancaron las ramas, embadurnaron los troncos con una sustancia cáustica y los clavaron derechos en hoyos que habían cavado en los campos. Los llamaron «Espárragos de Rommel» y tenían como función evitar que los pilotos aliados pudieran aterrizar y que los soldados se lanzaran en paracaídas.

Amelia se ha ido a la cama después de terminar de cenar, así que yo he ido a caminar por Louviers. Algunas zonas de la ciudad son bonitas, aunque la mayor parte fue bombardeada y los alemanes le prendieron fuego cuando se retiraron. No veo cómo podrá volver a ser una ciudad viva de nuevo.

He vuelto y me he sentado en la terraza hasta que se ha hecho completamente de noche, pensando en mañana.

Dale a Kit un abrazo de mi parte.

Siempre tuyo,

DAWSEY

De Amelia a Juliet

23 de junio de 1946

Querida Juliet:

Ayer conocimos a Remy. De algún modo, me sentía incapaz de verla. Pero no Dawsey, gracias a Dios. Con calma, trajo unas sillas plegables, nos sentamos bajo la sombra de un árbol y le preguntó a una enfermera si nos podía traer un té.

Quería gustarle a Remy, que se sintiera bien con nosotros.

Quería saber más cosas sobre Elizabeth, pero me daba miedo la debilidad de Remy y las advertencias de la hermana Touvier. Remy es pequeñita y está demasiado delgada. Tiene el pelo oscuro y rizado, lo lleva corto, y tiene unos ojos enormes y angustiados. Se puede ver que en otros tiempos fue guapa, pero ahora es como el cristal. Las manos le tiemblan mucho, y las sujeta con cuidado sobre la falda. Nos dio la bienvenida como pudo, pero fue muy reservada, hasta que preguntó por Kit, ¿se había ido con sir Ambrose a Londres?

Dawsey le contó lo de la muerte de sir Ambrose y cómo nosotros nos estábamos ocupando de Kit. Le enseñó la foto que lleva encima en la que salís tú y ella. Entonces sonrió y dijo: «Es la hija de Elizabeth. ¿Es fuerte?». Yo no podía hablar, pensando en nuestra Elizabeth, pero Dawsey dijo que sí, que era muy fuerte, y le contó la pasión que tiene Kit por los hurones. Eso la hizo sonreír.

Remy está sola en el mundo. Su padre murió antes de la guerra. En 1943, a su madre la mandaron a Drancy por esconder a enemigos del gobierno y murió más adelante en Auschwitz. Los dos hermanos de Remy están desaparecidos. Creyó ver a uno de ellos en una estación de tren alemana mientras iba camino a Ravensbrück, pero no se giró cuando ella lo llamó. Al otro no lo ha visto desde 1941. Cree que los dos también deben de haber muerto. Me alegré de que Dawsey tuviera el coraje de hacerle preguntas; Remy parecía aliviada al hablar de su familia.

Finalmente saqué el tema de que viniera una temporada conmigo a Guernsey. Se volvió otra vez reservada y dijo que muy pronto iba a irse del hospicio. El gobierno francés está ofreciendo pensiones a los supervivientes de los campos de concentración, por el tiempo perdido en los campos, por las heridas permanentes y como reconocimiento del sufrimiento. También dan una pequeña retribución a aquellos que quieran reanudar sus estudios.

Además de la retribución del gobierno, la Asociación Nacional de Antiguos Deportados de la Resistencia ayudará a Remy a pagar el alquiler de una habitación o de un piso compartido con otros supervivientes, así que ha decidido irse a París y buscar una panadería donde trabajar de aprendiza.

Se mantuvo firme en sus planes, así que dejé el tema, pero no creo que Dawsey esté dispuesto a hacerlo. Él cree que hacernos cargo de Remy es un deber moral que le debemos a Elizabeth. Quizá tenga razón, o puede que simplemente sea una manera de aliviar nuestra sensación de impotencia. En cualquier caso, ya ha decidido volver mañana y llevarse a Remy a dar un paseo por el canal y visitar una *pâtisserie* que vio en Louviers. A veces me pregunto qué ha pasado con nuestro tímido Dawsey.

Me encuentro bien, aunque a veces me siento cansada; quizás es por haber visto a mi querida Normandía tan devastada. Tengo ganas de volver a casa, cariño.

Un beso para ti y para Kit,

AMELIA

De Juliet a Sidney

28 de junio de 1946

Querido Sidney:

Qué regalo más inspirado le mandaste a Kit, unos zapatos de claqué de satén rojo cubiertos de lentejuelas. ¿Dónde diablos los encontraste? ¿Dónde están los míos?

Amelia se siente muy cansada desde que ha vuelto de Francia, así que es mejor que Kit se quede conmigo, sobre todo si al final Remy decide venir a casa de Amelia cuando salga del hospicio. A Kit parece que también le gusta la idea, menos mal. Kit ya sabe que su madre está muerta. Se lo dijo Dawsey. No estoy muy segura de cómo se siente. No ha dicho nada y yo no quiero presionarla. Intento no meterme demasiado, tratarla de manera especial. Después de que mi madre y mi padre murieran, la cocinera del reverendo Simpless me traía enormes trozos de pastel y luego se quedaba allí de pie, mirándome con cara triste, mientras yo intentaba tragar. La odié por pensar que aquel pastel podría de alguna manera compensarme la pérdida de mis padres. Claro que yo tenía doce años y Kit tan sólo tiene cuatro; seguramente a ella le gustaría un trozo extra de pastel, pero tú ya me entiendes.

Sidney, tengo un problema con el libro. Tengo muchos de los datos de los documentos de los Estados y un montón de entrevistas personales para empezar la historia de la Ocupación, pero no logro juntarlas en una estructura que me guste. De manera cronológica resulta demasiado aburrido. ¿Recojo las páginas y te las mando? Necesitan una mirada más crítica e impersonal que la mía. ¿Tienes tiempo de echarles un vistazo o todavía vas muy retrasado por el viaje a Australia?

Si es así, no te preocupes, sigo trabajando y quizás aún se me ocurra algo brillante.

Un beso,

JULIET

P.D. Gracias por el encantador recorte de Mark bailando con Ursula Fent. Si tu intención era provocarme un ataque de celos, has fallado. Sobre todo porque Mark ya había llamado para contarme que Ursula le sigue por ahí como una sabuesa babosa. ¿Te das cuenta?, los dos tenéis algo en común: queréis que me sienta fatal. ¿Por qué no fundáis un club?

De Sidney a Juliet

1 de julio de 1946

Querida Juliet:
No empaquetes tus papeles, quiero ir yo mismo a Guernsey. ¿Este fin de semana te va bien?

Quiero verte a ti, a Kit y a Guernsey, en ese orden. No tengo intención de sentarme a leer tus páginas mientras tú caminas arriba y abajo delante de mí. Me llevaré el original a Londres.

Puedo llegar el viernes en el avión de las cinco de la tarde y quedarme hasta la noche del lunes. ¿Puedes reservarme una habitación en un hotel? ¿Puedes también organizar una pequeña cena? Quiero conocer a Eben, Isola, Dawsey y Amelia. Yo llevaré el vino.

Un abrazo,

SIDNEY

De Juliet a Sidney

Miércoles

Querido Sidney:

¡Genial! Isola no quiere oír hablar de que te quedes en un hotel (ha dicho algo de chinches). Quiere que te quedes en su casa y necesita saber si te molestan los ruidos al amanecer. Es cuando Ariel, la cabra, se levanta. Zenobia, el loro, se despierta más tarde.

Dawsey y yo te iremos a buscar con la furgoneta al aeródromo. Qué ganas de que llegue el viernes.

Un abrazo,

JULIET

De Isola a Juliet (dejada bajo la puerta de Juliet)

Viernes, casi al amanecer

Cariño, no puedo detenerme, debo darme prisa en ir a la parada del mercado. Me alegro de que tu amigo se quede conmigo. Le he puesto ramitas de lavanda en las sábanas. ¿Quieres que le ponga en el café alguno de mis elixires? Hazme una señal con la cabeza en el mercado y sabré el que quieres.

Besos.

ISOLA

De Sidney a Sophie

6 de julio de 1946

Querida Sophie:
Por fin estoy en Guernsey con Juliet y estoy preparado para decirte tres o cuatro cosas de la docena que me pediste que averiguara.

La primera y más importante, Kit parece tenerle tanto cariño a Juliet como el que le tenemos tú y yo. Es una monada, alegre y afectuosa de un modo reservado (que no es tan contradictorio como parece), y se ríe con facilidad cuando está con uno de sus padres adoptivos de la Sociedad Literaria.

También es adorable, tiene unos mofletes redondetes, pelo rizado y ojos grandes. Te entran unas ganas locas de abrazarla, pero sería un desaire a su dignidad y no soy lo bastante valiente para intentarlo. Cuando ve a alguien que no le gusta, tiene una mirada que resecaría a Medea. Isola dice que se reserva para el cruel señor Smythe, que golpeó a su perro, y para la malvada señora Guilbert, que llamó a Juliet «metomentodo» y le dijo que debería volver a Londres, que es su lugar.

Te contaré una anécdota de Kit y Juliet juntas. Dawsey (hablaré de él más adelante) vino a recoger a Kit para ir a ver llegar la barca de pesca de Eben. Kit dijo adiós, salió volando, luego volvió a entrar rápidamente, corrió hacia Juliet, le levantó un poco la falda, le dio un beso en la rodilla y volvió a salir corriendo. Juliet se quedó atónita y luego, tan feliz como ni tú ni yo la hemos visto nunca.

Sé que piensas que Juliet parecía muy cansada, desinflada, cuando la viste el invierno pasado. No creo que puedas imaginarte lo terribles que pueden llegar a ser esas reuniones y entrevistas. Ahora está tan fuerte como un caballo y ha recuperado su antigua vitalidad. Tan llena, Sophie, que creo que no querrá volver a vivir en Londres nunca más, aunque ella todavía no lo sabe. El aire del mar, el sol, los campos verdes, las flores silvestres, el cielo y el océano siempre en constante cambio y, sobre todo, la gente parece haberla seducido para que deje su vida en la ciudad.

Veo que podrían conseguirlo fácilmente. Es un lugar muy cordial y acogedor. Isola es la clase de anfitriona que desearías encontrarte cuando vas al campo, pero que nunca encuentras. La primera mañana me despertó para que la ayudara a secar pétalos de rosa, hacer mantequilla, remover algo (Dios sabe qué) en una olla grande, darle de comer a Ariel e ir al puesto del pescado del mercado para comprarle una anguila. Todo eso, con Zenobia, el loro, en mi hombro.

Ahora, sobre Dawsey Adams. Le he inspeccionado, según las instrucciones. Me gusta lo que he visto. Es tranquilo, competente, digno de confianza (¡ay no, parece que esté hablando de un perro!) y tiene sentido del humor. Resumiendo, es totalmente distinto a cualquier novio que haya tenido Juliet, lo cual es elogiable. No dijo mucho la primera vez que nos vimos, ni las otras veces, ahora que lo pienso, pero en cuanto entra en una habitación, todo el mundo parece tener una sensación de alivio. Yo nunca he causado ese efecto en nadie en toda mi vida, aunque no sé por qué. Juliet parece un poco nerviosa cuando está cerca (el silencio de él es un poco desalentador) y ayer, cuando vino a recoger a Kit, armó un verdadero desastre con el té. Pero Juliet siempre ha roto tazas de té, ¿recuerdas la que armó con la porcelana de casa?, así que eso quizá no sea significativo.

En cuanto a él, la mira fijamente hasta que ella le mira, y entonces él aparta la mirada (espero que aprecies mis cualidades como observador).

Sí que puedo decirte algo sin lugar a dudas: le da mil vueltas a Mark Reynolds. Sé que piensas que soy poco razonable con Reynolds, pero tú no lo conoces. Es todo encanto y consigue siempre lo que quiere. Es uno de los pocos principios que tiene. Quiere tener a Juliet porque es guapa e «intelectual» al mismo tiempo, y cree que serían una pareja admirable. Si se casa con él, se pasará la vida yendo a teatros y a clubs, saliendo los fines de semana, sólo porque la querrá mostrar a la gente, y no volverá a escribir ningún libro. Como editor suyo, me siento consternado ante esta perspectiva, y como amigo, estoy horrorizado. Sería el fin de nuestra Juliet.

Es difícil decir si Juliet piensa en Reynolds, si es que lo hace. Le pregunté si lo echaba de menos y dijo: «¿A Mark? Supongo», como si se tratara de un familiar lejano y, además, no uno de sus preferidos. Yo estaría encantado de que lo olvidara por completo, pero no creo que él lo permita.

Volviendo a temas menores como la Ocupación y el libro de Juliet, esta tarde la acompañé a entrevistar a varios isleños. Las entrevistas fueron sobre el día de la liberación de Guernsey, el 8 de mayo del año pasado.

¡Vaya mañana debió de ser! Imagínate las multitudes alineadas en la bahía de St. Peter Port. Silencio, silencio absoluto, muchísima gente mirando los barcos de la Marina británica que estaban justo fuera del puerto. Después, cuando los soldados desembarcaron y entraron con paso firme en tierra, se armó la gorda. Abrazos, besos, lloros, gritos.

Muchos de los soldados que desembarcaron eran hombres de Guernsey. Hombres que no habían visto ni oído ni una palabra de sus familias desde hacía cinco años. Puedes imaginarte cómo deberían mirar al gentío en busca de miembros de la familia y la alegría que tuvieron al encontrarse.

El señor LeBrun, un cartero jubilado, nos contó la historia más insólita de todas. Algunos barcos británicos se despidieron de la flota en St. Peter Port y partieron hacia el puerto de St. Sampson, unos pocos kilómetros más al norte. La multitud se había reunido allí, esperando verlos pasar entre las barreras antitanques alemanas, y llegar a la playa. Cuando las puertas se abrieron, no salió una sección de soldados, sino un hombre solo, vestido como un auténtico Englishman con pantalones de rayas, chaqué, sombrero de copa, paraguas plegado y un ejemplar del *London Times* del día anterior en la mano. Se hizo un breve silencio antes de que se dieran cuenta de que se trataba de una broma y la multitud rugiera, abalanzándose hacia él. Le dieron palmadas en la espalda, le dieron besos, y cuatro hombres lo cargaron al hombro para pasearlo por la calle. Alguien gritó: «Noticias, noticias directamente de Londres», y ¡le quitó el *Times* de las manos! Fuera quien fuera aquél soldado, estuvo fenomenal y se merece una medalla.

Cuando salieron los demás soldados, llevaban bombones, naranjas, cigarrillos y bolsas de té para lanzar a la gente. El general de brigada Snow anunció que las comunicaciones con Inglaterra se estaban restableciendo y que pronto podrían hablar con los niños evacuados y familiares de Inglaterra. Los barcos también trajeron comida, toneladas de comida y ¡medicinas, queroseno, comida para los animales, ropa, telas, semillas y zapatos!

Debe de haber suficientes historias para escribir tres libros, es cuestión de hacer una selección. Pero no te preocupes si Juliet parece cansada de vez en cuando, es normal. Es una tarea enorme.

Ahora tengo que dejarte e ir a arreglarme para la cena que ha organizado Juliet. Isola se ha envuelto con tres chales y un elegante pañuelo de encaje, y yo quiero estar a su altura.

Besos a todos,

SIDNEY

De Juliet a Sophie

7 de julio de 1946

Querida Sophie:
Sólo cuatro líneas para decirte que Sidney está aquí y que ya podemos dejar de preocuparnos por él y su pierna. Está maravillosamente bien: bronceado, en forma y casi no cojea. De hecho, tiramos su bastón al mar (estoy segura de que ahora está a medio camino de Francia).

Ayer organizamos una pequeña fiesta para él. Cociné yo sola y se podía comer. Will Thisbee me dio el libro *Cocina para principiantes*. Era justo lo que necesitaba. El escritor presupone que no sabes nada de cocina y da consejos útiles: «cuando añada los huevos, rompa las cáscaras primero».

Sidney se lo está pasando muy bien en casa de Isola. Al parecer, ayer por la noche se quedaron hasta tarde hablando. Isola no es partidaria de las charlas cortas y cree que la mejor forma de romper el hielo es meterse de lleno en la conversación.

Le preguntó si estábamos prometidos. Y si no era así,

¿por qué? Era evidente para todos que nos adorábamos el uno al otro.

Sidney le dijo que efectivamente me adora, que siempre lo ha hecho y que siempre lo hará, pero que ambos sabemos que nunca nos podremos casar, pues él es homosexual.

Sidney me dijo que Isola no lanzó ninguna exclamación, ni se desmayó, ni siquiera parpadeó, sólo le miró y le preguntó: «¿Y Juliet lo sabe?»

Cuando le dijo que sí, que yo lo había sabido siempre, Isola se levantó, se inclinó, le dio un beso en la frente, y dijo: «Qué bien, igual que el querido Booker. No diré ni una palabra, puedes confiar en mí».

Luego se volvió a sentar y empezó a hablar sobre las obras de teatro de Oscar Wilde. ¿No eran buenísimas? Sophie, ¿no te habría gustado estar allí? A mí sí.

Ahora Sidney y yo vamos a ir a comprarle algún detalle a Isola. Yo digo que un cálido chal de colores vistosos le encantaría, pero él le quiere comprar un reloj de cuco. ¿Por qué?

Un beso,

JULIET

P. D. Mark no escribe, llama. Me llamó la semana pasada. La conexión era muy mala y nos obligó a estar todo el rato interrumpiéndonos y gritando «¿Qué?» cada dos por tres, pero pude entender lo fundamental de la conversación, que debería volver a Londres y casarme con él. Yo discrepé educadamente. Ahora me afecta mucho menos que hace un mes.

De Isola a Sidney

8 de julio de 1946

Querido Sidney:
Eres un invitado encantador. Me gustas. Y también a Zenobia, si no, no habría volado a tu hombro y no se habría quedado ahí tanto rato.

Estoy contenta de que te guste quedarte a hablar hasta tan tarde. A mí también me gusta. Ahora voy a ir a la casa solariega para buscar el libro que me dijiste. ¿Cómo es que ni Juliet ni Amelia me han hablado nunca de la señorita Jane Austen?

Espero que vuelvas a visitarnos a Guernsey. ¿Te gustó la sopa de Juliet? ¿No estaba buenísima? Pronto estará preparada para hacer masa y salsa con jugo de carne asada, en la cocina tienes que empezar poco a poco, si no, te sale todo mal.

Cuando te fuiste me sentí sola, así que ayer invité a Dawsey y a Amelia a tomar el té. Deberías haberme visto sin decir nada cuando Amelia dijo que pensaba que tú y Juliet os casaríais algún día. Incluso asentí con la cabeza y puse cara de saber algo que ellos no sabían, para despistar.

El reloj de cuco me gusta mucho. ¡Qué alegre es! Siempre corro a la cocina para verlo. Siento que Zenobia le picara la cabeza al pajarillo hasta que se la arrancó, es bastante celosa, pero Eli me dijo que podría tallarme otra cabeza y que quedaría como nuevo. El cuerpo del pájaro todavía sale a dar las horas.

Con cariño, tu anfitriona,

ISOLA PRIBBY

De Juliet a Sidney

9 de julio de 1946

Querido Sidney:

¡Lo sabía! Sabía que Guernsey te encantaría. Lo mejor de estar aquí fue que tú también estuvieras, incluso aunque fuera por tan poco tiempo. Estoy contenta de que ahora conozcas a todos mis amigos y que ellos te conozcan a ti. Sobre todo estoy contenta de que disfrutaras tanto con Kit. Aunque siento decirte que parte del cariño que te tiene se debe al regalo que le trajiste, el *Elspeth, el conejito que cecea*. Su admiración por Elspeth ha provocado que empiece a cecear, y siento decir que es muy buena en eso.

Dawsey acaba de traerla a casa. Habían ido a visitar a su nuevo cochinillo. Kit me ha preguntado si estaba escribiendo a Zidney. Cuando le he dicho que sí, ha dicho: «Puez dile que quiero que vuelva pronto». ¿Vez lo que te decía zobre Elspeth?

Eso ha hecho sonreír a Dawsey, lo que me ha alegrado. Siento que no hayas podido ver lo mejor de Dawsey este fin de semana, estuvo más callado de lo normal en la cena que te organicé. Quizá fue por mi sopa, pero creo que fue más porque está preocupado por Remy. Parece que cree que ella no estará mejor hasta que no venga a Guernsey a recuperarse.

Me alegro de que te llevaras mis páginas para leértelas. Sabe Dios que he intentado ver exactamente lo que falla, sólo sé que hay algo que no va bien.

¿Qué demonios le dijiste a Isola? Se detuvo cuando iba a buscar *Orgullo y prejuicio* y me reprochó que nunca le hablara de Elizabeth Bennet y el señor Darcy. ¿Por qué no le habíamos dicho que hay otras historias mejores de amor? ¡Historias que no están llenas de hombres mal adaptados, angustia, muerte y cementerios! ¿Qué más no le hemos contado?

Me disculpé por ese fallo y le dije que tenías toda la razón del mundo, que *Orgullo y prejuicio* era una de las más bellas historias de amor que jamás se habían escrito, y estoy segura de que se morirá por el suspense antes de acabarlo.

Isola me dijo que Zenobia está triste porque te fuiste; ha perdido el apetito. Yo también, pero te agradezco mucho que al final pudieras venir.

Besos,

JULIET

De Sidney a Juliet

12 de julio de 1946

Querida Juliet:
He leído tus capítulos varias veces, y tienes razón, no funcionará. Una sucesión de anécdotas no hace un libro.

Juliet, el libro necesita un centro. No me refiero a más entrevistas exhaustivas. Me refiero al punto de vista de una persona que pueda explicar qué estaba pasando a su alrededor. Tal como está escrito ahora, los hechos, por muy interesantes que sean, parecen tentativas dispersas al azar.

Me duele tener que escribirte esto, pero lo hago sólo por una razón. Tú ya tienes el centro, sólo que todavía no lo sabes.

Estoy hablando de Elizabeth McKenna. ¿No te diste

cuenta de que todos los que entrevistaste hablaban de ella tarde o temprano? Dios, Juliet, ¿quién pintó el retrato de Booker y le salvó la vida y bailó por la calle con él? ¿Quién se inventó la mentira sobre la Sociedad Literaria y luego hizo que sucediera? Guernsey no era su casa, pero se adaptó al lugar y a la pérdida de libertad. ¿Cómo? Debía echar de menos a Ambrose y a Londres, pero al parecer nunca se quejó. Fue a Ravensbrück por proteger a un trabajador esclavo. Mira cómo y por qué murió.

Juliet, ¿cómo consiguió una chica, una estudiante de arte que en su vida había tenido un trabajo, convertirse en enfermera y trabajar seis días a la semana en el hospital? Tuvo muy buenos amigos, pero en realidad al principio no tenía a nadie. Se enamoró de un oficial enemigo y lo perdió. Tuvo un hijo sola durante la guerra. Debió de ser muy duro, a pesar de tener muy buenos amigos. Sólo se pueden compartir responsabilidades hasta cierto punto.

Te vuelvo a mandar el original y las cartas que me enviaste. Vuélvelo a leer y fíjate cuántas veces se habla de Elizabeth. Pregúntate por qué. Habla con Dawsey y Eben. Habla con Isola y Amelia. Habla con el señor Dilwyn y con cualquiera que la conociera bien.

Vives en su casa. Mira a tu alrededor, sus libros, sus cosas.

Creo que deberías centrar el libro en Elizabeth. Seguro que Kit apreciaría muchísimo una historia sobre su madre; le daría algo a lo que aferrarse más adelante. Así que, o abandonas del todo, o llegas a conocer bien a Elizabeth.

Piénsalo bien y dime si crees que Elizabeth podría ser el centro de tu libro.

Besos para ti y para Kit,

SIDNEY

De Juliet a Sidney

15 de julio de 1946

Querido Sidney:
No necesito pensarlo más. En cuanto leí tu carta, supe que tenías razón. ¡Qué ciega he estado! He estado aquí, deseando haberla conocido, echándola de menos como si lo hubiera hecho, ¿por qué no se me ocurrió escribir sobre ella?

Empezaré mañana. Primero quiero hablar con Dawsey, Amelia, Eben e Isola. Creo que ella les pertenece más a ellos que a los demás, y quiero que me den su aprobación.

Remy quiere venir a Guernsey, después de todo. Dawsey le ha estado escribiendo, y sabía que la acabaría convenciendo. Es capaz de convencer a un ángel para que deje el cielo si se decide a hablar, que no es muy a menudo, para mi gusto. Remy se quedará en casa de Amelia, así que Kit se puede quedar conmigo.

Mil gracias por todo,

JULIET

P.D. ¿Crees que Elizabeth escribiría un diario?

De Juliet a Sidney

17 de julio de 1946

Querido Sidney:
No escribió ningún diario, pero la buena noticia es que dibujó mientras le duró el lápiz y el papel. Encontré algunos

bocetos metidos en un cuaderno de dibujo en el último estante de la librería de la sala de estar. Dibujos de trazo rápido que a mí me parecen retratos maravillosos: Isola cogida por sorpresa golpeando algo con una cuchara de madera, Dawsey cavando en un huerto, Eben y Amelia juntos, conversando.

Mientras los estaba mirando, sentada en el suelo, Amelia me vino a ver. Juntas desplegamos varios papeles grandes, cubiertos de dibujos y más dibujos de Kit. Kit dormida, Kit en la falda, mecida por Amelia, hipnotizada por los dedos del pie, contentísima con sus pompas de saliva. Quizá todas las madres miran a su hija de ese modo, con esa atención intensa, pero Elizabeth lo puso en papel. Había un dibujo con trazo poco firme, de una pequeñísima y arrugada Kit, que, según Amelia, hizo al día siguiente de que naciera.

Después encontré el dibujo de un hombre fuerte, de cara ancha; tenía semblante relajado, miraba y sonreía a la artista. Supe enseguida que se trataba de Christian (él y Kit tienen una onda exactamente en el mismo sitio). Amelia cogió el dibujo entre las manos; nunca la había oído hablar de él y le pregunté si le gustaba.

«Pobre chico —dijo—. Me opuse tanto a él. Me parecía una locura que Elizabeth lo hubiera escogido, era un enemigo, un alemán, y tenía mucho miedo por ella. Y por el resto de nosotros, también. Elizabeth era demasiado confiada, y creía que la delataría a ella y a nosotros, así que le dije que pensaba que tenía que dejarle. Fui muy dura con ella.

»Elizabeth se aguantó y no dijo nada. Pero al día siguiente, él vino a verme. Me quedé horrorizada. Abrí la puerta y allí estaba, un enorme alemán uniformado, de pie frente a mí. Yo estaba convencida de que pronto me iban a requisar la casa, así que empecé a protestar, cuando de repente, sacó un ramo de flores (un poco mustias de agarrarlas tan fuerte). Me di cuenta de que estaba muy nervioso, así que dejé de quejarme y le pregunté cómo se llamaba. "Capitán Christian Hellman", dijo, y se puso colorado como un crío. Yo todavía desconfiaba, ¿a qué había venido?, y le pregunté el motivo de su visita. Se puso aún más rojo y dijo bajito: "He venido a mostrarle mis intenciones".

»"¿Por mi casa?", dije bruscamente.

»"No. Por Elizabeth". Y eso es lo que hizo, como si yo fuera un padre de la época victoriana y él el pretendiente. Se sentó en el borde de una silla en el salón, y me dijo que tenía la intención de volver a la isla cuando la guerra terminara para casarse con Elizabeth, plantar fresas, leer y olvidar la guerra. Cuando terminó de hablar, incluso yo me había enamorado un poco de él.»

Amelia estaba a punto de llorar, así que apartamos los dibujos y le preparé un té. Luego vino Kit con un huevo roto de gaviota que quería pegar, y menos mal, nos distrajimos.

Ayer, Will Thisbee se plantó en mi puerta con una bandeja de magdalenas bañadas en batido de ciruela, así que le dije que pasara a tomar el té. Quería que le aconsejara sobre dos mujeres distintas, y que le dijera con cuál de las dos me casaría si fuera un hombre, cosa que no era. ¿Tú lo entiendes?

La señorita X siempre ha sido muy indecisa, lo era desde que tenía diez meses, y no ha mejorado mucho desde entonces. Cuando se enteró de que llegaban los alemanes, enterró la tetera de plata de su madre bajo un olmo y ahora no recuerda en cuál. Está cavando hoyos por toda la isla, jurando que no parará hasta que la encuentre. «Esa determinación... —dijo Will—. No le pega nada.» (Will trata de ser sutil, pero la señorita X es Daphne Post. Tiene unos ojos distraídos y redondos como los de una vaca, y es famosa por su voz temblorosa de soprano en el coro de la iglesia).

Y luego está la señorita Y, una costurera local. Cuando llegaron los alemanes, habían traído sólo una bandera nazi. La necesitaban para colgarla en lo alto del cuartel general, pero entonces no tenían ninguna para izar en un mástil y recordar a los isleños que habían sido conquistados.

Fueron a ver a la señorita Y y le ordenaron que les hiciera una bandera nazi. Y así lo hizo, una asquerosa esvástica negra, bordada sobre un círculo de color morado lúgubre. Pero la tela alrededor no era de color rojo vivo, sino franela rosada como el culito de un bebé. «Fue tan ingeniosa —dijo Will—. ¡Tan contundente!» (La señorita Y es la señorita LeFroy, tan delgada como una de sus agujas, con la cara larga y los labios apretados.)

¿Cuál creía yo que era la mejor compañera para un hombre en sus últimos años, la señorita X o la señorita Y? Le dije que si uno tenía que preguntar, en general quería decir que ninguna de las dos.

Dijo: «Eso es exactamente lo que me ha dicho Dawsey, con las mismas palabras. Isola me dijo que la señorita X me haría llorar y que la señorita Y me fastidiaría siempre.

»Gracias, gracias, seguiré buscando. Ella está ahí fuera en algún lugar».

Se puso la gorra, me hizo una reverencia y se fue. Sidney, debe de haber interrogado a toda la isla, pero me sentí muy halagada de que me hubiera incluido a mí; me hizo sentir como si fuera una persona más de aquí y no de fuera.

Un abrazo,

JULIET

P.D. Me gustaría saber cuáles son las opiniones de Dawsey sobre el matrimonio. Ojalá supiera más.

De Juliet a Sidney

19 de julio de 1946

Querido Sidney:

Oigo historias sobre Elizabeth por todas partes, no sólo entre los miembros de la Sociedad. Escucha esto: esta tarde, Kit y yo subimos andando al patio de la iglesia. Kit se había distanciado y jugaba sola entre las lápidas. Yo estaba tumbada sobre la lápida del señor Edwin Mulliss (es como una mesa, con cuatro patas sólidas), cuando Sam Withers, el antiguo encargado del cementerio, se paró a mi lado. Me dijo que le había recordado a la señorita McKenna cuando era jovencita. Solía tomar el sol justo allí, exactamente en esa losa, se ponía morena, de un color nuez.

Me incorporé, recta como una flecha y le pregunté a Sam si había conocido bien a Elizabeth.

Sam dijo: «Tanto como para decir realmente bien, no, pero me gustaba. Ella y la hija de Eben, Jane, solían venir juntas, a esta misma lápida. Ponían un mantel encima y hacían un picnic, justo sobre los huesos del difunto señor Mulliss».

Sam siguió hablando, contándome que eran unas traviesas aquellas jovencitas, siempre estaban haciendo alguna travesura. Una vez intentaron despertar a un fantasma y le dieron un susto de muerte a la mujer del párroco. Entonces miró a Kit, quien acababa de llegar a la entrada de la iglesia y dijo: «Sin duda esa ricura es hija de ella y del capitán Hellman».

Entonces le pregunté. ¿Había conocido al capitán Hellman? ¿Le caía bien?

Me fulminó con la mirada y dijo: «Sí que me gustaba. Era un tipo estupendo, a pesar de ser alemán. No va a quitarse de encima a la pequeña hija de la señorita McKenna por eso, ¿verdad?».

«¡Ni se me ocurriría!», dije.

Movió un dedo hacia mí. «¡Más le vale! Tendría que saber la verdad de ciertas cosas, antes de escribir ningún libro sobre la Ocupación. Yo también odié la Ocupación. Me pongo furioso sólo de pensarlo. Algunos de aquellos canallas eran unos absolutos miserables, entraban directamente en tu casa sin llamar, a empujones. Eran de los que les gusta sentirse superiores a los demás, porque nunca lo habían sido antes. Pero no todos eran así, no todos, ni mucho menos.»

Christian, según Sam, era diferente. A Sam le caía bien Christian. Él y Elizabeth se encontraron con Sam una vez en el cementerio cuando éste intentaba cavar una tumba en la tierra dura como el hielo y tan fría como el mismo Sam. Christian cogió la pala y se puso a ayudarle. «Era un tipo fuerte y acabó enseguida —dijo Sam—. Le dije que cuando quisiera podía darle algún trabajo y se rió.»

Al día siguiente, Elizabeth se presentó con un termo lleno de café caliente. Café del bueno, de granos de café auténticos que Christian había llevado a su casa. También le dio un cálido jersey que había sido de Christian.

Sam dijo: «A decir verdad, mientras duró la Ocupación, conocí a más de un soldado alemán bueno. A muchos, los vimos, sabe, todos los días, durante cinco años. Al final ya nos saludábamos.

»A algunos, no podías evitar compadecerlos. Al final, estaban aquí atrapados, sabiendo que a sus compañeros que volvían a casa los bombardeaban en mil pedazos. Entonces no importaba quién había empezado. Al menos, a mí no.

»Había soldados que vigilaban detrás de los camiones de patatas que iban al comedor del ejército; los niños les seguían, esperando que alguna patata cayera a la calle. Los soldados mantenían la vista al frente, con cara de pocos amigos y entonces tiraban patatas fuera de las pilas, a propósito.

»Hacían lo mismo con las naranjas. Lo mismo con los trozos de carbón, ¡caramba!, eran valiosísimos cuando no teníamos nada de combustible. Y hubo otros episodios así. Sólo tiene que preguntarle a la señora Fouquet sobre su hijo. Él tenía neumonía y ella estaba preocupadísima porque no conseguía hacer que entrara en calor, ni tampoco tenía nada para darle de comer. Un día llamaron a su puerta, y cuando fue a abrir, vio a un camillero del hospital alemán. Sin decir ni mú, le pasó un frasco de sulfamida, la saludó con la gorra y se fue. Lo había robado de su dispensario para ella. Más adelante lo pillaron intentaron robar algo otra vez y lo enviaron a una cárcel en Alemania, quizá lo colgaran. No supimos qué le pasó».

De repente volvió a mirarme fijamente. «Y digo que si algún británico estirado quiere ver colaboracionismo entre seres humanos, ¡tendrá que hablar primero conmigo y con la señora Fouquet!»

Intenté protestar, pero Sam dio media vuelta y se fue. Recogí a Kit y nos fuimos a casa. Entre las flores mustias de Amelia y los granos de café de Sam Withers, sentí como si empezara a conocer al padre de Kit, y por qué Elizabeth lo debió de querer.

La próxima semana viene Remy a Guernsey. Dawsey se va a Francia el martes para recogerla.

Un abrazo,

JULIET

De Juliet a Sophie

22 de julio de 1946

Querida Sophie:

Quema esta carta; no me gustaría que apareciera entre tus papeles.

Te he hablado de Dawsey, por supuesto. Sabes que fue el primero de aquí en escribirme, que le gusta mucho Charles Lamb, que está ayudando a criar a Kit, que ella le adora.

Lo que no te he contado es que la misma tarde en que llegué a la isla, en el momento en que Dawsey me tendió las manos al final de la rampa, sentí una inexplicable atracción. Dawsey es tan callado y tranquilo que ni me imaginé que él pudiera sentir algo parecido, así que he intentado comportarme de manera razonable, y despreocupada y normal durante los dos últimos meses. Y lo estaba llevando muy bien, hasta esta noche.

Dawsey vino a pedirme una maleta para su viaje a Louviers (va a ir a buscar a Remy y a traerla aquí). ¿Qué clase de hombre no tiene una maleta? Kit parecía dormida, así que pusimos la maleta en la furgoneta y dimos un paseo hasta el cabo. La luna estaba saliendo y el cielo tenía un color nácar, como el del interior de una concha. El mar, por una vez, estaba en calma, sólo unas ondas plateadas que apenas se movían. No hacía viento. Nunca había oído tanto silencio y me di cuenta de que Dawsey estaba igual de callado, caminando a mi lado. Nunca había estado tan cerca de él, así que empecé a fijarme en sus muñecas y en sus manos. Tenía ganas de acariciárselas, y ese pensamiento me exaltó. Sentía los nervios a flor de piel, ya sabes, ese hormigueo en el fondo del estómago.

De repente, Dawsey se giró y me miró. Tiene unos ojos muy oscuros. Quién sabe lo que habría pasado luego... ¿un beso?, ¿una palmadita en la cabeza?, ¿nada?, porque al siguiente segundo oímos el carruaje de Wally Beall tirado por caballos (que es nuestro taxi local) que paraba en mi casa, y el pasajero de Wally gritó: «¡Sorpresa, cariño!».

Era Mark, Markham V. Reynolds, hijo, resplandeciente con su perfecto traje sastre y un ramo de rosas rojas en la mano.

De verdad, quise que se muriera, Sophie.

Pero ¿qué podía hacer? Fui a saludarle, y cuando me besó, todo lo que pude pensar fue: «¡No! ¡Delante de Dawsey no!». Me dio las rosas y se giró hacia Dawsey con su dura sonrisa. Así que los presenté, deseando todo el tiempo poder meterme en un agujero, y observé callada cómo Dawsey le daba la mano, se giró hacia mí, me dio la mano a mí y dijo: «Gracias por la maleta, Juliet. Buenas noches»; subió a la furgoneta y se fue. Se fue, sin decir nada más, sin volver la vista atrás.

Me entraron ganas de llorar. Pero, en lugar de eso, hice pasar a Mark dentro e intenté parecer una mujer que acabara de recibir una sorpresa muy agradable. La furgoneta y las presentaciones despertaron a Kit, que miraba a Mark con desconfianza y quería saber dónde había ido Dawsey; no le había dado el beso de buenas noches. A mí tampoco, pensé.

Volví a meter a Kit en la cama y convencí a Mark de que mi reputación se vería afectada si no se iba inmediatamente al hotel Royal. Lo hizo, con pocas ganas y amenazándome con aparecer en la puerta de mi casa a las seis de la mañana.

Después me senté y me mordí las uñas durante tres horas. ¿Debía ir a casa de Dawsey e intentar volver a donde lo habíamos dejado? Pero ¿qué habíamos dejado? No estoy segura. No quiero quedar en ridículo. ¿Qué pasa si me mira educadamente sin entender nada, o aún peor, con lástima?

Y además, ¿qué estoy pensando? Mark está aquí. Mark, que es rico y bien plantado y que quiere casarse conmigo. Mark, que me las arreglaba muy bien sin él. ¿Por qué no puedo dejar de pensar en Dawsey, a quien probablemente no le importo nada? Pero a lo mejor sí. Quizás estuve a punto de conocer lo que hay al otro lado de ese silencio.

Maldita sea, maldita sea y maldita sea.

Son las dos de la mañana, no me queda ni una sola uña y tengo el aspecto de una mujer de, al menos, cien años. Quizá Mark me rechazará por mi aspecto demacrado cuando me vea. Quizá no me acepte. ¿Me desilusionaría si lo hiciera?

Besos,

JULIET

De Amelia a Juliet (dejada bajo la puerta de Juliet)

23 de julio de 1946

Querida Juliet:
Mis frambuesas han crecido con ganas. Esta mañana las voy a recoger y luego haré tartas. ¿Queréis venir tú y Kit a tomar el té (y pastel) esta tarde?

Un abrazo,

AMELIA

De Juliet a Amelia

23 de julio de 1946

Querida Amelia:
Lo siento muchísimo, no puedo ir. Tengo un invitado.

Besos,

JULIET

P.D. Kit te lleva esta carta con la esperanza de conseguir algo de tarta. ¿Puedes quedártela durante la tarde?

De Juliet a Sophie

24 de julio de 1946

Querida Sophie:
Probablemente también deberías quemar esta carta igual que la otra. Al final he rechazado a Mark de manera irrevocable y mi euforia es indecorosa. Si fuera una señorita criada correctamente, correría las cortinas y me sentaría a reflexionar, pero no puedo. ¡Soy libre! Hoy he saltado de la cama, sintiéndome juguetona y Kit y yo nos hemos pasado la mañana haciendo carreras en el prado. Ganó ella, pero es porque hace trampas.

Ayer fue un día horrible. Ya sabes cómo me sentí cuando apareció Mark, pero a la mañana siguiente, todavía fue peor. Se plantó a mi puerta a las siete, rebosando confianza y seguro de que al mediodía ya habríamos fijado la fecha de la boda. No estaba ni en lo más mínimo interesado en la isla, ni en la Ocupación, ni en Elizabeth, ni en lo que yo había hecho desde que había llegado; no hizo ni una sola pregunta sobre nada de eso. Entonces bajó Kit para desayunar. Eso le sorprendió, ni había advertido su presencia la noche anterior. Se portó bien con ella, hablaron de perros, pero al cabo de unos minutos, era evidente que esperaba que Kit se largara. Supongo que su experiencia es que las niñeras se lleven a los niños antes de que molesten a los padres. Por supuesto, intenté no darme cuenta de su irritación y le hice a Kit el desayuno como siempre, pero sentía su malestar por toda la habitación.

Al final, Kit se fue a jugar fuera y justo cuando la puerta se cerró tras ella, Mark dijo: «Tus nuevos amigos deben de ser muy listos, en menos de dos meses se las han arreglado para cargarte a ti con sus responsabilidades». Negó con la cabeza, compadeciéndome por ser tan crédula.

Simplemente me lo quedé mirando.

«Es una ricura, pero no tiene ningún derecho sobre ti, Juliet, y tendrás que ser firme en eso. Cómprale una muñeca bonita u otra cosa, y despídete antes de que empiece a pensar que te vas a hacer cargo de ella el resto de su vida.»

Por entonces estaba tan enfadada que no podía ni hablar. Siempre me había preguntado cómo la gente se tiraba platos y cosas por encima, ¿cómo podían hacerlo? Ahora lo sé. No le tiré ningún plato a Mark, pero estuve a punto. Al final, cuando pude volver a hablar, le dije: «Fuera».

«¿Perdona?»

«No quiero volver a verte nunca más.»

«¿Juliet?» Realmente no tenía ni idea de lo que estaba hablando.

Así que se lo expliqué. Y me sentí mucho mejor en cuanto le dije que nunca me casaría con él, ni con alguien que no quisiera a Kit y a Guernsey y a Charles Lamb.

«¿Qué demonios tiene que ver Charles Lamb con todo esto?», gritó.

No le dije nada. Intentó discutir conmigo, luego sonsacarme algo, luego besarme, luego discutir otra vez, pero todo se había acabado, e incluso Mark lo sabía. Por primera vez durante mucho tiempo, desde el pasado marzo cuando lo conocí, estuve completamente convencida de que había hecho lo correcto. ¿Cómo había podido ni siquiera plantearme casarme con él? Un año casada con él y me habría convertido en una de esas mujeres lamentables que miran a sus maridos cuando alguien les pregunta algo. Siempre he despreciado a ese tipo de mujer, pero ahora veo cómo sucede.

Dos horas más tarde, Mark iba de camino al aeródromo, y no volverá nunca más (eso espero). Y yo, vergonzosamente nada destrozada, estaba engullendo tarta de frambuesa en casa de Amelia. Ayer por la noche dormí como una niña, durante diez horas seguidas, de felicidad, y esta mañana volvía a sentirme una mujer de treinta y dos años otra vez, en vez de cien.

Kit y yo nos vamos esta tarde a la playa, a buscar ágatas. Qué día más más bonito.

Besos,

JULIET

P.D. Nada de esto tiene que ver con Dawsey. Charles Lamb sólo me salió de la boca por pura coincidencia. Dawsey ni siquiera pasó a despedirse antes de irse. Cuanto más lo pienso, más convencida estoy de que lo que quería Dawsey en el acantilado era pedirme prestado el paraguas.

De Juliet a Sidney

27 de julio de 1946

Querido Sidney:
Sabía que habían arrestado a Elizabeth por proteger a un trabajador Todt, pero hasta hace unos días no sabía que había tenido un cómplice. Me enteré cuando Eben mencionó a Peter Sawyer de pasada, «a quien arrestaron junto a Elizabeth». «¿Qué?», chillé, y Eben dijo que dejaría que Peter me lo contara.

Peter ahora vive en una residencia cerca de Le Grand

Havre en Vale, así que le llamé por teléfono y me dijo que estaría encantado de verme, sobre todo si llevaba una copita de coñac conmigo.

«Siempre», dije.

«Perfecto. Ven mañana», contestó y colgó.

Peter está en una silla de ruedas, pero ¡menudo conductor es! Corre como un loco por todas partes y gira por las esquinas rápido y con facilidad. Salimos fuera, nos sentamos bajo una pérgola y él se tomó unas copas mientras hablaba. Esta vez, Sidney, tomé notas, no quería perderme ni una sola palabra.

Peter ya iba en silla de ruedas, pero todavía vivía en su casa de St. Sampson, cuando encontró al trabajador Todt, Lud Jaruzki, un chico polaco de dieciséis años.

A muchos de los trabajadores Todt se les permitía salir de la cárcel después de hacerse de noche, para buscar comida, siempre y cuando volvieran. Tenían que ir a trabajar a la mañana siguiente, y si no lo hacían, los irían a buscar. Para los alemanes, esta «libertad condicional» era una forma de que los trabajadores no se murieran de hambre sin que tuvieran que comerse sus alimentos.

Casi todos los isleños tenían un huerto propio; algunos tenían gallineros y conejeras, una rica cosecha para los que buscaban comida. Y precisamente eso es lo que hacían los trabajadores esclavos Todt. La mayoría de los isleños vigilaban sus huertos por la noche, armados con palos y bastones para defender sus verduras.

Peter también pasaba la noche fuera, entre las sombras de su gallinero. No tenía ningún bastón, sino una sartén grande de hierro y una cuchara de metal para golpearla y avisar a los vecinos con el ruido, para que acudieran.

Una noche oyó, y luego vio, a Lud arrastrarse por un

hueco del seto. Peter esperó. El chico intentó levantarse, pero se cayó, trató otra vez de ponerse en pie, pero no pudo; se quedó allí tendido. Peter se acercó con la silla de ruedas y miró fijamente al chico.

«Era un niño, Juliet. Sólo un niño, tendido boca arriba sobre la tierra. Estaba delgado, Dios, muy delgado, destrozado, muy sucio, y en lugar de ropa llevaba harapos. Estaba cubierto de bichos; le salían del pelo, le pasaban por la cara, por los párpados. Ese pobre chico ni los notaba, no parpadeaba, no hacía nada. Todo lo que quería era una maldita patata y ni siquiera tenía fuerzas para arrancarla. ¡Hacerle eso a los chicos!

»Te lo digo, odié a esos alemanes con todas mis fuerzas. No podía inclinarme para ver si respiraba, pero saqué los pies de los pedales de la silla y lo golpeé y lo moví hasta que pude acercarlo a mí. Tenía los brazos fuertes y levanté un poco al chico hasta mi regazo. De alguna manera, conseguí subir la rampa y entrar en la cocina. Allí, dejé al chico en el suelo. Encendí el fuego, busqué una manta, calenté agua. Le lavé la cara y las manos y ahogué cada piojo y gusano que le quitaba.»

Peter no podía pedir ayuda a los vecinos, ya que podían denunciarlo a los alemanes. El comandante alemán había dicho que a cualquiera que escondiera a un trabajador Todt lo mandarían a un campo de concentración o le dispararían allí mismo.

Peter sabía que Elizabeth iba al día siguiente, era su enfermera y lo visitaba una vez a la semana, a veces más. La conocía lo bastante bien para estar convencidísimo de que le ayudaría a mantener al chico con vida y que no diría nada.

«Llegó al día siguiente a media mañana. La recibí al lado de la puerta y le dije que tenía un problema dentro y si no le importaba que nos quedáramos fuera. Entendió lo que intentaba decirle, hizo un gesto con la cabeza y entró. Apretó la mandíbula cuando se arrodilló en el suelo al lado de Lud; olía muy mal, pero se puso a trabajar. Le cortó la ropa y la quemó. Lo bañó, le lavó el pelo con jabón a la brea. Hicimos un poco de alboroto y nos reímos, si puedes creerlo. Eso, o el agua fría, despertó un poco al chico. Puso cara de asustado, hasta que vio quiénes éramos. Elizabeth le siguió hablando bajito, aunque él no entendía ni una palabra de lo que decía, pero se calmó. Lo llevamos a mi habitación, no podíamos dejarlo en la cocina, los vecinos podrían verlo. Bueno, Elizabeth lo cuidó. No teníamos ningún medicamento, pero ella tenía huesos para el caldo y pan conseguido en el mercado negro. Yo tenía huevos, y poco a poco, día a día, recuperó sus fuerzas. Dormía mucho. A veces Elizabeth tenía que venir cuando ya había oscurecido, pero antes del toque de queda. No era bueno que la vieran muy a menudo por mi casa. La gente se chivaba de sus vecinos, sabes, para conseguir favores o comida de los alemanes.

»Pero alguien se dio cuenta y se chivó, todavía no sé quién fue. Se lo dijeron a los *Feldpolizei* (la tapadera de la Gestapo), y vinieron aquel martes. Elizabeth había traído algo de pollo y estofado, y estaba dando de comer a Lud. Yo estaba sentado a su lado.

»Rodearon la casa, todo estaba en calma hasta que irrumpieron dentro. Nos cogieron, con todas las de la ley. Nos arrestaron aquella noche, a todos nosotros y Dios sabe lo que le hicieron a aquel chico. No hubo ningún juicio, y al día siguiente nos metieron en un barco hacia St. Malo. Ésa fue la última vez que vi a Elizabeth, entrando en el barco, acompañada de uno de los oficiales de prisiones. Parecía muy fría. Luego, cuando llegamos a Francia, ya no la vi, y no supe adónde la habían enviado. A mí me llevaron a la prisión federal de Coutance, pero no supieron qué hacer con un prisionero en silla de ruedas, así que después de una semana me mandaron de vuelta a casa. Me dijeron que tenía que estar agradecido de su indulgencia.»

Peter sabía que Elizabeth dejaba a Kit con Amelia siempre que iba a su casa. Nadie sabía que Elizabeth estaba ayudando al trabajador Todt. Él cree que le decía a la gente que tenía guardia en el hospital.

Esto es lo estrictamente esencial, Sidney, pero Peter me preguntó si iría otra vez. Le dije que sí, que me encantaría, y me dijo que no hacía falta que llevara coñac. Que le gustaría ver alguna revista con fotos, si tengo alguna. Quiere saber quién es Rita Hayworth.

Besos,

JULIET

De Dawsey a Juliet

27 de julio de 1946

Querida Juliet:
Pronto será la hora de recoger a Remy en el hospicio, pero como aún tengo unos minutos, aprovecho para escribirte.

Remy se ve más fuerte ahora que el mes pasado, pero todavía está muy débil. La hermana Touvier me llevó a un lado para informarme de que debía ocuparme de que comiera suficiente, de que no cogiera frío y de que no se alterara por nada. Tenía que estar en compañía de gente, gente alegre, a ser posible.

No tengo ni la menor duda de que Remy se alimentará bien y de que Amelia se ocupará de que no coja frío, pero ¿cómo voy a animarla? Hacer bromas no forma parte de mi carácter. No supe qué decirle a la hermana, así que simplemente asentí con la cabeza e intenté parecer jovial. Creo que no lo conseguí, porque la hermana me echó una dura mirada.

Haré lo que pueda, pero tú, con tu carácter alegre y tu buen humor, serás mejor compañía para Remy que yo. No tengo ninguna duda de que se adaptará muy bien a ti, igual que hemos hecho todos nosotros, estos últimos meses, y que le serás muy beneficiosa.

Dale un abrazo y un beso a Kit de mi parte. Os veré el martes.

DAWSEY

De Juliet a Sophie

29 de julio de 1946

Querida Sophie:
Por favor, olvida todo lo que te he dicho sobre Dawsey Adams.

Soy una idiota.

Acabo de recibir una carta suya elogiando las cualidades médicas de mi «carácter alegre y mi buen humor».

¿Carácter alegre? ¿Buen humor? Nunca me he sentido tan insultada. Una payasa que se ríe socarronamente, eso es lo que soy para Dawsey.

También me siento humillada; mientras yo me sentí

atraída por él cuando paseamos a la luz de la luna, él estaba pensando en Remy y en cómo mi cháchara ligera la divertiría.

Está claro que vivía engañada y que a Dawsey le importo un comino.

Estoy demasiado enfadada para seguir escribiendo.

Con todo mi cariño,

JULIET

De Juliet a Sidney

1 de agosto de 1946

Querido Sidney:

Remy está aquí por fin. Es menuda y delgadísima, morena, tiene el pelo corto y los ojos casi negros. Me había imaginado que estaría mal, pero no, excepto porque cojea un poco, pero es una mera indecisión al andar, y porque mueve el cuello con rigidez.

Vaya, no la he dejado muy bien, pero parece una persona muy fuerte. No es fría ni antipática, pero parece desconfiar de la espontaneidad. Supongo que si yo hubiera pasado por lo que ha pasado ella, estaría igual, un poco alejada de la vida cotidiana.

Pero no es así cuando está con Kit. Al principio, parecía que prefería seguirla con los ojos que hablar con ella, pero eso cambió cuando Kit se ofreció a enseñarle a cecear. Remy puso cara de asustada, ¿y quién no?, pero aceptó recibir las lecciones y se fueron juntas al invernadero de Amelia. Le cuesta cecear debido a su acento, pero Kit no se lo tiene en cuenta y generosamente le ha dado unos consejos extra.

Amelia organizó una pequeña cena el día que llegó Remy. Todo el mundo desplegó sus mejores modales. Isola llegó con una botella grande de tónico estimulante bajo el brazo, pero en cuanto vio a Remy, se lo pensó mejor. «Podría matarla», me dijo entre dientes en la cocina, y se la metió en el bolsillo del abrigo. Eli le dio la mano nerviosamente y luego se apartó, creo que tuvo miedo de hacerle daño sin querer. Me alegré al ver que Remy se sentía cómoda con Amelia, las dos disfrutaron de la compañía una de la otra, pero Dawsey es su favorito. Cuando él entró en la sala de estar, un poco más tarde que los demás, ella se relajó visiblemente e incluso le sonrió.

Ayer fue un día frío y de niebla, pero Remy, Kit y yo hicimos un castillo de arena en la pequeña playa de Elizabeth. Nos pasamos mucho rato construyéndolo, pero nos salió perfecto. Yo había preparado un termo de cacao y nos sentamos a beber y a esperar con impaciencia a que subiera la marea y tirara abajo el castillo.

Kit corría de un lado a otro por la orilla, deseando que el agua llegara más lejos y más rápido. Remy me tocó el hombro y sonrió. «Elizabeth debió ser así —dijo—, la emperatriz de los mares.» Sentí como si me hubiera hecho un regalo, aún siendo un gesto tan pequeño, un detalle lleno de confianza, y me alegré de que se sintiera a gusto conmigo.

Mientras Kit bailaba en las olas, Remy me habló de Elizabeth. En el campo, había intentado mantenerse al margen, conservar la fuerza que le quedaba y volver a Guernsey tan pronto como fuera posible, cuando la guerra terminara. «Pensábamos que sería posible. Sabíamos lo de la invasión, veíamos los bombarderos aliados sobrevolar el campo. Sabíamos lo que estaba pasando en Berlín. Los guardias no podían disimular su miedo. Todas las noches, nos tumbábamos sin poder dormir, esperando oír los tanques aliados en la puerta. Susurrábamos que podríamos ser libres al día siguiente. No pensábamos que podríamos morir.»

No había nada más que decir después de eso, aunque yo pensaba, si Elizabeth hubiera aguantado tan sólo unas semanas más, podría haber vuelto junto a Kit. ¿Por qué?, ¿por qué tan cerca del final, tuvo que atacar a la capataz?

Remy observaba cómo el mar venía y se iba. Luego dijo: «Habría sido mejor para ella no tener ese corazón».

Sí, pero peor para el resto de nosotros.

Entonces subió la marea: alegría, gritos y ya no hubo castillo.

Un beso,

JULIET

De Isola a Sidney

1 de agosto de 1946

Querido Sidney:
Soy la nueva secretaria de la Sociedad Literaria y el Pastel de Piel de Patata de Guernsey. Pensé que te gustaría ver una muestra de mis primeras notas, sabiendo que estás interesado en todo lo que le interesa a Juliet. Aquí va:

30 de julio, 1946, 19:30 horas

Noche fría. Mar revuelto. Will Thisbee es el portavoz. La casa está limpia, pero las cortinas necesitan un lavado.

La señora de Winslow Daubbs lee un capítulo de su autobiografía, *Vida y amores de Delilah Daubbs.* El público está atento, pero después se hace el silencio. Excepto por Winslow, que quiere el divorcio.

Todos pasamos vergüenza, así que Juliet y Amelia sirvieron el postre que habían hecho antes, un precioso pastel, en platos de auténtica porcelana, que normalmente no usamos.

La señorita Minor salió entonces diciendo que si ahora íbamos a empezar a ser nosotros mismos los autores, ¿podía leer un fragmento de un libro suyo? El texto se llama *El libro del día a día de Mary Margaret Minor.*

Ya sabemos todos lo que piensa Mary Margaret de las cosas, pero dijimos: «De acuerdo», porque nos gusta Mary Margaret. Will Thisbee se atrevió a decir que quizá Mary Margaret abreviaría un poco al escribir, cosa que nunca hacía hablando, así que no era tan mala idea.

Dije que la semana siguiente teníamos una reunión especialmente convocada, para no tener que esperar más para hablar de Jane Austen. ¡Dawsey me apoyó! Todos dijeron: «De acuerdo». Se levanta la sesión.

La señorita Isola Pribby, Secretaria Oficial de la
Sociedad Literaria y el Pastel de Piel
de Patata de Guernsey

Ahora que soy secretaria oficial, podría tomarte juramento para que fueras miembro, si quisieras. Va en contra de las reglas, porque no eres isleño, pero podría hacerlo en secreto.

Tu amiga,

ISOLA

De Juliet a Sidney

3 de agosto de 1946

Querido Sidney:
Alguien, y no me imagino quién, le ha mandado a Isola un regalo de Stephens & Stark. Fue publicado a mediados del siglo XIX y se titula *El nuevo libro ilustrado de Frenología y Psiquiatría: con tablas de tamaños y formas y más de cien ilustraciones.* Por si esto no fuera poco, tiene un subtítulo: *Frenología. La ciencia de interpretar la configuración externa del cráneo.*

Eben, Kit y yo, Dawsey, Isola, Will, Amelia y Remy quedamos para cenar ayer por la noche. Isola llegó con tablas, bocetos, papel milimetrado, una cinta métrica, un calibrador y una libreta nueva. Luego carraspeó y leyó el aviso de la primera página: «¡Usted también puede aprender cómo interpretar la configuración externa del cráneo! Sorprenda a sus amigos, desconcierte a sus enemigos con su incuestionable conocimiento de sus facultades humanas o la falta de ellas».

Golpeó la mesa con el libro. «Voy a convertirme en una experta —anunció— para la Fiesta de la Cosecha.»

Le ha dicho al sacerdote Elstone que no se volverá a arreglar con chales ni intentará leer las manos. No, de ahora en adelante verá el futuro de forma científica, ¡leyendo la forma del cráneo! La iglesia hará muchísimo más dinero con eso que con la señorita Sybil Beddoes y su paradita «Gane un beso de Sybil Beddoes».

Will le dijo que tenía toda la razón del mundo; la señorita Beddoes no daba buenos besos y que él, sin ir más lejos, ya estaba cansado de besarla, aunque sólo fuera por una obra benéfica.

Sidney, ¿te das cuenta de lo que has desatado en Guernsey? Isola le ha leído la cabeza al señor Singleton (tiene una parada en el mercado al lado de la suya) y le dijo que el Bulto del Amor a los Animales tenía una zanja poco profunda justo en el medio, y que probablemente por eso no alimentaba lo suficiente a su perro.

¿Sabes dónde nos puede llevar esto? Algún día encontrará a alguien con un Nódulo de Asesino en Potencia, y él le disparará, si la señorita Beddoes no lo hace primero.

Aunque de tu regalo surgió algo maravilloso e inesperado. Después de los postres, Isola empezó a leer la cabeza de Eben, mientras me dictaba las medidas a mí, para que las fuera anotando. Le eché un vistazo a Remy, preguntándome qué pensaba al ver los pelos de punta, mientras Isola hurgaba en ellos. Remy estaba tratando de aguantarse la risa, pero no lo consiguió y soltó una carcajada. ¡Dawsey y yo nos quedamos de piedra!

Es tan callada que ninguno de nosotros podía esperar una carcajada así. Fue como agua. Espero volverla a oír otra vez.

Cuando estamos juntos, Dawsey y yo ya no estamos como antes, aunque sigue viniendo a menudo a visitar a Kit, o viene a vernos paseando con Remy. Cuando oímos a Remy reír fue la primera vez que cruzamos la vista en quince días. Pero quizá sólo estaba admirando cómo mi carácter alegre se le había contagiado a ella. Según ciertas personas, Sidney, se ve que tengo un carácter risueño. ¿Lo sabías?

Billee Bee le ha enviado un ejemplar de la revista *Screen Gems* a Peter. Había un reportaje con fotos de Rita Hayworth. A Peter le encantó, aunque le sorprendió ver posar a la señorita Hayworth ¡en camisón! y ¡arrodillada en una cama! ¿Adónde vamos a ir a parar?

Sidney, ¿Billee Bee no está cansada de hacerme recados?

Un beso,

JULIET

De Susan Scott a Juliet

5 de agosto de 1946

Querida Juliet:

Ya sabes que Sidney no guarda tus cartas cerca de su corazón; las deja abiertas sobre la mesa donde cualquiera puede verlas, así que, claro, las leo.

Te escribo para tranquilizarte sobre los recados de Billee Bee. Sidney no se los pide. Ella se ofrece para hacer cualquier servicio por pequeño que sea, para él, o para ti, o para «aquella niña tan mona». Os adora. Lleva un gorrito de angora con un lazo en la barbilla como el que llevaba Sonja Henie cuando patinaba. ¿Hace falta que diga más?

Además, al contrario de lo que piense Sidney, no es un ángel caído del cielo, sino de una agencia de colocación. O sea, temporal, se ha atrincherado allí, y ahora es imprescindible y fija. ¿Sabes si hay algún animal que a Kit le gustaría tener de las islas Galápagos? Billee Bee zarparía con la próxima marea alta para conseguirlo, y estaría fuera durante meses. A lo mejor para siempre, si algún animal de allí se la comiera.

Mis mejores deseos para ti y Kit,

SUSAN

De Isola a Sidney

5 de agosto de 1946

Querido Sidney:

Sé que fuiste tú quien me envió *El nuevo libro ilustrado de Frenología y Psiquiatría: con tablas de tamaños y formas y más de cien ilustraciones.* Es un libro muy útil y te doy las gracias. He estado estudiando mucho y ahora puedo tocar una cabeza entera llena de bultos sin mirar el libro más de tres o cuatro veces. Espero hacer mucho dinero para la iglesia en la Fiesta de la Cosecha, ya que ¿a quién no le gustaría que le dijeran por qué actúa como actúa según la ciencia de la frenología? A nadie, absolutamente a nadie.

Es un acontecimiento increíble, esto de la ciencia de la frenología. He aprendido más en estos últimos tres días que en toda mi vida. La señora Guilbert siempre ha sido una persona muy desagradable, pero ahora sé que no puede evitarlo, tiene un agujero en el punto de la Benevolencia. Se cayó en la cantera cuando era una niña y creo que se le quebró la Benevolencia y ya no fue la misma desde entonces.

Incluso mis propios amigos están llenos de sorpresas. ¡Eben es un charlatán! Nunca lo habría pensado de él, pero tiene bolsas bajo los ojos y no hay vuelta de hoja. Se lo dije con mucho tacto. Juliet al principio no quería que le leyera la cabeza, pero aceptó cuando le dije que estaba obstaculizando la ciencia. Está llena de Arte Amatorio, Juliet. También de Amor Conyugal. Le dije que era asombroso que no estuviera casada, con esos fabulosos montículos que tiene.

Will se rió socarronamente: «¡Tu señor Stark será un hombre afortunado, Juliet!». Juliet se puso roja como un tomate, y estuve a punto de decirle que no tenía ni idea porque el señor Stark es homosexual, pero recobré la compostura y te guardé el secreto tal como te prometí.

Entonces Dawsey se levantó y se fue, así que no conseguí leerle la cabeza a él, pero ya le cogeré pronto. A veces pienso que no entiendo a Dawsey. Allí estuvo bastante hablador un rato, pero estos días no me ha dicho ni dos palabras.

Gracias otra vez por este sensacional libro.

Tu amiga,

ISOLA

Telegrama de Sidney a Juliet

6 de agosto de 1946

AYER LE COMPRÉ UNA GAITA PEQUEÑA A DOMINIC EN GUNTHERS. ¿CREES QUE A KIT LE GUSTARÍA? DÍMELO PRONTO PORQUE SÓLO LES QUEDA UNA. ¿CÓMO VA EL LIBRO? UN ABRAZO PARA TI Y KIT. SIDNEY.

De Juliet a Sidney

7 de agosto de 1946

Querido Sidney:

A Kit le encantaría una gaita. A mí no.

Creo que el trabajo va de maravilla, pero me gustaría enviarte los dos primeros capítulos (no me quedaré tranquila hasta que los leas). ¿Tienes tiempo?

Todas las biografías tendrían que escribirse durante la misma generación de la vida del sujeto, mientras todavía se le recuerda. Imagínate lo que habría podido hacer con Anne Brontë si hubiera podido hablar con sus vecinos. Quizás en realidad no era sumisa ni melancólica, quizá tenía un carácter fuerte y a menudo tiraba la vajilla al suelo.

Todos los días aprendo algo nuevo de Elizabeth. ¡Cómo me hubiera gustado conocerla en persona! Mientras escribo, me doy cuenta de que pienso en ella como en una amiga, al recordar cosas que hizo, como si yo hubiera estado allí. Está tan llena de vida que tengo que recordarme que está muerta, y entonces vuelvo a sentir el dolor de su pérdida.

Hoy he oído una historia sobre ella que me ha dado ganas de tumbarme y ponerme a llorar. Esta noche hemos cenado con Eben. Después de la cena, Eli y Kit han salido a buscar lombrices (una tarea que se hace mejor a la luz de la luna). Eben y yo hemos tomado el café fuera, y por primera vez, ha querido hablarme de Elizabeth.

Pasó en la escuela donde Eli y los otros niños esperaban para ir a los barcos de evacuación. Eben no estaba allí, porque a las familias no se lo tenían permitido, pero Isola lo vio y se lo contó por la noche.

La sala estaba llena de niños. Elizabeth le estaba abrochando el abrigo a Eli cuando él le dijo que tenía miedo de ir en el barco y de estar lejos de su madre y de su casa. Si bombardeaban el barco, preguntó, ¿de quién se despediría? Isola dijo que Elizabeth se tomó su tiempo, como si estuviera meditando la pregunta. Entonces se subió el jersey y sacó un broche que llevaba en la blusa. Era la medalla de su padre de la Primera Guerra Mundial, que siempre llevaba puesta.

La sujetó en la mano y le explicó que era una insignia mágica, que mientras la llevara no le pasaría nada malo.

Entonces le hizo soplar encima dos veces para invocar el hechizo. Isola vio la cara de Eli por encima del hombro de Elizabeth y le dijo a Eben que tenía aquella preciosa luz que tienen los niños antes de llegar a la «edad de la razón».

De todas las cosas que sucedieron durante la guerra, ésa, enviar fuera a tus hijos para mantenerlos a salvo, seguramente fue la más espantosa. No sé cómo lo soportaron. Va en contra del instinto animal de proteger a tus crías. Yo me veo a mí misma como una mamá osa protegiendo a Kit. Incluso cuando realmente no la estoy vigilando, la vigilo. Si creo que se encuentra en algún tipo de peligro (cosa que pasa a menudo, dada su pasión por el alpinismo), me enfurezco (ni tan sólo sabía que podía ponerme furiosa) y corro a rescatarla. Cuando su enemigo, el sobrino del párroco, le tira ciruelas, yo le grito. Y por una extraña clase de intuición, siempre sé dónde está, igual que sé dónde están mis manos, y si no lo supiera, me moriría de angustia. Así es como las especies sobreviven, supongo, pero la guerra lo desgarró todo. ¿Cómo podían vivir las madres de Guernsey, sin saber dónde estaban sus hijos? No puedo ni imaginármelo.

Un abrazo,

JULIET

P.D. ¿Qué tal una flauta?

De Juliet a Sophie

9 de agosto de 1946

Queridísima Sophie:

¡Qué buena noticia! ¡Otro bebé! ¡Fantástico! Espero de veras que esta vez no tengas que comer galletas saladas y sorber limones. Sé que a ninguno de los dos os importa qué vais a tener, pero a mí me encantaría que fuera una niña. Con esta finalidad, estoy tejiendo una chaquetita y una gorrita de lana rosa.

Por supuesto que Alexander estará encantado, pero ¿y Dominic?

Le he dado tu noticia a Isola, y lo siento, pero puede que te envíe una botella de su tónico preparto. Sophie, por favor, no te lo bebas y no lo dejes donde lo puedan coger los perros. En realidad puede que no haya nada pernicioso en sus tónicos, pero yo no me arriesgaría.

Tus indagaciones sobre Dawsey van por mal camino. Envíaselas a Kit o a Remy. Yo apenas lo veo, y cuando lo hago, él no dice nada. No calla de modo reflexivo y romántico, como el señor Rochester, sino de un modo serio y formal que indica desaprobación. No sé cuál es el problema, de verdad, no lo sé. Cuando llegué a Guernsey, Dawsey era amigo mío. Hablábamos de Charles Lamb y caminábamos juntos por toda la isla. Disfrutaba de su compañía como si fuera un amigo de toda la vida. Luego, después de aquella noche horrible en el cabo, dejó de hablar (al menos a mí). Me he llevado una desilusión muy grande. Echo de menos la manera en que nos entendíamos, pero empiezo a pensar que fue una falsa ilusión.

Yo, como no soy callada, siento mucha curiosidad por aquellos que lo son. Desde que Dawsey no me habla de él (ni de nada), me rebajé a preguntarle a Isola cómo tenía él el cráneo, para obtener información sobre su pasado. Pero Isola empieza a pensar que, después de todo, no es una técnica muy fiable, y como muestra puso el ejemplo del bulto de la Violencia de Dawsey que no es tan grande como debería ser, dado que ¡golpeó a Eddie Meares casi hasta matarlo!!!!

Las exclamaciones son mías. A Isola no parece importarle.

Parece que Eddie Meares era un tipo grandote y mezquino que dio información a las autoridades alemanas a cambio de recibir favores. Todo el mundo lo sabía, cosa que no parecía molestarle, hasta el punto de que fue a un bar a alardear y presumir de su nueva riqueza: una barra de pan blanco, cigarrillos y medias de seda, por lo que, dijo, sin duda cualquier chica de la isla estaría muy agradecida por ello.

Una semana después de que arrestaran a Elizabeth y a Peter, él estaba presumiendo de una pitillera de plata, dando a entender que era una recompensa por haber informado de algunos sucesos que había visto en casa de Peter Sawyer.

Dawsey se enteró y al día siguiente por la noche se fue al Crazy Ida's. Según parece, entró, fue directo hacia Eddie Meares, lo agarró por el cuello de la camisa, le levantó del taburete y empezó a golpearle la cabeza en la barra. Le dijo que era un mierda asqueroso, mientras le aporreaba la cabeza entre palabra y palabra. Entonces le tiró del taburete y empezaron a pelearse por el suelo.

Según Isola, Dawsey estaba hecho un desastre: la nariz, la boca sangrando, un ojo morado, una costilla rota... pero Eddie Meares acabó aún peor: los dos ojos morados, dos costillas rotas y con puntos. El tribunal condenó a Dawsey a tres meses en la prisión de Guernsey, aunque le dejaron salir al cabo de un mes. Los alemanes necesitaban su celda para criminales más importantes, como comerciantes del mercado negro y ladrones de gasolina de los camiones del ejército.

«Y hasta hoy, cuando Eddie Meares ve a Dawsey entrar por la puerta del Crazy Ida's, le vigila furtivamente, le cae un poco de cerveza y en menos de cinco minutos está saliendo por la puerta de atrás», concluyó Isola.

Naturalmente, me moría de curiosidad y le supliqué que me contara más. Desde que se ha desilusionado con lo de leer la cabeza, Isola ha vuelto a los hechos reales.

Dawsey no tuvo una infancia muy feliz. Su padre murió cuando tenía once años y la señora Adams, que siempre había estado mal, se volvió más extraña. Empezó a tener miedo, primero de ir a la ciudad, después de ir a su propio terreno, y finalmente, ya no salió de casa para nada. Simplemente se sentaba en la cocina, balanceándose y mirando fijamente a la nada. Murió poco antes de que empezara la guerra.

Isola dijo que todo eso (su madre, la granja, y el tartamudeo tan malo en otros tiempos) hizo que Dawsey fuera siempre tímido y nunca, excepto por Eben, tuvo ningún amigo. Isola y Amelia eran sólo conocidas.

Así es como estaban las cosas hasta que Elizabeth llegó y les hizo amigos. En realidad, lo obligó a entrar en la Sociedad Literaria. Y luego, dijo Isola, ¡cómo cambió! Ahora tiene otros temas de los que hablar en lugar de la fiebre porcina, y amigos con los que conversar. Cuanto más hablaba, dice Isola, menos tartamudeaba.

Es un tipo misterioso, ¿no? Quizás es como el señor Rochester y tiene algún secreto oculto. O una esposa loca encerrada abajo en el sótano. Todo es posible, supongo, pero habría sido difícil alimentar a una esposa loca con un solo cupón de racionamiento durante la guerra. ¡Ay!, ojalá volviéramos a ser amigos (Dawsey y yo, no la esposa loca).

Quería cerrar el tema Dawsey con sólo una o dos frases, pero veo que ha ocupado varias páginas. Ahora debo darme prisa para prepararme para estar presentable para la reunión de la Sociedad de esta noche. Tengo sólo una falda decente para ponerme, y me siento con poca gracia. Remy, al ser tan delicada y delgada, se ve elegante en todas las ocasiones. ¿Cuál es el secreto de las mujeres francesas?

Hasta pronto.

Besos,

JULIET

De Juliet a Sidney

11 de agosto de 1946

Querido Sidney:

Me alegra que estés contento por mi progreso con la biografía de Elizabeth. Pero luego te hablo de eso, ya que tengo algo que contarte que no puede esperar. Yo apenas me lo creo, pero es verdad. ¡Lo he visto con mis propios ojos!

Si, y digo sólo si, si tengo razón, Stephens & Stark podría publicar el libro más importante del siglo. Se hablaría de esto en los periódicos, se concederían licenciaturas, y cada estudioso, universidad, biblioteca y coleccionista privado forrado en el hemisferio occidental buscaría a Isola.

Aquí van los hechos. En la última reunión de la Sociedad, Isola iba a hablar de *Orgullo y prejuicio,* pero Ariel se comió las notas justo antes de la cena. Así que, en lugar de Jane, y con la prisa, cogió unas cartas de su querida abuela Pheen (diminutivo de Josephine). Las cartas formaban más o menos una historia.

Sacó las cartas del bolsillo y Will Thisbee, viéndolas envueltas en seda rosa y con un lazo de satén, gritó: «Cartas de amor, ¡estoy seguro! ¿Habrá secretos? ¿Intimidades? ¿Los caballeros deberíamos abandonar la sala?».

Isola le dijo que se callara y que se sentara. Dijo que eran unas cartas que su abuela había recibido de un hombre muy amable, un desconocido, cuando ella era tan sólo una niña. La abuela las había guardado en una caja de galletas y a veces se las leía a ella, a Isola, como si fuera un cuento para dormir.

Sidney, había ocho cartas y no voy a tratar de describirte su contenido, fracasaría miserablemente.

Isola nos explicó que cuando la abuela Pheen tenía nueve años, su padre ahogó a su gata. Al parecer, Muffin se había subido a la mesa y había lamido la mantequera. Eso fue suficiente para el horrible padre de Pheen; metió a Muffin en una bolsa de lona, le añadió algunas piedras, ató la bolsa y la tiró al mar. Después, se encontró con Pheen que iba andando de la escuela a casa, le dijo lo que había hecho y buen viaje.

Después se fue a la taberna y dejó a la abuela sentada justo en el centro del camino, llorando a lágrima viva.

Casi la atropella un carruaje que iba demasiado deprisa. El cochero salió del asiento y empezó a maldecirla, pero su pasajero, un hombre muy alto, con un abrigo negro con el cuello de piel de animal, bajó. Le dijo al conductor que se callara, se inclinó hacia Pheen y le preguntó si la podía ayudar.

La abuela Pheen dijo que no, que nadie la podía ayudar. ¡Su gata ya no estaba! Su papá había ahogado a Muffin y ahora Muffin estaba muerta y se había ido para siempre.

El hombre dijo: «Claro que Muffin no está muerta. Tú no sabes que los gatos tienen siete vidas, ¿verdad?». Cuando Pheen dijo que sí, que eso ya lo había oído antes, el hombre dijo: «Bueno, me he enterado de que Muffin estaba sólo en la tercera vida, así que todavía le quedan cuatro».

Pheen le preguntó cómo lo sabía. Dijo que simplemente lo sabía, siempre lo sabía, había nacido con ese don. No sabía cómo ni por qué pasaba, pero a menudo los gatos se le aparecían en la mente y hablaban con él. Bueno, no con palabras, claro, sino en imágenes.

Entonces se sentó en el camino a su lado y le dijo que no se movieran, que se quedaran muy quietos. Vería si Muffin quería visitarle. Se quedaron allí sentados durante unos minutos, cuando de repente, ¡el hombre la cogió fuerte de la mano!

«¡Ah, sí! ¡Ahí está! Está naciendo en este mismo momento! En una mansión... no, en un castillo. Creo que está en Francia... sí, está en Francia. Hay un niño haciéndole mimos, acariciándole el pelo. Él ya la quiere, y va a llamarla, qué raro, va a llamarla Solange. Es un nombre extraño para un gato, pero bueno. Va a vivir una vida larga y llena de aventuras maravillosas. Esta Solange tiene mucho coraje y gran decisión, ¡y tanto!»

La abuela Pheen le dijo a Isola que estaba tan embelesada con el nuevo destino de Muffin, que dejó de llorar. Pero le dijo al hombre que la seguiría echando muchísimo de menos. El hombre la ayudó a ponerse en pie y le dijo que por supuesto que lo haría, que lloraría la pérdida de una gata tan estupenda como había sido Muffin y que estaría triste por un tiempo.

Sin embargo, dijo que pasaría a visitar a Solange de vez en cuando para ver cómo le iba y qué estaba haciendo. Le preguntó a la abuela Pheen cómo se llamaba, y cuál era el nombre de la granja donde vivía. Se lo anotó en una libretita pequeña con un lápiz plateado, le dijo que tendría noticias suyas, le besó la mano, volvió al carruaje y se fue.

Tan absurdo como parece todo esto, Sidney, la abuela Pheen recibió cartas. Ocho largas cartas durante un año. Todas sobre la vida de Muffin como la gata francesa Solange. Al parecer, era un tipo de mosquetera felina. No era una gata nada perezosa, apoltronada sobre cojines, que bebía leche a lengüetazos, sino que vivía una aventura tras otra. Fue el único gato al que le concedieron el rosetón rojo de la Legión de Honor.

Vaya historia que se inventó ese hombre para Pheen... animada, ingeniosa, llena de emoción y suspense. Sólo puedo decirte el efecto que tuvo en mí, en todos nosotros. Estábamos allí sentados, encantados, incluso Will se había quedado sin palabras.

Y aquí, por fin, es por lo que necesito una persona en su sano juicio que me pueda dar un consejo racional. Cuando el programa terminó (y fue muy aplaudido), le pedí a Isola que me dejara ver las cartas, y me las tendió.

Sidney, el autor había firmado las cartas con gran elegancia:

Muy sinceramente suyo,
O. F. O'F. W. W.

Sidney, ¿te lo imaginas? ¿Podría ser que Isola hubiera heredado ocho cartas de Oscar Wilde? Dios mío, estoy que no me lo creo.

Me lo creo porque quiero creerlo, pero ¿hay constancia en algún sitio de que Oscar Wilde hubiera ido alguna vez a Guernsey? Ah, gracias Speranza, por haber puesto a tu hijo un nombre tan ridículo como Oscar Fingal O'Flahertie Wills Wilde.

Por favor, date prisa en contestarme, me cuesta respirar.
Un abrazo,

JULIET

Carta nocturna de Sidney a Juliet

13 de agosto de 1946

¡Vamos a creérnoslo! Billee hizo algunas investigaciones y descubrió que Oscar Wilde pasó una semana en Jersey en 1893, así que puede que fuera a Guernsey entonces. El grafólogo, sir William Otis, llegará el viernes, armado con algunas cartas de Oscar Wilde prestadas por su universidad. Le he hecho una reserva en el hotel Royal. Es un tipo muy digno, y dudo que le gustara tener a Zenobia posada en el hombro.

Si Will Thisbee encuentra el Santo Grial en su depósito de chatarra, no me lo digas. Mi corazón no aguantará mucho más.

Un abrazo para ti, Kit e Isola,

SIDNEY

De Isola a Sidney

14 de agosto de 1946

Querido Sidney:
Juliet dice que vas a mandar un estudioso de los rasgos de la escritura para que mire las cartas de la abuela Pheen y

decida si fue el señor Oscar Wilde quien las escribió. Apuesto a que fue él, e incluso si no lo fue, creo que te encantará la historia de Solange. A mí me encantó, a Kit le encantó, y sé que a la abuela Pheen también. Daría saltos de alegría en la tumba si supiera que muchos otros conocen a aquel hombre encantador y sus divertidas ideas.

Juliet dice que si el señor Wilde escribió las cartas, muchos profesores, escuelas y bibliotecas las querrán y que ofrecerán mucho dinero por ellas. Estarían bien guardadas y protegidas correctamente, en un lugar fresco y seco.

¡Dije que no! Ya lo están ahora, secas y fresquitas. La abuela las guardó en su caja de galletas, y en su caja de galletas se quedarán. Por supuesto que si alguien quiere verlas, puede venir a visitarme aquí y le dejaré echarles un vistazo. Juliet me dijo que probablemente vendrían muchos estudiosos, cosa que estaría muy bien para mí y Zenobia, ya que nos gusta tener compañía.

Si quieres hacer un libro con las cartas, puedes hacerlo, aunque espero que me dejes escribir a mí lo que Juliet llama «prólogo». Me gustaría hablar de la abuela Pheen y tengo una foto de ella con Muffin al lado del surtidor de agua. Juliet me habló de los derechos de autor (podría comprarme una moto con sidecar... hay una roja, de segunda mano, en el taller de Lenoux).

Tu amiga,

ISOLA PRIBBY

De Juliet a Sidney

18 de agosto de 1946

Querido Sidney:
Sir William ha venido y ya se ha ido. Isola me invitó a estar presente para la inspección y por supuesto, no dejé pasar la oportunidad. Puntualmente, a las nueve, sir William apareció en los escalones de la cocina. Me puse muy nerviosa cuando le vi tan formal, con traje negro, ¿que pasaría si las cartas de la abuela Pheen eran sólo el trabajo de algún granjero con mucha imaginación? ¿Qué nos haría sir William, y a ti, por hacerle perder el tiempo?

Se puso cómodo muy serio entre los ramos de cicuta e hisopo, se espolvoreó los dedos de blanco en un pañuelo, se colocó una lente pequeña en el ojo y sacó muy poco a poco la primera carta de la caja de galletas.

Se hizo un largo silencio. Isola y yo nos miramos. Sir William cogió otra carta de la caja de galletas. Isola y yo contuvimos la respiración. Sir William suspiró. Nosotras temblamos. «Ummm», murmuró. Le hicimos un gesto con la cabeza de un modo alentador, pero no funcionó, hubo otro silencio. Muy largo.

Entonces nos miró y asintió con la cabeza.

«¿Sí?», dije, casi sin poder respirar.

«Me complace comunicarle que está en posesión de ocho cartas escritas por Oscar Wilde, señora», le dijo a Isola con una pequeña reverencia.

«¡Bendito sea!», gritó Isola, y dio la vuelta a la mesa para abrazar fuertemente a sir William. Al principio pareció asustado, pero después sonrió y le dio unas palmaditas en la espalda con cuidado.

Se llevó una página con él para tener la confirmación de otro estudioso de Wilde, pero me dijo que era simplemente para «mostrarla». Estaba seguro de que estaba en lo cierto.

Seguramente no te habrá dicho que Isola se lo llevó para hacer una prueba de circulación en la moto del señor Lenoux (Isola conduciendo, él en el sidecar y Zenobia en su hombro). Les pusieron una citación por conducción temeraria, con lo que sir William convenció a Isola para que le dejara a él el «privilegio de pagar».

Como dice Isola, para ser un grafólogo tiene espíritu deportivo.

Pero no te va a reemplazar. ¿Cuándo vas a venir tú mismo a ver las cartas y, de paso, a mí? Kit bailará claqué en tu honor y yo haré el pino. Todavía puedo, sabes.

Sólo para torturarte, no voy a contarte nada más. Tendrás que venir y descubrirlo tú mismo.

Un beso,

JULIET

Telegrama de Billee Bee a Juliet

20 de agosto de 1946

EL SEÑOR STARK HA TENIDO QUE IR DE INMEDIATO A ROMA. ME HA PEDIDO QUE VAYA YO ESTE FIN DE SEMANA A BUSCAR LAS CARTAS. POR FAVOR, MÁNDAME UN TELEGRAMA SI TE VA BIEN; ESTOY DESEANDO PASAR UNAS CORTAS VACACIONES EN ESA ENCANTADORA ISLA. BILLEE BEE JONES.

Telegrama de Juliet a Billee Bee

ESTARÉ ENCANTADA. POR FAVOR, DIME A QUÉ HORA LLEGAS Y TE IRÉ A RECOGER. JULIET.

De Juliet a Sophie

22 de agosto de 1946

Querida Sophie:
Tu hermano se está volviendo demasiado augusto para mi gusto, ¡ha enviado una emisaria para recoger las cartas de Oscar Wilde por él! Billee Bee llegó en el barco del correo de la mañana. El mar estaba muy agitado, así que cuando llegó le temblaban un poco las piernas y tenía mala cara, pero estaba animada. No pudo comer, pero se recuperó para la cena y fue una invitada alegre en la reunión de esta noche de la Sociedad Literaria.

Hubo un momento incómodo, a Kit no parece gustarle. Se echó para atrás y dijo: «Yo no doy besos», cuando Billee intentó que le diera uno. ¿Tú qué haces cuando Dominic es grosero, le repruebas allí mismo, lo cual es violento para todos, o esperas hasta más tarde cuando estáis solos? Billee Bee lo afrontó maravillosamente, pero esto demuestra sus buenos modales, no los de Kit. Yo esperé, pero me gustaría saber tu opinión.

Desde que supe que Elizabeth había muerto y que Kit se había quedado huérfana, he estado preocupándome por su futuro y por el mío sin ella. Creo que sería insoportable. Voy a pedir una cita con el señor Dilwyn cuando él y su esposa vuelvan de sus vacaciones. Él es su tutor legal, y quiero hablarle de mi posible tutela de Kit. Claro que quiero una adopción absoluta, pero no estoy segura de que el señor Dilwyn considerara una madre conveniente a una mujer soltera con ingresos flexibles y sin residencia fija.

No le he dicho ni una palabra de esto a nadie de aquí, ni a Sidney. Hay tanto en que pensar... ¿Qué diría Amelia?, ¿a Kit le gustaría la idea?, ¿es lo bastante mayor como para decidir?, ¿dónde viviríamos?, ¿puedo sacarla del lugar que ama para llevarla a Londres?, ¿una vida restringida en la ciudad en lugar de ir en barco y jugar en los cementerios? Kit nos tendría a ti, a mí y a Sidney en Inglaterra, pero ¿qué pasaría con Dawsey y Amelia y toda la familia que tiene aquí? Sería imposible sustituirlos o reemplazarlos. ¿Te imaginas una profesora de parvulario en Londres con el estilo de Isola? Claro que no.

Les doy mil vueltas a esas preguntas varias veces al día. Aunque de una cosa estoy segura, quiero hacerme cargo de Kit para siempre.

Besos,

JULIET

P.D. Si el señor Dilwyn dice que no, que no es posible, podría simplemente coger a Kit e ir a esconderla en tu granero.

De Juliet a Sidney

23 de agosto de 1946

Querido Sidney:

Tuviste que irte de repente a Roma, ¿verdad? ¿Te han elegido Papa? Al menos sería algo verdaderamente urgente como para mandar a Billee Bee a buscar las cartas en tu lugar. Y no veo por qué no podían servir unas copias; Billee dice que insistes en ver los originales. Isola no se lo permitiría a ninguna otra persona en la Tierra, pero, por ti, lo hará. Por favor, sé extremadamente cuidadoso con ellas, Sidney, son muy importantes para Isola. E intenta devolvérselas en persona.

No es que no nos guste Billee Bee. Es una invitada muy entusiasta, en este momento está fuera dibujando flores silvestres. Le veo la gorra entre la hierba. Le gustó de verdad conocer la Sociedad Literaria ayer por la noche. Hizo un pequeño discurso al final de la velada e incluso le preguntó a Will Thisbee por la receta de su delicioso pastelito de hojaldre de granada. Aunque eso es llevar la cortesía demasiado lejos, ya que lo que nosotros vimos fue un engrudo de masa que no había subido, con una sustancia rojiza en el medio y todo salpicado con semillas negras.

Siento que no estuvieras presente, ya que el portavoz de la noche fue Augustus Sarre y habló de tu libro favorito, *Cuentos de Canterbury*. Empezó leyendo primero «el cuento del párroco», porque sabía cómo vivían los clérigos, no como los otros tipos del libro: el administrador, el terrateniente, o el alguacil. «El cuento del párroco» le repugnó tanto que no pudo leer nada más.

Por suerte para ti, fui meticulosa y cogí notas mentalmente, así que puedo decirte lo esencial de sus comentarios. A saber: Augustus nunca dejaría que uno de sus hijos leyera a Chaucer, les pondría en contra de la vida en general y especialmente en contra de Dios. Oír al párroco decirlo, que la vida era un pozo negro (o casi), donde el hombre tiene que caminar entre la porquería tan bien como pueda, con el mal siempre buscándole, y el mal siempre encontrándole. (¿No crees que Augustus tiene un poco de poeta? Yo creo que sí.)

El hombre debe pasarse la vida haciendo penitencia o pagando por sus culpas o ayunando o azotándose él mismo con cuerdas nudosas. Todo porque nació en pecado y lo estará hasta el último minuto de su vida, cuando reciba la gracia de Dios.

«Pensad en esto, amigos —dijo Augustus—, una vida de sufrimiento en la que Dios ni te deja respirar. Luego, en tus últimos minutos, ¡bum!, consigues la bendición. Gracias por nada, diría yo.

»Pero eso no es todo, amigos. El hombre nunca puede pensar bien de sí mismo, a eso se le llama el pecado del orgullo. Amigos, mostradme un hombre que se odie y os mostraré un hombre que ¡todavía odia más a sus vecinos! A la fuerza; no concederías a nadie algo que tú mismo no puedes tener, ¡ni amor, ni amabilidad, ni respeto! Así que digo, ¡qué vergüenza de párroco! ¡Qué vergüenza, Chaucer!» Augustus se sentó de golpe.

Después siguieron dos horas de discusión animada sobre el pecado original, seguido de la predestinación. Al final, Remy se puso de pie para hablar, no lo había hecho antes, y la habitación enmudeció. Dijo bajito: «Si existe la predestinación, entonces Dios es el demonio». Nadie le pudo discutir eso, ¿qué clase de Dios habría diseñado intencionadamente Ravensbrück?

Isola nos ha invitado a cenar mañana por la noche, con Billee Bee como invitada de honor. Dijo que aunque no le gusta revolver el pelo de desconocidos, le leerá el cráneo a Billee Bee, como favor a su querido amigo, Sidney.

Un beso,

JULIET

Telegrama de Susan Scott a Juliet

24 de agosto de 1946

QUERIDA JULIET: ESTOY HORRORIZADA DE QUE BILLEE BEE ESTÉ EN GUERNSEY PARA RECOGER LAS CARTAS. ¡DETENTE! NO, REPITO, NO TE FÍES DE ELLA. NO LE DES NADA. IVOR, NUESTRO NUEVO SUBEDITOR, VIO A BILLEE BEE Y A GILLY GILBERT (EL DEL LONDON HUE & CRY Y MÁS TARDE VÍCTIMA DE TU LANZAMIENTO DE LA TETERA), INTERCAMBIANDO LARGOS Y VICIOSOS BESOS EN EL PARQUE. QUE ESTÉN JUNTOS NO AUGURA NADA BUENO. ENVÍALA DE VUELTA, SIN LAS CARTAS DE WILDE. BESOS, SUSAN.

De Juliet a Susan

25 de agosto de 1946
2:00 de la madrugada

Querida Susan:
¡Eres una heroína! Isola te concede ser el miembro honorario de la Sociedad Literaria y el Pastel de Piel de Patata de Guernsey y Kit te está haciendo un regalo especial con arena y pasta (será mejor que lo abras fuera).

El telegrama llegó justo a tiempo. Isola y Kit habían salido temprano a buscar hierbas, y Billee Bee y yo estábamos solas en casa (o eso pensaba), cuando leí tu telegrama. Eché el pestillo y fui arriba a su habitación. Se había ido, su maleta había desaparecido, su bolso no estaba, y ¡las cartas tampoco!

Estaba aterrorizada. Bajé las escaleras corriendo y llamé a Dawsey para que viniera rápido y me ayudara a buscarla. Lo hizo, pero primero llamó a Booker y le pidió que comprobara el puerto. Debía evitar que Billee Bee saliera de Guernsey, ¡a cualquier precio!

Dawsey llegó enseguida y los dos nos dimos prisa en ir hacia el aeródromo.

Yo iba medio trotando detrás de él, mirando en los setos y detrás de los arbustos. Incluso habíamos llegado a la granja de Isola cuando Dawsey se detuvo de golpe y empezó a reír.

Allí, sentadas en el suelo enfrente del cobertizo, estaban Kit e Isola. Kit sujetaba su nuevo hurón de tela (regalo de Billee Bee) y un gran sobre marrón. Isola estaba sentada en la maleta de Billee Bee (un retrato de la inocencia, las dos), mientras un horrible chillido salía de dentro del cobertizo.

Corrí a abrazar a Kit y el sobre, mientras Dawsey quitaba la estaca de madera del picaporte del cobertizo. Allí, agachada en un rincón, maldiciendo y agitándose, estaba Billee Bee con el loro de Isola, Zenobia, revoloteando a su alrededor. Ya le había quitado la pequeña gorra, y había trocitos de lana de angora flotando en el aire.

Dawsey la levantó y la llevó afuera. Billee Bee no dejó de gritar. Había sido agredida por una bruja enloquecida y su ayudante, una niña, ¡claramente una de las hijas del diablo! ¡Nos arrepentiríamos de ello! ¡Habría pleitos, detenciones, prisión para todos nosotros! ¡No volveríamos a ver la luz del día!

«¡Eres tú la que no volverás a ver la luz del día, fisgona! ¡Ladrona! ¡Desagradecida!», le gritó Isola.

«Has robado las cartas —chillé—. ¡Las has robado de la

caja de galletas de Isola y has intentado escaparte con ellas! ¿Qué íbais a hacer tú y Gilly Gilbert con ellas?»

Billee Bee gritó: «¡No es asunto tuyo! ¡Espera a que le diga lo que me habéis hecho!».

«¡Hazlo! —dije bruscamente—. Cuéntale a todo el mundo sobre tú y Gilly. Puedo ver los titulares: "¡Gilly Gilbert seduce a una chica para una vida de delincuencia!"; "¡Del nidito de amor al calabozo! ¡Vea la página tres!"»

Eso la hizo callar por un momento y luego, con la exquisita sincronización y presencia de un gran actor, llegó Booker, enorme y con un ligero parecido a un funcionario, con un viejo abrigo del ejército. Remy estaba con él, ¡llevaba una azada! Booker observó la escena y le lanzó una mirada tan temible a Billee Bee que casi me dio pena por ella.

La cogió del brazo y le dijo: «Ahora, recogerás todas tus pertenencias y te largarás. No voy a arrestarte, ¡esta vez no!, te escoltaré hasta el puerto y personalmente te pondré a bordo del próximo barco a Inglaterra».

Billee Bee fue a trompicones a coger la maleta y el bolso, luego se tiró sobre Kit y le quitó el hurón de las manos. «Lamento habértelo dado, mocosa.»

¡Qué ganas tuve de darle una bofetada! Así que lo hice, y estoy segura de que le vibraron hasta los dientes de atrás. No sé lo que vivir en una isla me está haciendo.

Se me están cerrando los ojos, pero debo contarte por qué Kit e Isola salieron tan pronto a buscar hierbas. Ayer por la noche, Isola le leyó la cabeza a Billee Bee y no le gustó nada lo que vio. La parte del Engaño y la Hipocresía de BB era tan grande como un huevo de oca. Luego, Kit le contó que había visto a Billee Bee buscando por los armarios de la cocina. Para Isola, eso fue la gota que colmó el vaso, y pusieron su plan de vigilancia en marcha. Serían la sombra de Billee Bee y ¡a ver qué veían!

Se levantaron pronto, se escondieron entre los arbustos y vieron a Billee Bee saliendo de puntillas por la puerta trasera de mi casa, con un gran sobre. La siguieron un poco, hasta que pasaron por la granja de Isola. Isola se abalanzó sobre ella y la arrastró dentro del cobertizo. Kit recogió todas las posesiones de Billee Bee del suelo, e Isola fue a buscar a su loro claustrofóbico, Zenobia, y la metió en el cobertizo con Billee Bee.

Pero Susan, ¿qué demonios iban a hacer ella y Gilly Gilbert con las cartas? ¿No les preocupaba que los detuvieran por robo?

Os estoy muy agradecida a ti y a Ivor. Por favor, dale las gracias por todo, por su buena vista, por su desconfianza y por su sentido común. Aún mejor, dale un beso de mi parte. ¡Es un hombre maravilloso! ¿Sidney no debería ascenderle de subeditor a vicepresidente?

Besos,

JULIET

De Susan a Juliet

26 de agosto de 1946

Querida Juliet:
Sí, Ivor es maravilloso y yo también se lo he dicho. Le di un beso de tu parte, y luego ¡otro de la mía! Sidney le ha ascendido, no a vicepresidente, pero supongo que va en camino.

¿Qué planeaban hacer Billee Bee y Gilly? Tú y yo no estábamos en Londres cuando el asunto de la tetera saltó a los titulares, nos perdimos el revuelo que causó. Todos los periodistas y editores que odian a Gilly Gilbert y al *London Hue & Cry*, que son muchos, estuvieron contentísimos.

Lo encontraron divertidísimo y la declaración de Sidney a la prensa no ayudó mucho a calmar el asunto, simplemente los alentó a nuevos ataques de risa. Bien, ni Gilly ni el *LH&C* creen en el perdón. Su lema es: calla, sé paciente y espera a que llegue el día de la venganza, porque ¡seguro que llegará!

Billee Bee, pobre tonta enamorada y amante de Gilly, sentía lo mismo, incluso más profundamente. ¿No te imaginas a Billee Bee y Gilly bien juntitos, preparando su plan de venganza? Billee Bee debía introducirse en Stephens & Stark y buscar alguna cosa, cualquier cosa, que os haría daño a ti y a Sidney, o mejor aún, que os pusiera en ridículo.

Ya sabes que los rumores corren como el fuego por el mundo editorial. Todo el mundo sabe que estás en Guernsey escribiendo un libro sobre la Ocupación, y en las últimas dos semanas la gente ha empezado a rumorear que has encontrado un trabajo inédito de Oscar Wilde allí (sir William puede ser un hombre distinguido, pero no es nada discreto).

Gilly lo había hecho muy bien al aguantar. Ahora Billee Bee iba a ir a robar las cartas, el *London Hue and Cry* las publicaría y tú y Sidney seríais primicia. ¡Cómo se reirían! Ya se preocuparían de las demandas más adelante. Y por supuesto, no les importaba nada Isola.

Me pongo enferma sólo de pensar que casi lo consiguen. Demos gracias a Ivor y a Isola, y al bulto del Engaño y la Hipocresía de Billee Bee.

Ivor volará para hacer una copia de las cartas el martes. Ha encontrado un hurón de terciopelo amarillo, con unos ojos de color verde esmeralda y unos dientes de marfil para Kit. Creo que ella también querrá darle un beso por eso. Tú también puedes, pero que sea corto. No te estoy amenazando, Juliet, ¡pero Ivor es mío!

Un beso,

SUSAN

Telegrama de Sidney a Juliet

26 de agosto de 1946

NO VOLVERÉ A IRME DE LA CIUDAD NUNCA MÁS. ISOLA Y KIT SE MERECEN UNA MEDALLA, Y TÚ TAMBIÉN. BESOS, SIDNEY.

De Juliet a Sophie

29 de agosto de 1946

Querida Sophie:
Ivor vino y se fue, y las cartas de Oscar Wilde vuelven a estar a salvo en la caja de galletas de Isola. Intento estar tranquila, tanto como puedo, hasta que Sidney las lea. Estoy desesperada por saber qué piensa de ellas.

Estuve muy calmada el día de nuestra aventura. Fue luego, después de acostar a Kit, cuando empecé a asustarme y a inquietarme y a dar vueltas por la habitación.

Luego llamaron a la puerta. Me sorprendí y me puse un poco nerviosa al ver a Dawsey a través de la ventana. Abrí la puerta para recibirlo y le encontré con Remy. Habían venido a ver cómo estaba. Qué bien. Qué amable.

Me pregunté si Remy no añoraba Francia. Había leído un artículo de una mujer llamada Giselle Pelletier, una prisionera política que había estado cinco años en Ravensbrück. Hablaba de lo difícil que era para un superviviente de un campo de concentración seguir adelante. Nadie en Francia (ni amigos, ni familiares), quería saber nada de tu vida en el campo de concentración, y pensaban que lo olvidarías pronto, que no les harías escuchar más esas cosas y que entonces serían felices.

Según la señorita Pelletier, no es que quieras fustigar a nadie con detalles, pero es algo que te pasó y no puedes hacer como si no hubiera pasado. «Dejemos atrás todo eso —parece ser el lema de Francia—. Todo: la guerra, Vichy, la Milice, Drancy, los judíos... Todo ha terminado. Después de todo, todo el mundo sufrió, no sólo tú.» Ante la amnesia institucional, dice, lo único que ayuda es hablarlo con otros compañeros que hayan sobrevivido. Ellos saben cómo era la vida en el campo de concentración. Tú hablas y ellos, a su vez, también pueden hacerlo. Hablan, recriminan, lloran, cuentan una historia tras otra, algunas trágicas, otras absurdas. A veces, incluso pueden reír juntos. El alivio es enorme, dice.

Quizá comunicarse con otros supervivientes sería mejor cura para la ansiedad de Remy que la vida bucólica en la isla. Ahora está más fuerte psicológicamente, ya no está tan delgada como antes, pero todavía parece angustiada.

El señor Dilwyn ha vuelto de sus vacaciones, y tengo que quedar con él pronto para hablarle de Kit. Lo estoy posponiendo, me da mucho miedo que no quiera considerarlo. Ojalá pareciera más maternal, quizá debería comprarme un chal de abuela. Si me pide referencias, ¿puedo ponerte a ti? ¿Dominic ya sabe escribir? Si es así, podría escribir esto:

> Estimado señor Dilwyn:
> Juliet Dryhurst Ashton es una mujer encantadora, sensata, sin tacha y responsable. Debería dejarle ser la madre de Kit McKenna.
> Atentamente,
>
> JAMES DOMINIC STRACHAN

¿Verdad que no te conté los planes del señor Dilwyn respecto al patrimonio de Kit en Guernsey? Ha contratado a Dawsey, y un equipo suyo se va a encargar de la restauración de la Casa Grande. Van a sustituir los pasamanos, a borrar las pintadas de las paredes, las cañerías rotas se van a reemplazar por unas nuevas, van a cambiar las ventanas, a limpiar las chimeneas y las salidas de humo, se va a comprobar la instalación eléctrica y se van a colocar las baldosas de la terraza (o lo que se haga con las viejas losas). El señor Dilwyn todavía no sabe qué se puede hacer con los paneles de madera de la biblioteca; tenía un bonito friso tallado con frutas y cenefas, que los alemanes usaron para hacer prácticas de tiro.

Ya que nadie va a querer ir de vacaciones a Europa durante los próximos años, el señor Dilwyn espera que las islas del Canal vuelvan a ser un destino turístico, y la casa de Kit sería perfecta para alquilarla a una familia que viniera a pasar unas vacaciones maravillosas.

Sabes, ha pasado algo extraño. Las hermanas Benoit nos han invitado a ir esta tarde a su casa a tomar el té. Yo no las conozco, y es una invitación muy rara; me preguntaron si Kit tenía «una mirada fija y buena puntería. ¿Le gustan los rituales?».

Desconcertada, le pregunté a Eben si sabía algo de las hermanas Benoit. ¿Estaban locas? ¿Era seguro llevar a Kit allí? Eben se echó a reír y dijo que sí, las hermanas eran seguras y estaban totalmente cuerdas. Dijo que Jane y Elizabeth las visitaron todos los veranos durante cinco años. Siempre se vestían con pichis almidonados, zapatos de salón lustrados y unos guantes pequeños de encaje. Lo pasaríamos bien, dijo. Se alegraba de ver que volvían las antiguas tradiciones. Tomaríamos un té magnífico, seguido de un espectáculo y deberíamos ir.

Nada de aquello me preparó para lo que me iba a encontrar. Son gemelas idénticas, de unos ochenta años. Van muy arregladas y elegantes, vestidas con unos vestidos negros de crep georgette largos hasta los tobillos, salpicados con abalorios de color azabache en el pecho y en el dobladillo, llevaban el pelo blanco recogido en un moño alto, como espirales de nata montada. Encantadoras, Sophie. El té estaba de muerte, y apenas había dejado la taza, cuando Yvonne (diez minutos mayor) dijo: «Hermana, creo que la hija de Elizabeth todavía es demasiado pequeña». E Yvette dijo: «Creo que tienes razón, hermana. ¿Quizá la señorita Ashton nos honraría?».

Creo que fui muy valiente al decir: «Me encantaría», sin saber qué era lo que me estaban proponiendo.

«Qué bonito de su parte, señorita Ashton. Nosotras nos negamos durante la guerra, de alguna manera era muy desleal a la Corona. Nuestra artritis ha empeorado mucho: ni siquiera podemos acompañarte en los ritos. ¡Sería un placer observarte!»

Yvette fue hacia un cajón del aparador, mientras Yvonne deslizaba una de las puertas entre el salón y el comedor. Había un panel escondido con una fotografía en sepia, un huecograbado de un periódico a toda página, de cuerpo entero de la Duquesa de Windsor, la señora de Wallace Simpson. Recortada, deduzco, de las páginas de sociedad del *Baltimore Sun* de finales de los años treinta.

Yvette me dio cuatro diabólicos dardos con punta de plata, sospesados con precisión.

«Apunta a los ojos, querida», dijo. Y así lo hice.

«¡Magnífico! Tres de cuatro, hermana. ¡Casi tan buena como la querida Jane! ¡Elizabeth siempre fallaba en el último momento! ¿Quieres repetirlo el año que viene?»

Es una historia simple, pero triste. Yvette e Yvonne adoraban al Príncipe de Gales. «Estaba tan encantador con sus pantaloncitos de golf.» «¡Cómo bailaba el vals!» «¡Qué elegante estaba vestido de gala!» Tan refinado, tan regio, hasta que esa fresca lo pescó. «¡Le arrebató el trono! ¡Su corona!» Les rompió el corazón. Kit estaba embelesada por toda la historia, evidentemente. Voy a practicar mi puntería, el cuatro de cuatro va a ser mi nuevo objetivo en la vida.

¿No te hubiera gustado conocer a las hermanas Benoit cuando éramos niñas?

Besos,

JULIET

De Juliet a Sidney

2 de septiembre de 1946

Querido Sidney:
Ha pasado algo esta tarde... Aunque ha acabado bien, ha sido inquietante y me está costando dormir. Te escribo a ti en lugar de a Sophie, porque ella está embarazada y tú no. Tú no te encuentras en un estado delicado y Sophie sí, estoy perdiendo el dominio de la gramática.

Kit estaba con Isola, haciendo galletas de jengibre en forma de muñequitos. Remy y yo necesitábamos tinta y Dawsey necesitaba no sé qué material para la Casa Grande, así que fuimos andando juntos a St. Peter Port.

Cogimos el camino del acantilado que pasa por la bahía Fermain. Es un paseo muy bonito, con un sendero escarpado que pasa por los cabos. Yo iba un poco más adelantada que ellos, porque el sendero se había estrechado.

Una mujer alta y pelirroja caminaba por la roca grande que había a la vuelta del camino y venía hacia nosotros. Llevaba un perro con ella, un pastor alemán, uno grande. No lo llevaba atado y se volvió loco de alegría en cuanto me vio. Yo me reía de sus gracias y la mujer dijo: «No se preocupe. No muerde». Me puso las patas sobre los hombros, tratando de darme un beso baboso.

Entonces, detrás de mí, oí un ruido; un horrible grito, unas náuseas profundas que no paraban. No puedo describirlo. Me di la vuelta y vi que era Remy. Estaba inclinada hacia delante, casi doblada, vomitando. Dawsey la había cogido y la sujetaba mientras vomitaba con fuertes espasmos. Era espantoso verlo y oírlo.

Dawsey gritó: «¡Saca ese perro de ahí, Juliet! ¡Ahora!».

Lo aparté desesperadamente. La mujer lloraba y se disculpaba casi histérica ella también. Sujeté al perro por el collar y repetí: «¡No pasa nada! ¡No pasa nada! No es culpa suya. Por favor, váyase. ¡Váyase!». Al final lo hizo, tirando de su pobre animal confuso, por el collar.

Remy entonces se tranquilizó, sólo respiraba con dificultad. Dawsey la miró y dijo: «Vamos a llevarla a tu casa, Juliet. Está más cerca». La cogió y se la llevó, conmigo detrás, impotente y asustada.

Remy tenía frío y temblaba, así que le preparé un baño. Una vez hubo entrado en calor, la metí en la cama. Ya casi estaba medio dormida, así que metí su ropa en un fardo y bajé al piso de abajo. Dawsey estaba de pie al lado de la ventana, mirando fuera.

Sin volverse dijo: «Una vez me contó que aquellas oficiales usaban perros grandes. Los molestaban y los ponían nerviosos para luego soltarlos deliberadamente contra las filas de mujeres cuando llegaba la hora de pasar lista. Lo hacían sólo para divertirse. ¡Jesús! No tengo ni idea, Juliet. Pensé que estar aquí con nosotros le ayudaría a olvidar.

»La buena voluntad no es suficiente, ¿verdad Juliet? No es ni mucho menos suficiente.»

«No —dije—, no lo es.» Él no dijo nada más, sólo asintió con la cabeza y se fue.

Llamé a Amelia para decirle dónde estaba Remy y por qué, y empecé a lavar la ropa. Isola ha traído a Kit; hemos cenado y jugado hasta la hora de acostarse.

Pero no puedo dormir.

Estoy tan avergonzada. ¿Realmente pensaba que Remy estaba lo bastante bien para volver a casa, o sólo quería que ella se fuera? ¿Pensé que ya era hora de que volviera a Francia, a seguir con lo suyo, fuera lo que fuera? Lo hice, y es horrible.

Un beso,

JULIET

P.D. Ya que me estoy confesando, también tengo que decirte algo más. Por si fuera poco estar allí sujetando la arruinada ropa de Remy y soportando lo mal que olían las de Dawsey, en lo único que podía pensar era en lo que él había dicho «la buena voluntad... la buena voluntad no es suficiente, ¿verdad?». ¿Eso quiere decir que lo único que siente por ella es eso? He estado dándole vueltas a ese pensamiento toda la noche.

Carta nocturna de Sidney a Juliet

4 de septiembre de 1946

Querida Juliet: El hecho de darle tantas vueltas a eso demuestra que estás enamorada de Dawsey. ¿Sorprendida? Yo no. No sé cómo has tardado tanto en darte cuenta, se suponía que el aire del mar iba a aclararte la mente. Quiero ir a verte a ti y a las cartas de Oscar, pero no puedo escaparme hasta el 13. ¿Va bien? Besos, Sidney.

Telegrama de Juliet a Sidney

5 de septiembre de 1946

QUERIDO SIDNEY: ERES INSUFRIBLE, SOBRE TODO CUANDO TIENES RAZÓN. DE TODAS MANERAS, ME ENCANTARÁ VERTE EL 13. BESOS, JULIET.

De Isola a Sidney

6 de septiembre de 1946

Querido Sidney:
Juliet dice que vas a venir a ver las cartas de la abuela Pheen con tus propios ojos, y digo que ya era hora. No es que me disgustara Ivor, era un tipo agradable, aunque debería dejar de llevar esas pequeñas pajaritas. Le dije que no le favorecían mucho, pero estaba más interesado en escuchar mis sospechas sobre Billee Bee Jones y en cómo la seguí de cerca y la encerré en el cobertizo. Dijo que era una demostración de una buena investigación y que miss Marple ¡no lo habría hecho mejor!

Miss Marple no es una amiga suya, es un personaje de novela, una mujer detective que usa todo lo que llega a saber sobre la NATURALEZA HUMANA para resolver misterios y esclarecer crímenes que la policía no puede.

Me hizo pensar en lo magnífico que sería resolver misterios yo sola. Si conociera alguno.

Ivor me dijo que los trapicheos están por todas partes y que con mi magnífico instinto, con el tiempo, podría llegar a ser otra miss Marple. «Es evidente que tiene una excelente capacidad de observación. Ahora lo que tiene que hacer es practicar. Obsérvelo todo, y anótelo.»

Fui a casa de Amelia a tomar prestados algunos libros de miss Marple. Es divertidísima, ¿verdad? Allí sentada discretamente, tejiendo; viendo cosas que a todos los demás se les pasan por alto. Podría aguzar el oído, ver cosas de reojo. Aunque en Guernsey no tenemos misterios sin resolver, pero eso no quiere decir que algún día no los podamos tener, y cuando eso pase, estaré preparada.

Todavía disfruto del libro que me mandaste sobre la forma de la cabeza y espero que no te sientas herido si te digo que quiero cambiar de profesión. Todavía creo en la verdad de los bultos; es sólo que le he leído la cabeza a todos los que quiero, excepto a ti, y se puede volver aburrido.

Juliet dice que vendrás el viernes que viene. Puedo ir a recogerte al avión y llevarte a su casa. Eben va a dar una fiesta en la playa el día siguiente por la noche, y dice que estás más que invitado. Eben casi nunca hace fiestas, pero dijo que en ésta nos iba a anunciar a todos una cosa importante. ¡Una celebración! ¿Pero de qué? ¿Va a anunciar una boda? ¿Pero de quién? Espero que no sea la suya; generalmente las esposas no dejan que sus maridos salgan solos por las noches y echaría de menos la compañía de Eben.

Tu amiga,

ISOLA

De Juliet a Sophie

7 de septiembre de 1946

Querida Sophie:
Al final me armé de valor y le dije a Amelia que quiero adoptar a Kit. Su opinión es muy importante para mí, ya que quería muchísimo a Elizabeth; conoce tan bien a Kit... y a mí también. Estaba ansiosa por que me diera su aprobación y tenía tanto miedo de que no me la diera... Me atraganté con el té, pero al final conseguí hablar. Su alivio saltó tanto a la vista que me sorprendió. No me había dado cuenta de lo mucho que le preocupaba el futuro de Kit.

Empezó a decir: «Si yo tuviera...», luego se paró y volvió a empezar: «Creo que sería estupendo para las dos. Sería lo mejor...». Entonces se calló y sacó un pañuelo. Y después, cómo no, yo saqué el mío.

Cuando acabamos de llorar, pensamos en cómo hacerlo. Amelia me acompañaría a ver al señor Dilwyn. «Lo conozco desde que era un crío —dijo—. A mí no me lo negará.» Tener a Amelia de tu lado es como tener a todo un ejército detrás.

Pero ha pasado algo maravilloso, incluso más maravilloso que conseguir la aprobación de Amelia. Mi última duda se ha esfumado.

¿Recuerdas que alguna vez te he hablado de la cajita que Kit lleva a menudo, atada con un cordel? ¿La que yo pensaba que contenía un hurón muerto? Esta mañana ha venido a mi habitación y me ha dado palmaditas en la cara hasta que me he despertado. Llevaba la caja.

Sin decir nada, empezó a desatar el cordel, quitó la tapa, separó el papel de seda y me dio la caja. Sophie, se apartó y me miró mientras yo le daba la vuelta a la caja para sacar las cosas y las ponía sobre la cama. Los artículos eran: una pequeñísima almohada de bebé, una fotografía de Elizabeth cavando en el huerto y riéndose con Dawsey, un pañuelo de lino de mujer que olía ligeramente a jazmín, una sortija de hombre y un libro de poesías de Rilke encuadernado en piel, con una dedicatoria: *Para Elizabeth, que convierte la oscuridad en luz, Christian.*

Dentro del libro había un trozo de papel muy doblado. Kit asintió con la cabeza, así que lo abrí con cuidado y leí «Amelia, dale un beso de mi parte cuando se despierte. Volveré a las seis. Elizabeth. P.D. Fíjate en sus pies. ¿Verdad que son preciosos?»

Debajo estaba la medalla de la Primera Guerra Mundial del abuelo de Kit, el broche mágico que Elizabeth le había puesto a Eli cuando se lo llevaron evacuado a Inglaterra. Bendito sea Eli, se lo ha debido de dar a ella.

Me estaba enseñando sus tesoros, Sophie, no me quitó los ojos de encima ni una sola vez. Estábamos las dos tan serias, y yo, por una vez, no me puse a llorar, sólo le tendí los brazos. Ella subió y me abrazó, metiéndose bajo las mantas conmigo, y se quedó profundamente dormida. ¡Yo no! No pude. Estaba demasiado feliz planeando el resto de nuestras vidas.

Ya no me importa vivir en Londres, me encanta Guernsey y me quiero quedar aquí, incluso después de acabar el libro de Elizabeth. No me imagino a Kit viviendo en Londres, llevando zapatos a todas horas, teniendo que andar en lugar de correr, sin tener cerdos a los que visitar. Sin ir a pescar con Eben y Eli, sin visitas a Amelia, sin mezclar pócimas con Isola, y lo peor de todo, sin pasear y sin ver a Dawsey.

Creo que si me convierto en la tutora de Kit, podremos

seguir viviendo en la casita de Elizabeth y conservar la Casa Grande como casa de veraneo para gente bien. Podría gastar los enormes beneficios que conseguí con *Izzy* para comprar un piso en Londres para cuando Kit y yo fuéramos de visita.

Su casa está aquí, y también puede ser la mía. Se puede escribir en Guernsey, mira Victor Hugo. Lo único que realmente echaría de menos de Londres son Sidney y Susan, la proximidad a Escocia, las nuevas obras de teatro y la sección de alimentación de Harrod's.

Reza por el buen sentido del señor Dilwyn. Sé que lo tiene, sé que yo le gusto, sé que sabe que Kit es feliz viviendo conmigo y que por el momento soy lo bastante solvente para las dos y ¿quién puede decir eso en esta época de decadencia? Amelia cree que si al final dice que no me permite la adopción sin un marido, de todos modos me concederá la tutela con mucho gusto.

Sidney vuelve a Guernsey la semana que viene. Ojalá tú también pudieras venir. Te echo de menos.

Un abrazo,

JULIET

De Juliet a Sidney

8 de septiembre de 1946

Querido Sidney:
Kit y yo hicimos un picnic fuera, en el prado, para ver cómo Dawsey empezaba con la reconstrucción del muro derruido de piedra de Elizabeth. Era una excusa fantástica para espiar a Dawsey y ver su manera de hacer las

cosas. Examinaba cada piedra, la sospesaba, reflexionaba y la colocaba en el muro. Si coincidía con la imagen que él se había hecho en la cabeza, sonreía. Si no, la quitaba y buscaba otra. Verle relaja mucho.

Se acostumbró tanto a nuestras miradas de admiración que nos hizo una invitación sin precedentes para cenar. Kit ya tenía un compromiso previo con Amelia, pero yo acepté rápidamente y luego me puse muy nerviosa ante la idea de estar a solas con él. Cuando llegué, los dos estábamos un poco incómodos, pero, por lo menos, él pudo centrarse en cocinar y se fue a la cocina, rechazando mi ayuda. Aproveché la oportunidad para curiosear entre sus libros. No tiene muchos, pero tiene un gusto exquisito: Dickens, Mark Twain, Balzac, Boswell y el querido Leigh Hunt. El *Roger de Coverly Papers,* las novelas de Anne Brontë (me pregunto por qué las tiene) y mi biografía sobre ella. No sabía que la tenía; nunca me ha dicho nada, quizá la detesta.

Mientras cenábamos, hablamos de Jonathan Swift, de cerdos y de los procesos de Nuremberg. ¿Eso no pone de manifiesto una impresionante gama de intereses? Yo creo que sí. Hablamos con facilidad, pero ninguno de los dos comió mucho, a pesar de que hizo una estupenda sopa de hierbas (mucho mejor de lo que me habría quedado a mí). Después del café dimos un paseo hasta el establo para echar un vistazo a los cerdos. Los cerdos adultos no son muy amistosos, pero los cochinillos son diferentes; los de Dawsey tienen manchas, son juguetones y traviesos. Todos los días hacen un nuevo hoyo bajo la cerca, aparentemente para escaparse, pero en realidad lo hacen para divertirse viendo como Dawsey lo vuelve a tapar. Tendrías que haberlos visto reír cuando él se aproximó a la cerca.

El establo de Dawsey está muy limpio. También amontona el heno de manera muy ordenada.

Creo que me estoy volviendo penosa.

Voy a ir más allá. Creo que estoy enamorada de un criador de cerdos, carpintero, trabajador de la cantera, tallador de madera y cultivador de flores. De hecho, sé que lo estoy. Quizá mañana estaré totalmente deprimida al pensar que él no me corresponde, puede incluso que sienta cariño por Remy, pero en este preciso momento, me rindo a la euforia. Me siento un poco rara.

Nos vemos el viernes. Puedes darte aires por haberme hecho ver que quiero a Dawsey. Incluso puedes vanagloriarte en mi presencia, por esta vez, pero nunca más.

Besos y abrazos,

JULIET

Telegrama de Juliet a Sidney

11 de septiembre de 1946

ESTOY TOTALMENTE DEPRIMIDA. ESTA TARDE HE VISTO A DAWSEY EN UNA TIENDA DE ST. PETER PORT, MIRANDO MALETAS CON REMY COGIDA DEL BRAZO. ERAN TODO SONRISAS. ¿SON PARA SU LUNA DE MIEL? QUÉ TONTA HE SIDO. ES CULPA TUYA. DESCONSOLADAMENTE, JULIET.

INVESTIGACIONES DE MISS ISOLA PRIBBY
CONFIDENCIAL: NO LEER, INCLUSO DESPUÉS DE MUERTA

Domingo
Este libro con hojas a rayas es de mi amigo, Sidney Stark. Ha llegado hoy por correo. Ponía PENSÉES en letras doradas en la tapa, pero las he rascado para quitarlas, porque significa «Pensamientos» en francés y yo sólo voy a escribir «HECHOS». Hechos recogidos con mis propios ojos y oídos. En principio, no espero mucho de mi miseria; debo aprender a ser más observadora.

Aquí van algunas de las observaciones que he hecho hoy. A Kit le encanta estar con Juliet, se ve tranquila cuando Juliet entra en la habitación y ya no hace caras detrás de la gente. Ahora también puede mover las orejas, cosa que no sabía hacer antes de que llegara Juliet.

Mi amigo Sidney va a venir a leer las cartas de Oscar. Esta vez se quedará en casa de Juliet, porque ella ha arreglado el trastero de Elizabeth y le ha puesto una cama para él.

Vi a Daphne Post cavando un hoyo bajo el olmo del señor Ferre. Siempre lo hace a la luz de la luna. Creo que deberíamos ir todos a comprarle una tetera de plata, así podría dejarlo y quedarse en casa por las noches.

Lunes
La señora Taylor tiene un sarpullido en los brazos. ¿Cómo le ha salido? ¿Por los tomates o por su marido? Investigaré más.

Martes
Hoy nada de particular.

Miércoles
Nada otra vez.

Jueves
Remy ha venido a verme hoy; me da los sellos franceses de sus cartas, son más originales que los ingleses, así que los pego. Llevaba un sobre marrón con una pequeña ventana, del GOBIERNO FRANCÉS. Es la cuarta carta que recibe. ¿Qué deben querer de ella? Lo averiguaré.

Hoy he empezado a observar algo detrás de la parada del mercado del señor Salles, pero pararon cuando me vieron. No importa, Eben va a venir a la playa el sábado, así que estoy segura de que allí habrá algo que observar.

He estado mirando un libro sobre artistas y cómo evalúan un cuadro que quieren pintar. Si quieren concentrarse en una naranja, ¿estudian la forma directamente? No, no lo hacen. Engañan al ojo y se fijan en el plátano que hay al lado, o la miran del revés. Miran la naranja de una forma nueva. Lo llaman «tomar perspectiva». Así que yo también voy a probar una nueva forma de mirar, no del revés, sino sin mirar directamente a nada ni de frente. Si mantengo los párpados un poco entreabiertos, puedo mover los ojos con picardía. ¡A practicar!

Viernes
Funciona. No mirar precipitadamente, funciona. Fui con Dawsey, Juliet, Remy y Kit en la furgoneta de Dawsey al aeródromo para recoger al querido Sidney.

Esto es lo que vi: Juliet abrazándole fuerte, y él haciéndola girar como haría un hermano. Estuvo encantado de conocer a Remy, y diría que también la observaba de reojo, como yo. Dawsey le dio la mano a Sidney, pero no se quedó a comer tarta de manzana cuando llegamos a casa de Juliet. Estaba un poco hundida en el medio, pero sabía de maravilla.

Tuve que ponerme gotas en los ojos antes de ir a dormir, es muy cansado estar todo el rato mirando de reojo. También me duelen los párpados de tenerlos entrecerrados.

Sábado
Remy, Kit y Juliet fueron conmigo a la playa para recoger leña para el picnic de esta noche. Amelia también estaba fuera, al sol. Se ve más relajada y me alegro. Dawsey, Sidney y Eli bajaron el gran caldero de hierro de Eben. Dawsey siempre es amable y cortés con Sidney, y Sidney, a su vez, es agradable con él, pero parece mirarle como si se estuviera preguntando algo. ¿Por qué será?

Remy dejó la leña y se fue a hablar con Eben, y él le dio unas palmaditas en el hombro. ¿Por qué? Eben nunca ha sido de dar muchas palmaditas. Después han hablado un rato, pero estaban un poco lejos y no pude oírlos.

Cuando fue hora de ir a casa a comer, Eli se fue rastreando la playa. Juliet y Sidney cogieron a Kit uno de cada mano y subieron por el sendero del acantilado, jugando a aquello de «Uno... dos... ¡y tres!», y la levantaban.

Dawsey los vio subiendo por el camino, pero no los siguió. No, fue hacia la orilla y se quedó allí de pie, mirando el agua. De repente me di cuenta de que Dawsey se debe sentir solo. Siempre ha sido una persona solitaria, pero antes no le importaba, y ahora sí. ¿Por qué ahora?

Sábado noche
Vi algo en el picnic, algo importante, y como la querida miss Marple, debo actuar. Era una noche fresca y el cielo

parecía revuelto. Pero no pasaba nada, porque todos íbamos abrigados con jerseys y chaquetas, comíamos langosta y nos reíamos de Booker. Se subió a una roca y pronunció un discurso, como si fuera ese romano con el que está obsesionado. Booker me preocupa, le hace falta leer otro libro. Creo que le dejaré Jane Austen.

Yo estaba sentada, con los sentidos alerta, al lado de la hoguera, con Sidney, Kit, Juliet y Amelia. Atizábamos el fuego con ramitas, cuando Dawsey y Remy caminaron juntos hacia Eben y la olla con la langosta. Remy le susurró algo a Eben, él sonrió, cogió el cucharón y golpeó la olla.

«Atención todos —gritó Eben—, tengo algo que deciros.»

Todos estábamos en silencio, menos Juliet, que cogió aire tan profundamente que hasta pude oírla. No lo volvió a expulsar, y se quedó toda rígida, incluso la mandíbula. ¿Qué problema había? Estaba tan preocupada por ella, ya que yo una vez me vi afectada por un ataque de apendicitis, que me perdí las primeras palabras de Eben.

«... de modo que ésta es una fiesta de despedida de Remy. Nos va a dejar el martes que viene para irse a su nueva casa en París. Compartirá piso con unos amigos y será aprendiza del famoso pastelero Raoul Guillemaux. Ha prometido que volverá a Guernsey y que su segunda casa será conmigo y Eli, así que todos podemos alegrarnos por su suerte.»

¡Hubo una gran ovación de alegría! Todos fuimos a felicitar a Remy. Todos excepto Juliet, que dejó salir el aire de golpe y ¡se desplomó de espaldas sobre la arena como un pez recién pescado!

Miré detenidamente a mi alrededor, pensando que debía observar a Dawsey. No estaba al lado de Remy como todos y se le veía muy triste. Y de repente, ¡LO VI CLARO! ¡Ya lo tenía! Dawsey no quería que Remy se fuera, tenía miedo de que nunca más volviera. Estaba enamorado de Remy y era demasiado tímido para decírselo.

Bueno, pero yo no. Podía contarle a Remy lo que él sentía por ella, y entonces ella, siendo francesa, sabría qué hacer. Le haría saber que estaría encantada si le pedía la mano. Luego se podrían casar y ella no tendría que irse a vivir a París. ¡Qué suerte que no me imagine las cosas y que sea capaz de verlas con claridad!

Sidney se acercó a Juliet y le dio un golpecito con el pie. «¿Estás mejor?», le preguntó y Juliet dijo que sí, así que dejé de preocuparme por ella. Luego le pasó por encima para ir a felicitar a Remy. Kit estaba dormida en mi falda, así que me quedé donde estaba, al lado del fuego, y pensé detenidamente.

Remy, como la mayoría de las mujeres francesas, es una mujer práctica. Querría pruebas de los sentimientos de Dawsey antes de cambiar sus planes sin más. Yo tenía que encontrar la prueba que ella necesitaba.

Un poco más tarde, cuando se abrieron las botellas de vino y se hicieron los brindis, me acerqué a Dawsey y le dije: «Daws, he visto que tienes el suelo de la cocina sucio. Quiero ir a fregártelo. ¿Te va bien el lunes?».

Él pareció un poco sorprendido, pero dijo que sí. «Es el regalo de Navidad adelantado —dije—. Así que no tienes que pagarme. Déjame la puerta abierta.»

Y ya que estaba solucionado, me despedí de todos y di las buenas noches.

Domingo
Ya he preparado mi plan para mañana. Estoy nerviosa.

Barreré y limpiaré la casa de Dawsey, buscando pruebas del afecto que siente por Remy. ¿Quizás un poema «Oda a Remy», en un papel arrugado en su papelera?, ¿o su nombre garabateado por toda la lista de la compra? Seguro que las pruebas están a la vista (o casi). Miss Marple nunca fisgonea, así que yo tampoco lo haré, no forzaré ninguna cerradura.

Pero una vez le haya dado a Remy alguna prueba de su devoción por ella, el martes por la mañana no tomará el avión a París. Sabrá qué hacer, y después Dawsey será feliz.

Lunes, todo el día: Un grave error, una noche feliz
Me desperté demasiado pronto, así que jugueteé un poco con las gallinas hasta la hora en que sabía que Dawsey se iba a trabajar a la Casa Grande. Luego fui hasta su granja, examinando todos los troncos de los árboles para ver si había corazones grabados. Ni uno.

Sin Dawsey en casa, fui a la puerta de atrás con la fregona, el cubo y los trapos. Durante dos horas, barrí, fregué, limpié el polvo y enceré el suelo. No encontré nada. Estaba empezando a desesperarme cuando pensé en los libros, los libros de sus estantes. Empecé a quitarles el polvo a golpes, pero no cayó ningún papel al suelo. Estaba todo limpio, cuando, de repente, vi su pequeño libro rojo de la vida de Charles Lamb. ¿Qué estaba haciendo allí? Había visto cómo lo había metido en la caja de los tesoros de madera que Eli le había tallado por su cumpleaños. Pero si el libro estaba allí en el estante, ¿qué había en la caja? Y ¿dónde estaba? Di unos golpecitos en las paredes. No se oía ningún hueco en ninguna parte. Metí el brazo en el bote de la harina... nada, sólo harina. ¿La habría metido en el establo? ¿Para que se la comieran las ratas? Nunca. ¿Dónde estaba? ¡La cama, debajo de la cama!

Corrí a su habitación, rebusqué bajo la cama y saqué la caja. Levanté la tapa y miré dentro. No veía nada, así que tuve que volcarlo todo sobre la cama; aun así, nada, ni una nota de Remy, ni una fotografía de ella, ni las entradas de *Lo que el viento se llevó*, que sabía que habían ido a ver juntos. ¿Qué había hecho con ellas? Ni un pañuelo con la inicial R en una punta. Había uno, pero era uno de los pañuelos perfumados de Juliet y tenía una J bordada. Debía de haberse olvidado de devolvérselo. Había otras cosas, pero nada de Remy.

Volví a ponerlo todo en la caja y la puse en su sitio. ¡Mi misión había fracasado! Remy cogería el avión al día siguiente y Dawsey se quedaría solo. Me sentí triste. Recogí la fregona y mis cosas.

Caminaba con dificultad de vuelta a casa cuando me encontré a Amelia y a Kit que iban a mirar pájaros. Me dijeron que las acompañara, pero sabía que ni el canto de los pájaros me alegraría.

Pensé que Juliet sí podría animarme, normalmente lo hace. No me quedaría mucho, no quería molestarla en su trabajo, pero quizá me ofrecería una taza de café. Sidney se había ido por la mañana, así que quizás ella también se sentía sola. Fui camino abajo hacia su casa.

Encontré a Juliet en casa, con un montón de papeles en la mesa, pero no estaba haciendo nada, estaba sólo allí sentada, mirando por la ventana.

«¡Isola! —dijo—. ¡Justo cuando quería compañía!» Empezó a levantarse cuando vio la fregona y el cubo: «¿Has venido a limpiarme la casa? Olvídate de eso y ven a tomar un café conmigo».

Entonces, me miró detenidamente y dijo: «¿Qué pasa? ¿Estás enferma? Ven, siéntate».

La amabilidad fue demasiado para mi desánimo y, lo admito, empecé a berrear. Dije: «No, no, no estoy enferma. He fallado, he fallado en mi misión. Y ahora Dawsey será infeliz».

Juliet me llevó al sofá. Me dio unas palmaditas en la mano. Siempre tengo hipo cuando lloro, así que corrió y me trajo un vaso de agua que según ella es una cura infalible. Te aprietas la nariz con los pulgares y te tapas las orejas con los dedos, mientras un amigo te hace pasar el agua del vaso sin ningún impedimento ni obstáculo. Haces una señal con los pies cuando estás a punto de ahogarte y tu amigo aparta el vaso. Siempre funciona, es un milagro, ya no tienes más hipo.

«Ahora dime, ¿cuál era tu misión? Y ¿por qué crees que has fracasado?»

Así que se lo conté todo. Mi idea de que Dawsey estaba enamorado de Remy y que le limpié la casa en busca de pruebas. Si hubiera encontrado algo, le habría dicho a Remy que él la quería y entonces ella se habría querido quedar; quizá le hubiera confesado su amor ella primero, para calmar las cosas.

«Es muy tímido, Juliet. Siempre lo ha sido. No creo que nadie se haya enamorado de él, ni que él se haya enamorado de nadie antes, así que él no sabría qué hacer. Se guardaría los recuerdos y nunca diría ni una palabra. He perdido las esperanzas en él, en serio.»

Juliet dijo: «Hay muchos hombres que no guardan recuerdos, Isola. No quieren recuerdos. Eso no quiere decir nada. ¿Qué demonios estabas buscando?».

«Pruebas, como hace miss Marple. Pero no, ni una sola

foto de ella. Hay un montón de fotografías de ti y de Kit, y varias de ti sola. Una tuya en que sales envuelta con la cortina de encaje, haciendo de Novia Muerta. Guarda todas tus cartas atadas con esa cinta de pelo azul que tú pensabas que habías perdido. Sé que se escribió con Remy cuando estaba en el hospicio, pero no, ni una sola carta de Remy. Ni un pañuelo suyo... ah, encontré uno tuyo. Deberías decirle que te lo devuelva, es muy bonito.»

Se levantó y fue al escritorio. Se quedó un momento de pie, luego cogió aquella cosa de cristal con ese grabado en latín *Carpe Diem,* o algo así. La observó.

«Aprovecha el momento —dijo—. Es un pensamiento inspirador, ¿verdad, Isola?»

«Supongo —dije—, si te gusta que un trozo de piedra influya en ti.»

Entonces Juliet me sorprendió, se giró y me dedicó una de esas sonrisas que tiene, lo primero que me gustó de ella. «¿Dónde está Dawsey? En la Casa Grande, ¿verdad?»

Después de que asintiera con la cabeza, salió corriendo por la puerta y se apresuró camino arriba hacia la Casa Grande.

Ah, ¡la fantástica Juliet! Iba a intentar animar a Dawsey por eso de Remy.

Miss Marple nunca corre a ningún sitio, sigue detrás despacio, como señora responsable que es. Así que yo hice lo mismo. Juliet ya estaba dentro de la casa cuando llegué allí.

Entré de puntillas en la terraza y me apreté contra la pared al lado de la biblioteca. La puerta de cristal estaba abierta.

Oí a Juliet abrir la puerta de la biblioteca. «Buenos días, caballeros», dijo. Oí a Teddy Heckwith (es un yesero) y a

Chester (carpintero de obra) decir: «Buenos días, señorita Ashton».

Dawsey dijo: «Hola, Juliet». Estaba arriba de la gran escalera de mano. Lo descubrí luego, cuando hizo tanto ruido al bajar.

Juliet dijo que le gustaría hablar un momento con Dawsey, si los caballeros le daban un minuto.

Ellos dijeron que por supuesto, y salieron de la habitación. Dawsey dijo: «¿Hay algún problema, Juliet? ¿Kit está bien?».

«Kit está bien. Soy yo, quiero preguntarte algo.»

Ay, pensé, le va a decir que no sea cobarde. Decirle que se mueva y vaya a proponerle matrimonio a Remy de una vez por todas.

Pero no lo hizo. Lo que dijo fue: «¿Quieres casarte conmigo?».

Casi me muero del susto.

Hubo un silencio, un silencio total. ¡Nada! Y siguió así interminablemente, ni una palabra, ni un sonido.

Pero Juliet siguió tranquila. Su voz era firme, y yo casi no podía respirar.

«Estoy enamorada de ti, así que creí que debía preguntártelo.»

Y entonces, Dawsey, el querido Dawsey tomó el nombre del Señor en vano.

«¡Dios, sí!», gritó, y bajó haciendo ruido de la escalera de mano, apoyando sólo los talones en los peldaños, que es como se hizo el esguince en el tobillo.

Yo me contuve y no miré dentro de la habitación, a pesar de morirme de ganas de hacerlo.

Esperé. Dentro estaba muy silencioso, así que he venido a casa a pensar.

¿Tan mal entrené mis ojos que no pude ver las cosas tal como eran? Me había equivocado en todo. En todo. Ha acabado bien, tan bien, al final, pero no gracias a mí. No tengo la habilidad que tiene miss Marple de comprender la mentalidad humana. Es triste, pero mejor que lo admita ahora.

Sir William me dijo que había carreras de motocicletas en Inglaterra, trofeos para la velocidad, conducción en terreno desigual y por no caerse. Quizá me podría entrenar para eso, ya tengo mi moto. Lo único que necesitaría sería un casco y quizás unas gafas protectoras.

De momento, le pediré a Kit que venga a mi casa a cenar y que se quede a dormir, para que así Juliet y Dawsey puedan disfrutar liberalmente, como si fueran el señor Darcy y Elizabeth Bennet.

De Juliet a Sidney

17 de septiembre de 1946

Querido Sidney:
Siento mucho tener que pedirte que vueltas y que cruces enseguida el Canal, pero te necesito... en mi boda. He aprovechado el momento, y bien aprovechado. ¿Puedes venir y entregarme en matrimonio en el jardín de atrás de casa de Amelia, el sábado? Eben va a ser el padrino, Isola la dama de honor (se está confeccionando un vestido para la ocasión), Kit tirará los pétalos de rosa.

Dawsey será el novio.

¿Te sorprende? Probablemente no... pero a mí sí. Estos días me encuentro en un estado de sorpresa constante. En realidad, ahora que lo pienso, me he prometido en un día, pero es como si mi vida entera hubiera cobrado sentido en las últimas veinticuatro horas. ¡Piénsalo! Podríamos habernos añorado el uno al otro y fingir que no nos dábamos cuenta nunca. Esta obsesión por la dignidad puede arruinar tu vida, si le dejas.

¿Es indecoroso casarse tan deprisa? No quiero esperar. Quiero empezar ya. Toda mi vida he pensado que la historia se terminaba cuando el héroe y la heroína se casaban... después de todo, lo que es suficientemente bueno para Jane Austen debería ser lo suficientemente bueno para cualquiera. Pero eso es mentira. La historia está a punto de empezar, y cada día será una nueva pieza del argumento. Quizá mi próximo libro será sobre una fascinante pareja casada y todo lo que aprenden el uno del otro con el paso del tiempo. ¿Te impresiona el efecto beneficioso del matrimonio en mis escritos?

Dawsey acaba de llegar de la Casa Grande y exige mi atención inmediata. Su tan aclamada timidez ha desaparecido completamente... Creo que se trataba de una estratagema para ganarse mis simpatías.

Besos,

JULIET

P.D. Hoy me he topado con Adelaide Addison en St. Peter Port. Como felicitación, me ha dicho: «He oído que tú y ese criador de cerdos vais a regularizar vuestra relación. ¡Alabado sea Dios!»

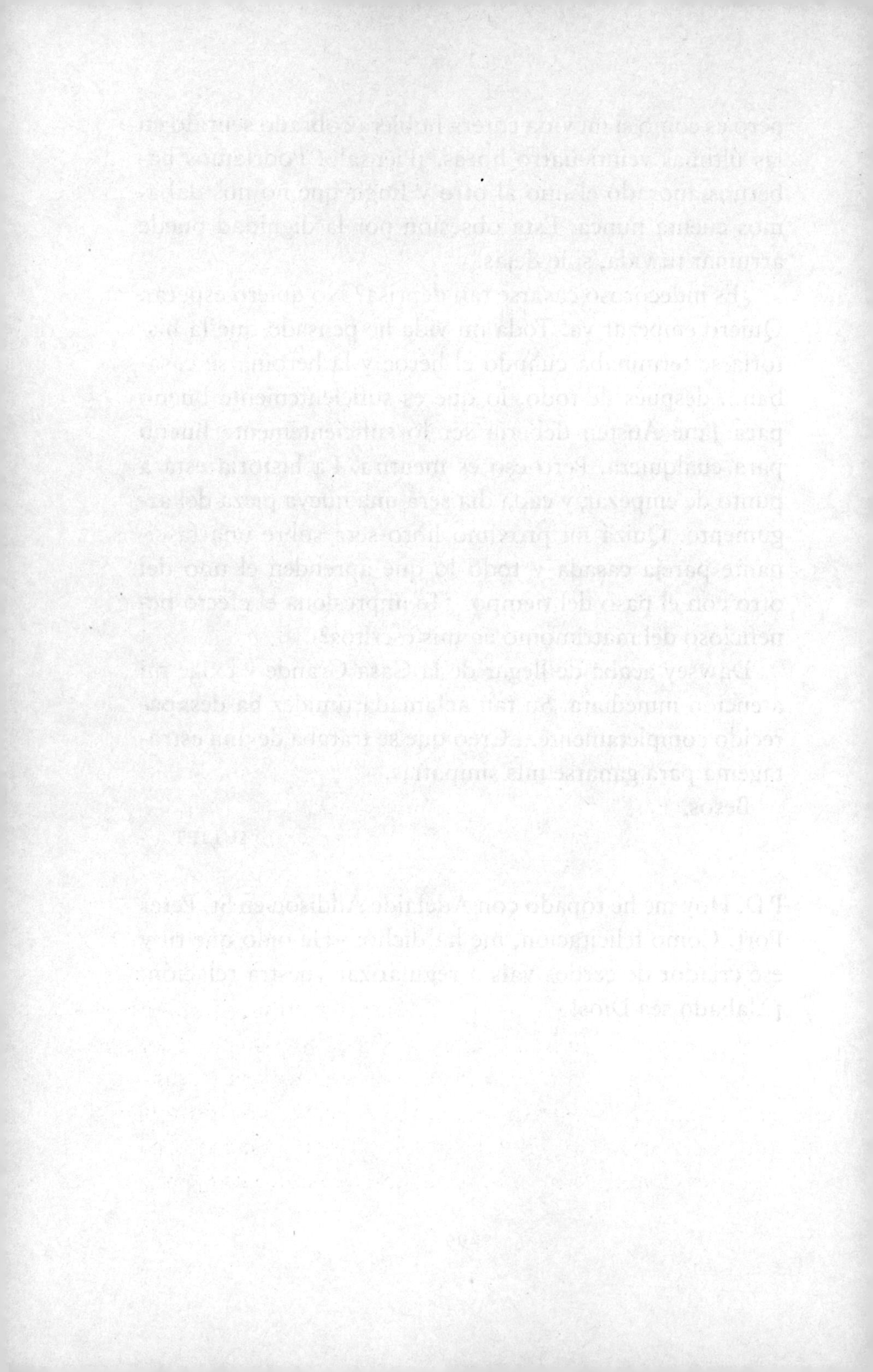

AGRADECIMIENTOS

Este libro surgió por puro accidente. Había viajado a Inglaterra a documentarme antes de escribir otro libro, y estando allí me enteré de que los alemanes habían ocupado las islas del Canal de la Mancha. Sentí la imperiosa necesidad de volar a Guernsey y quedé fascinada por la breve visión que tuve de la historia y de la belleza de la isla. De esa visita nació este libro, aunque muchos años después.

Desgraciadamente, los libros no son fruto exclusivo de la mente del autor. Éste, en concreto, necesitó años de documentación y dedicación y, por encima de todo, la paciencia y el apoyo de mi marido, Dick Shaffer, y de mis hijas Liz y Morgan, que nunca dudaron de que terminaría el libro, aunque ni yo misma lo creía posible. Además de tener una creencia ciega en mí, insistieron hasta que me senté delante del ordenador a escribir. Fue esta doble fuerza la que le dio vida al libro.

Aparte de este pequeño grupo de seguidores, también recibí apoyo desde fuera de casa. En primer lugar, y en cierta manera el más importante, de mis amigas y compañeras también escritoras Sara Loyster y Julia Poppy, quienes leyeron cada palabra de los cinco primeros borradores. Sinceramente, nunca hubiera escrito este libro si no hubiera sido por ellas. El entusiasmo y el *savoir-faire* editorial de Pat Arrigoni también fueron importantes durante las primeras etapas del proyecto. Mi hermana Cynnie siguió la tradición familiar al insistir en que me pusiera a trabajar en serio, y en esta ocasión, se lo agradezco.

Doy las gracias a Lisa Drew por hacer llegar el original a mi agente Liza Dawson, que combina amabilidad, paciencia, conocimientos de edición de textos y experiencia editorial a un nivel que nunca hubiera creído posible. Su compañera de trabajo Anna Olswanger fue fuente de excelentes ideas, por lo que estoy en deuda con ella. Gracias a ambas, el original consiguió llegar a la mesa de la increíble Susan Kamil, una editora muy inteligente y sumamente humana. También estoy agradecida a Chandler Crawford, quien llevó primero el manuscrito a la editorial Bloomsbury de Inglaterra y luego lo convirtió en un fenómeno mundial, con ediciones en diez países.

Debo darle las gracias de todo corazón a mi sobrina, Annie, quien me ayudó a terminar el libro cuando unos inesperados problemas de salud me impidieron trabajar por un tiempo después de vender el manuscrito. Sin pensárselo dos veces, dejó de lado el libro que estaba escribiendo y se puso a trabajar en el mío. Fue una suerte enorme tener una escritora como Annie en la familia. Esta novela no se hubiera terminado sin ella.

Como mínimo, espero que estos personajes y su historia emitan algo de luz en medio del sufrimiento por el que pasaron las islas del Canal de la Mancha durante la Ocupación alemana. Espero también que mi libro refleje mi creencia en que el amor al arte —sea poesía, narrativa, pintura, escultura o música— ayuda a la gente a superar cualquier barrera erigida por el hombre.

Mary Ann Shaffer
Diciembre de 2007

Fue la buena suerte que me hizo entrar en este proyecto armada con historias de toda la vida de mi tía Mary Ann, y con el buen ojo editorial de Susan Kamil. La perspicacia editorial de Susan fue fundamental para hacer que el libro fuera lo que tenía que ser, y ha sido realmente un privilegio para mí haber podido trabajar con ella. También hago una mención a su inapreciable asistente editorial, Noah Eaker.

Además quiero dar las gracias a todo el equipo editorial de Bloomsbury. Sobre todo a Alexandra Pringle, que rebosa paciencia y buen humor, y que me ha informado de cómo dirigirse a un descendiente de duque. En especial, le doy las gracias a Mary Morris, que supo llevar muy bien a una mujer con carácter, y a la maravillosa Antonia Till, ya que sin ella, los personajes británicos sólo habrían vestido pantalones, conducido furgonetas y comido golosinas. En Guernsey, Lynne Ashton del Guernsey Museum and Art Gallery, fue más que amable, igual que lo fue Clare Ogier.

Para acabar, estoy especialmente agradecida a Liza Dawson, que hizo que todo saliera bien.

Annie Barrows
Diciembre de 2007